…тайте романы …имадонны иронического детектива …арьи Донцовой

…риал «Любительница частного сыска Даша Вас…ьева»:

…Крутые наследнички
…За всеми зайцами
…Дама с коготками
…Дантисты тоже плачут
…. Эта горькая сладкая месть
…6. Жена моего мужа
7. Несекретные материалы
8. Контрольный поцелуй
9. Бассейн с крокодилами
10. Спят усталые игрушки
11. Вынос дела
12. Хобби гадкого утенка
13. Домик тетушки лжи
14. Привидение в кроссовках
15. Улыбка 45-го калибра
16. Бенефис мартовской кошки
17. Полет над гнездом Индюшки
18. Уха из золотой рыбки
19. Жаба с кошельком
20. Гарпия с пропеллером

Сериал «Евлампия Романова. Следствие ведет дилетант»:

1. Маникюр для покойника
2. Покер с акулой
3. Сволочь ненаглядная
4. Гадюка в сиропе
5. Обед у людоеда
6. Созвездие жадных псов
7. Канкан на поминках
8. Прогноз гадостей на завтра
9. Хождение под мухой
10. Фиговый листочек от кутюр
11. Камасутра для Микки-Мауса
12. Квазимодо на шпильках

Сериал «Виола Тараканова. В мире преступных страстей»:

1. Черт из табакерки
2. Три мешка хитростей
3. Чудовище без красавицы
4. Урожай ядовитых ягодок
5. Чудеса в кастрюльке
6. Скелет из пробирки
7. Микстура от косоглазия
8. Филе из Золотого Петушка

Сериал «Джентльмен сыска Иван Подушкин»:

1. Букет прекрасных дам
2. Бриллиант мутной воды
3. Инстинкт Бабы-Яги
…. 13 несчастий Геракла
… Али-Баба и сорок разбойниц

“Записки безумной оптимистки”

«Прочитав огромное количество печатных изданий, я, Дарья Донцова, узнала о себе много интересного. Наприм... я была замужем десять раз, что у меня искусственная н... более всего меня возмутило сообщение, будто меня и в... нет, просто несколько предприимчивых людей пишут ... детективы под именем «Дарья Донцова... Так вот, дорогие мои читатели, чаша м... терпения лопнула, и я решила ... написать о себе сама».

Дарья Донцова открывает

Дарья Донцова

13 несчастий Геракла

Москва
ЭКСМО
2004

Иронический детектив

Глава 1

Каждый сам кузнец своего счастья. Банальная истина, но от большой затасканности она не перестала быть справедливой. В конце концов, все, что происходит в жизни с людьми, результат их поведения. Слышали когда-нибудь поговорку: «Посеешь поступок, пожнешь привычку, посеешь привычку, пожнешь судьбу»?

Вот Элеонора дала один раз объявление в газету о создании детективного агентства «Ниро», потом повторила его, затем стала размещать регулярно, и теперь спокойная, размеренная жизнь в нашем доме закончилась. Сюда постоянно шляются невероятные личности. Только не подумайте, что агентство процветает, а клиенты отпихивают друг друга локтями у двери. Не далее как вчера заявилась тетка, перепутавшая «Ниро» с салоном магии. Два часа Нора втолковывала ей, что не занимается любовными приворотами, но дурочка, хлопая глазами, возражала:

— Так объявление же дали! Сделайте мне амулетик на вечную любовь!

В конце концов моя хозяйка разъярилась и заорала:

— Ты читать умеешь? Черным по белому написано: «Профессиональный детектив Элеонора уладит любые щекотливые дела. По поводу сбежавших животных и супругов не обращаться».

— Зачем тогда объявление даете, — ныла тетка с самым безумным видом, — уж помогите, Христа ради, муженек, гад, к соседке переметнулся, верните назад, дайте талисман!

— Послушай, — устало сказала Нора, — вот видишь, еще колонка о пропаже щенков, по твоей логике, я должна и ими торговать, а? Русским языком сказано: «Не занимаюсь приворотами»!

Тетка ушла, страшно обиженная, в прихожей она сшибла дорогую напольную вазу, подаренную Элеоноре Сергеем Петровичем Кузьминским, и заявила:

— И не думайте, что хоть копейку заплачу за эти битые черепки.

У меня зачесались руки, но хорошее воспитание победило, и я с вежливой улыбкой выпроводил бабенку на лестницу.

Днем раньше к нам заявился мужик, которого сильно мучило похмелье.

— Я человек честный, — сразу сказал он, — водки в рот не беру, совершенно согласен.

— На что? — оторопела Нора, откатываясь в кресле подальше от посетителя.

Хозяйку можно было понять: от гостя исходил тошнотворный запах давно немытого тела и стойкого перегара.

— На все, — улыбнулся ханурик, обнажив черные остатки зубов, — зарплату можно сначала маленькую положить — долларов пятьсот. Но после испытательного срока придется удвоить.

— Так вы хотите наняться ко мне на работу, — прозрела Элеонора, — но я не нуждаюсь в сотрудниках.

— За каким фигом тогда объяву напечатала, —

искренне удивился алкаш, — вот тут, про щекотное положение.

Нора сдвинула брови и сердито спросила:

— Что же вы увидели щекотливого в своей ситуации?

— Ну щекочет меня без денег, — заявил мужик, — дайте авансик!

Слава богу, выталкивать его из кабинета не пришлось — как только я, взяв телефонную трубку, пробормотал: «Сейчас вызову милицию», «клиент» мигом испарился.

И так каждый божий день. Для меня остается загадкой: люди на самом деле не умеют читать даже самый простой текст? Или они прикидываются дурачками, чтобы извлечь собственную выгоду?

— Думается, надо перестать давать объявления в газетах, — робко посоветовал я хозяйке, когда очередная тетка, мечтавшая сняться в эротическом кино, покинула ее кабинет.

— Ерунда, — отмахнулась она, — скоро настоящие клиенты косяком пойдут.

Я только вздохнул. Элеонора невероятно упряма — если вбила себе что в голову, никогда не отступится от затеи, какой бы глупой она ни была. Впрочем, это присуще многим женщинам.

Поскольку дверь в нашу квартиру открываю я, то представляете, как я обрадовался, услыхав очередной звонок? Часы показывали десять вечера, я лежал на диване, укрытый пледом, и мирно читал купленную сегодня в магазине книгу «Россия от Ленина до Сталина». Мне нравятся такие произведения. С одной стороны, они основаны на реальных исторических фактах, с другой — не похожи на учебник.

Одним словом, я наслаждался отдыхом, чувствуя, как ко мне на мягких лапах подкрадывается сон, и вот вам, пожалуйста.

— Ваня, — закричала Элеонора, — клиенты! Ты что, заснул? Беги скорей, чтобы не ушли.

Я медленно побрел к двери. Может, и впрямь подумают, будто детектива нет, и уберутся восвояси?

Но звонок прозвенел еще раз, потом второй, третий. Я шел по коридору, втайне надеясь, что сейчас увижу на пороге соседку, которая протянет пустую сахарницу и затараторит: «Дайте песочку, сели чайку попить, глянули — а сахара нет!»

Только подобного в нашем доме не случается никогда; здесь в просторных квартирах проживают более чем обеспеченные люди, которые, поняв, что у них не хватает каких-либо продуктов, отправят прислугу в супермаркет.

Я глянул на экранчик видеодомофона и обрадовался. Перед дверью с задумчивым видом стоял хороший знакомый Элеоноры Сергей Петрович Кузьминский.

Я мигом справился с замками и заулыбался:

— Здравствуйте.

— Добрый вечер, Ваня, — он улыбнулся мне в ответ, — не поздно я заявился? Как-то неудобно, без предварительного звонка, после десяти вечера. Нора не спит?

— У нее жизнь в это время только начинается, — успокоил я гостя. — Хотите чаю?

— Спасибо, поостерегусь, давление скачет, — ответил Кузьминский и пошел в кабинет к Элеоноре.

Я же вернулся к себе в спальню, лег на диван и снова взял книгу. Слава богу, не потребуется сидеть в кабинете, ведя записи или выслушивая очередные бредовые речи.

Но не успел я прочитать с десяток страниц, как раздался звонкий голос Норы:

— Ваня, иди сюда.

Я встал, заправил рубашку в брюки, накинул пиджак и, решив, что галстук можно не завязывать, пошел на зов.

Кузьминский и Нора сидели за небольшим столиком, на котором стояли бутылка с коньяком и пузатые фужеры.

— Ты поедешь с Сергеем Петровичем, — заявила Нора.

— Зачем?

— Будешь работать у него секретарем.

От неожиданности я сел в кресло без разрешения.

— Вы меня увольняете?

— Не пори чушь! — отмахнулась Нора. — Сергей Петрович нанимает нас в качестве детективов, и тебе необходимо провести разведку на месте.

— Наверное, следует ввести Ваню в курс дела, — прервал мою хозяйку Сергей Петрович, — если разрешите, я озвучу проблему.

— Давай, — кивнула Нора.

Кузьминский вытащил золотой портсигар, покопался в нем, наконец выудил тонкую, совершенно дамскую папироску и завел рассказ.

Сергей Петрович очень богатый человек. Начинал он, как все, с продуктов, потом занялся то ли водкой, то ли бензином, честно говоря, точно не знаю.

Затем принялся торговать мебелью, хозяйственными товарами и прогорел. Многие люди, получив от судьбы пинок, сложили бы лапки и ушли в глухой запой, но Сергей Петрович принадлежал к иной категории. Колотушек он в то черное для себя время получил столько, что хватило бы на пятерых.

Сначала разорился, потом потерял жену и дочь. Любящая супруга, прихватив ребенка, убежала. Она решила, что Кузьминскому больше никогда не подняться, и не захотела жить в нищете. Но сильно просчиталась. Сергей Петрович продал шикарную квартиру, дачу, роскошную иномарку и номерные часы. Переехал в крохотную комнатушку, пересел на «шестерку», а все вырученные средства вложил в новое дело — основал риэлторскую контору.

Теперь у него есть загородный особняк, сверкающий «Мерседес» и штук пять часов стоимостью, как авианосец. Скромное предприятие по недвижимости превратилось в гигантский холдинг. Сергей Петрович продает и покупает квартиры, строит особняки, имеет страховую компанию и точку, торгующую автомобилями, — одним словом, он стал намного богаче, чем до своего разорения.

Сплетники поговаривали, якобы супруга Кузьминского, поняв, что сдуру поставила не на ту лошадь, решила вернуться назад, но он жену не простил, хотя и не развелся с ней, просто купил ей, Маргарите, квартиру и стал платить алименты. Дочь он забрал к себе.

Сейчас в особняке Сергея Петровича живет довольно большое количество народа. Во-первых, Белла, его двадцатилетняя дочка, во-вторых, Анна, сестра Маргариты, в-третьих, муж Анны, Валерий, в-четвертых, их дочь Клара. Это не считая горничных, шофера, садовника...

Естественно, в такой семье возникают трения. Белла ненавидит свою двоюродную сестру, Клара платит ей той же монетой, Анна периодически пытается захватить все руководящие посты в доме и начинает командовать прислугой, а та принимается хамить ей, открыто заявляя: «Нам платит Сергей Петрович, а вы тут в приживалках ходите».

Валерий ни во что не вмешивается, больше всего на свете он любит покой, поэтому, когда в доме начинается скандал, просто уходит в свою комнату, заявляя: «У меня срочная работа».

Отчего Анна, Клара и Валерий живут вместе с Сергеем Петровичем, я не знаю. Если бы я являлся обладателем огромного состояния, вряд ли поселил бы в своем доме сонм родственников, но чужая душа потемки.

Впрочем, до недавнего времени, несмотря на изредка вспыхивающие скандалы, обитатели просторного особняка вполне уживались друг с другом. Стоит ли говорить, что всех содержит Кузьминский?

Белла учится в институте, Клара в университете, Анна работает преподавателем в каком-то заштатном институте, Валерий тоже служит в НИИ. В общем, все было хорошо, но месяц назад у Сергея Петровича из стола пропали денеги.

Кузьминский очень аккуратный человек. Он ни разу ничего не терял, но тут подумал, что просто выронил перетянутый резинкой сверток. Сумма в десять тысяч долларов, огромная для любого другого человека, для Сергея Петровича — копейки. Поэтому он просто обозлился на себя и благополучно забыл о происшествии.

Два дня назад к нему обратился один из приятелей с просьбой одолжить денег на покупку машины. Сергей Петрович пообещал помочь, взял в банке сто тысяч, принес их домой, положил в ящик письменного стола, поужинал, потом встретил друга.

Они вместе поднялись наверх. Сергей Петрович вынул пакет с баксами и, протянув просителю, сказал:

— Хочешь, пересчитай купюры, но в банке их при мне проверили!

Друг спросил, пересчитывая пачки:

— Сколько в каждой упаковке?

— Десять тысяч, — ответил Сергей Петрович.

— Значит, всего тут девяносто, — констатировал приятель.

— Сто, — воскликнул Кузьминский, — там десять пачек.

— Нет, девять, — возразил друг.

Сергей Петрович уставился на стол, потом пересчитал аккуратные зеленые брикетики. К его огромному удивлению, их и впрямь оказалось девять. В душу Кузьминскому змеей вползло нехорошее предположение. Ладно, первый раз, месяц назад, он потерял деньги, но сейчас? Куда подевались баксы? То, что их было ровно сто тысяч, Кузьминский помнил отлично. Спускаясь ужинать, он пересчитал пачки, их было десять!

Сергей Петрович разозлился. Вновь пропала не слишком крупная для него, можно сказать, ерундовая сумма, но не в этом дело. В доме завелся вор, и

Кузьминский преисполнился решимости найти наглеца.

Естественно, он не хотел позориться и поэтому не стал обращаться в милицию. Открыто сообщать домашним о своих предположениях тоже не стал. Мерзавец один, а под подозрение попадают все. С одной стороны, Сергею Петровичу неприятно обижать людей, живущих с ним в одном доме, с другой — он не хочет, чтобы ворюга, узнав о затеваемом следствии, затаился.

Поэтому Кузьминскому пришло в голову самое простое решение. Ему давно нужен личный секретарь, он не раз говорил вслух о своем желании нанять интеллигентного, спокойного мужчину, который поселился бы в доме. Сергей Петрович принадлежит к старинному роду Кузьминских. Его предки были дворянами, и бизнесмен давно мечтает составить генеалогическое древо своей семьи. Всяких документов у него чемоданы. Его мать и бабка тщательно берегли бумаги, оставшиеся от пращуров. Чего там только нет: старинные свидетельства о рождении, семейные Библии, чьи-то дневники, письма, счета. Все это, вкупе с фотографиями, свалено кучей и давно вопиет о наведении порядка. Вот уже год как Кузьминский каждое воскресенье пытается разобраться с бумагами и, спускаясь к ужину, заявляет:

— Самому не справиться! Нет, определенно нужно нанять секретаря, там такая прорва документов...

Сергей Петрович прервал рассказ и перевел дух.

— Ты сейчас поедешь с Кузьминским, — заявила Нора, — и будешь изображать его помощника.

— Зачем? — спросил я, великолепно зная ответ.

Нора стукнула кулачком по подлокотнику кресла.

— Ваня, не придуривайся! Человек, повадившийся таскать деньги, будет продолжать это делать. Твоя задача — выследить его.

— Вовсе нет, — я попытался оказать вялое сопротивление, — скорей всего вор побоится разбойничать, он уже получил двадцать тысяч долларов за короткий срок и теперь, я думаю, доволен.

— Нет, — сердито оборвал меня Кузьминский, — прощелыга считает меня идиотом, не способным запомнить, сколько денег у него лежит в столе, он обязательно выйдет на охоту еще раз. Два удачных ограбления только разогрели его аппетит.

— У вас дома нет сейфа? — удивился я.

— Есть, — рявкнул Сергей Петрович.

— Кладите деньги всегда в него, — посоветовал я, — и избежите неприятностей. Надеюсь, шифр никто, кроме вас, не знает?

— Нет, — побагровел Кузьминский, — сейф могу открыть только я. Но не в купюрах дело! Хочу вычислить вора и с позором изгнать его из дома. Мне нестерпимо жить с мыслью о том, что рядом ходит преступник, и очень не нравится, что я невольно начал подозревать всех.

— Иди, Ваня, собери сумку, — приказала Нора.

Вы представляете, как мне хотелось срываться с насиженного места, чтобы ехать неизвестно куда и выполнять роль соглядатая?

— Но вор может не проявить себя целый год. — Я опять попытался сопротивляться.

Сергей Петрович прищурился.

— Нет, скоро он предпримет еще одну попытку.

— Почему?

— Завтра утром я скажу, так, между прочим, что в столе лежит крупная сумма денег, что не знаю, сколько там точно, пересчитаю вечером, когда вернусь с работы. Негодяй гарантированно полезет в кабинет, тебе останется лишь выследить его.

— Но...

— Ваня! Собирай сумку, — отчеканила Нора, — ты едешь к Сергею Петровичу.

Делать нечего, пришлось идти в спальню и паковать чемодан. Да, похоже, мне сегодня не почитать книгу «Россия от Ленина до Сталина».

Глава 2

Утром мои глаза наткнулись на незнакомый потолок. Пару секунд я в недоумении смотрел на обильную позолоту, потом сообразил: нахожусь не дома, лежу на слишком мягкой и просторной кровати в чудовищной комнате. Стены ее выкрашены нежно-голубой краской, потолок сверкает, словно церковный купол, из его середины свисает бронзовая люстра, украшенная миллионом хрустальных подвесок. Под стать ей и мебель. В левом углу расположился огромный гардероб, белый с растительным орнаментом. Справа стояло трюмо: большое овальное зеркало в резной раме, опирающееся на столик, покоящийся на тонких изогнутых ножках. Возле окна, задернутого парчовыми занавесками, громоздилось роскошное вольтеровское кресло и пара пуфиков. Стены украшали картины «устрашающей» красоты.

На одной изображена полуголая мясистая девица, стоящая на берегу пруда. Толстой целлюлитной ножкой она пробовала воду, на ее глуповатом щекастом личике застыло выражение мрачной решимости. Очевидно, девушка собралась утопиться и пыталась определить температуру воды.

Второе полотно запечатлело охотника с поднятым автоматом. Мужик в темно-зеленом камзоле и сапогах-ботфортах выглядел дико. На мой взгляд, живописец плохо знал историю. Когда появился «калашников», подобные камзолы и напудренные парики давным-давно перестали носить. У ног охотника лежал трофей: тигр с раскинутыми в разные стороны могучими лапами. Если учесть, что вокруг простирался самый обычный лес средней полосы России, то ситуация выглядела особо комичной. Ели, дубы, осины, на полянке убитый тигр и охотник, одетый по моде семнадцатого века, с оружием, появившимся на свет на три столетия позже.

Но более всего меня впечатлила кровать. Я увидел ее целиком, только когда встал на ноги. Белые резные спинки по бокам были украшены изящными ангелочками с хищными, недобрыми лицами. Необъятные подушки, трехметровая перина, шелковое, скользкое белье. Покоилась эта неземная красота на львиных лапах.

Я покачал головой и толкнул дверь в ванную комнату. Она тоже выглядела сногсшибательно. Унитаз и рукомойник нежно-розовые, с латунными кранами, душевая кабинка — интенсивно фиолетового цвета. На крючках болталось штук десять разнокалиберных полотенец, розовых, как кожа молодого поросенка, а на двери висел халат, который, казалось, основательно вымочили в чернилах. В стаканчике торчала новая зубная щетка, в мыльнице лежало, естественно, мыло, на полочке теснились шампунь, гель для бритья и упаковка одноразовых бритв. Кто-то все заботливо предусмотрел.

Я умылся и обнаружил в шкафу свой идеально вычищенный и отглаженный костюм, рубашку постирали и даже накрахмалили.

Внезапно мне стало не по себе. У Элеоноры есть домработница Ленка, которая выступает сразу в нескольких ипостасях. Она и уборщица, и кухарка, и прачка. К слову сказать, квартиру Ленка пылесосит ужасно, просто разгоняя грязь по углам, а если ей взбредет в голову протереть письменный стол, то ни настольную лампу, ни сложенные стопкой книги она не поднимет, просто повозит тряпкой вокруг, оставляя на полировке мутные разводы. Готовит Ленка тоже отвратительно, а гладить просто не умеет.

Но у нее есть и положительные качества: она никогда без спроса не зайдет в ванную комнату и не станет рыться в вещах. У Сергея Петровича Кузьминского в доме заведено иначе. Вчера вечером я лег спать, не разобрав саквояж. Просто поставил сумку у шкафа, решив заняться вещами утром. И что же? Пока я мирно спал, кто-то вошел в комнату, разложил шмотки, почистил костюм и постирал рубашку.

Оно, конечно, спасибо, но мне не нравится, когда посторонние без предупреждения вваливаются туда, где я сплю.

— Завтрак на столе, — прохрипело из угла.

От неожиданности я подскочил и увидел в углу комнаты небольшой динамик.

Поколебавшись немного, я не стал завязывать

галстук — в конце концов, утром позволительно спуститься к трапезе без особых формальностей.

В столовую я вошел последним, все члены «стаи» Кузьминского уже наслаждались кофе. Никто из них не удосужился одеться, все были в халатах.

— Садись, Ваня, — кивнул хозяин.

Я приблизился к свободному стулу, чувствуя, как в меня вонзаются не слишком дружелюбные взгляды.

— Прошу любить и жаловать, — улыбнулся Сергей Петрович, — Иван Павлович Подушкин, мой секретарь.

— Здравствуйте, — прозвучал нестройный хор голосов.

— Садись, Ваня, не стесняйся, — повторил Кузьминский, — чувствуй себя как дома. Это Белла, моя дочь.

Слишком полная для своего возраста, белокурая девушка скорчила гримаску, но ничего не сказала.

— На другом конце стола, — как ни в чем не бывало продолжал Сергей Петрович, — сидит Клара, моя племянница.

Тоненькая, даже хрупкая девушка мило улыбнулась и помахала мне изящной ручкой.

— Привет.

— Привет, — осторожно ответил я.

— Вообще-то ее зовут Клава, — заявила Белла. — Она сама себя в Клару переименовала.

— Тебе не все равно, — мигом отозвалась двоюродная сестра, — чего лезешь!

— Девочки, спокойно, — строго сказала женщина лет пятидесяти.

— Она первая начала, — не успокаивалась Клара.

— А вот и нет, — не сдалась Белла, — ты имя первая переделала, никакая ты не Клара, а Клавка!

— Знакомься, Ваня, — ледяным тоном продолжил Кузьминский, — моя свояченица Анна, а это ее муж Валерий.

Я посмотрел на апатичного, белобрысого типа, сильно смахивающего на простуженного бультерьера, и, выдавив улыбку, сказал:

— Очень приятно.

Анна промолчала, а Валерий пробормотал что-то вроде бр-бр.

Я решил, что он поздоровался.

— Ну вот, — потер руки Кузьминский, — теперь ты знаешь всех, но надо еще познакомиться и с главным человеком, с Ларисой Викторовной.

Довольно полная женщина в черном платье, стоящая у буфета, укоризненно воскликнула:

— Скажете тоже! Главный человек. Все бы вам, Сергей Петрович, насмешничать.

— Ну, не скромничай, — засмеялся хозяин, — мы без тебя пропадем, ничего не найдем: ни одежду, ни белье, ни холодильник.

— Ладно вам, — отмахнулась Лариса Викторовна, — пойду посудомойку освобожу.

Тяжело ступая, она ушла.

— Мне кажется, что не следует так нахваливать прислугу в лицо, — сердито заметила Анна, — наслушается комплиментов и начнет хамить!

— Лариса отлично работает, — кинулась в атаку Белла, — она все мне на место кладет!

Клара захихикала:

— Вау, она тебе няня! Это круто! Она тебе памперсы меняет?

— Дура!

— Мама, — загундосила Клара, — Белка опять ругается!

— Сергей, — воскликнула Анна, — ну почему ты не объяснишь Белке, как следует...

— Не смейте меня так называть! — взвилась девочка. — Я тебе не Белка, а Белла, запомнила?

Анна встала и плаксиво заявила:

— Нет, это невозможно, у меня голова заболела. — И выскочила в коридор.

Белла и Клара уставились друг на друга ненавидящими взглядами.

— Вот вырасту, стану хозяйкой в доме, — отмерла дочь Сергея Петровича, — и всех выгоню!

— Белла! — разозлился отец. — Думай что говоришь.

Валерий, до сих пор молча поглощавший творог, оторвал глаза от тарелки. Мне стало жаль Кузьминского, сейчас свояк вступится за жену и дочь...

— Передайте мне хлеб, — попросил тот.

— Меня оскорбили, — голосом обиженной третьеклассницы заявила Клара.

Ее папаша спокойно намазывал на хлеб масло.

— Теперь весь аппетит пропал, — гундосила Клара.

— А у меня нет, — заявила Белла.

Клара презрительно ухмыльнулась:

— Еще бы! Тебя ничто не способно отвернуть от еды, небось уже сто кило весишь!

— Лучше быть полной и веселой, чем тощей занудой, как ты, — не осталась в долгу Белла. — И потом, мне нет необходимости покупать себе лифчики с гелевыми подкладками, у меня и так роскошная грудь, а не прыщи!

Клара разрыдалась. Сергей Петрович нахмурился. Белла, страшно довольная, вскочила и, чмокнув отца, убежала. Ее двоюродная сестра продолжала лить сопли.

— Ладно, Клара, хватит, — поморщился Сергей Петрович, — не из-за чего сырость разводить.

— Да, — всхлипывала девушка, — так всегда, постоянно! Белла мне нахамит, а ей ничего не бывает!

Схватив со стола салфетку, Клара принялась усиленно тереть глаза. Валерий спокойно доел бутерброды, допил кофе и молча удалился. Я позавидовал его нервной системе. Честно говоря, мне было не по себе. Согласитесь, неприятно стать свидетелем семейного скандала.

Клара продолжала рыдать.

— Лариса! — крикнул хозяин.

— Слушаю, — отозвалась та, появляясь на пороге.

— Принеси мой кошелек.

Через пару минут, получив портмоне из крокодиловой кожи, Сергей Петрович выудил оттуда несколько зеленых бумажек, протянул их племяннице и примирительно сказал:

— Ладно, ты вроде говорила вчера, что видела в Пассаже красивое колечко? Пойди купи себе.

Слезы высохли на лице Клары словно по мановению волшебной палочки. Она мигом схватила ассигнации, пересчитала их и воскликнула:

— Если бы у меня нашлось еще сто долларов, то хватило бы и на серьги! Комплект-то красивее!..

Сергей Петрович безропотно протянул ей еще одну купюру.

— Спасибо, дядечка, — сказала Клара, и тут в столовую влетела Белла.

— Папа, ты меня отвезешь в город, — завела было она, но тут же осеклась и возмущенно заорала: — Клавка опять денег выклянчила!

— Мне дядечка сам дал, — быстро ответила Клара, засовывая доллары в карман. — Я ничего не просила!

— Как бы не так! — перекосилась Белла. — Ты специально закатываешь истерики и успокаиваешься лишь при виде подачки!

— Можно подумать, что тебе твой отец не дает денег, — ринулась в атаку Клара.

— Только на праздники, — гордо вскинула голову Белла, — я не попрошайка.

— Ага, — захихикала Клара.

Потом она встала, поцеловала дядю, вежливо улыбнулась мне, вышла в коридор, но уже через секунду сунула голову в дверь и заявила:

— Конечно, только на праздники, тысячи в конверте, а еще ты пользуешься его кредиткой VISA, и вовсе не попрошайка — просто транжира!

Сжав кулаки, Белла бросилась к двери. Клара мгновенно ее захлопнула. Дочь Кузьминского налетела на преграду, выругалась, рванула ручку, выскочила в коридор, откуда незамедлительно донесся визг, грохот... Потом раздался голос Анны:

— А ну прекратите безобразничать, на занятия опоздаете!

Я чувствовал себя хуже некуда, пить кофе мне совсем расхотелось. Тут распахнулась дверь, и появилась девушка.

— Горячее, — объявила она, — мясо с картофелем.

Сергей Петрович кивнул. Девица подошла ко мне с левой стороны и левой же рукой попыталась положить с подноса котлету на мою тарелку. Естественно, та угодила прямо на скатерть. Я вздохнул. Прислуге никто не объяснил, что следует подходить справа и раскладывать еду правой рукой, держа блюдо в левой. Странно, что Кузьминский нанял столь неумелую особу, даже Нюша у Николетты освоила азы науки прислуживания за столом.

Сергей Петрович отодвинул свою чашку и мирно сказал:

— Пошли в кабинет.

— Вы же хотели сообщить своим домашним о большой сумме денег, которая лежит у вас в столе, — напомнил я.

Кузьминский вздохнул:

— Лучше вечером, так логичнее. Приехал и привез. Давай, Ваня, шевели ногами. Тебе и впрямь придется для вида рыться в бумагах.

Через час дом опустел. Валерий сел в красивую иномарку, Клара устроилась рядом с ним на переднем сиденье. У Анны оказалась своя машина, маленькая, крохотная «Пунто» ярко-красного цвета. Беллу и Сергея Петровича на серебристом «Мерседесе» увез шофер.

Я увидел из окна, как кавалькада автомашин вырулила на дорогу, ведущую к воротам, и пошел выполнять приказ Кузьминского — осматривать дом. Здание оказалось гигантским, трехэтажным, вернее, этажей было четыре, если считать еще и цокольное помещение, в котором находились бассейн, сауна, бильярд, прачечная и комнатка, где громоздился котел отопления.

На первом этаже было немного комнат. Столовая, гостиная с камином — огромные, сорокаметровые помещения с высокими полукруглыми окнами. Еще здесь имелись комната с аккуратно застеленной кроватью — очевидно, гостевая, кухня, несколько кладовых, туалет, ванная...

Увидав, что я заглянул в кухню, Лариса Викторовна улыбнулась:

— Не хотите кофейку спокойно попить?

Сидевшая у стола возле кастрюли с нечищеной картошкой девушка улыбнулась и, выпрямившись, кокетливо подхватила:

— Присоединяйтесь к нам, познакомимся!

— Катя, — сердито оборвала ее Лариса Викторовна, — занимайся своим делом!

Девица покорно взяла отложенный ножик и принялась с деланым усердием скрести клубень, не забывая при этом стрелять в мою сторону густо намазанными глазами.

— Спасибо, — ответил я, — пока не хочется.

— Как только проголодаетесь, — заботливо продолжила Лариса Викторовна, — немедленно приходите. Кстати, что вы предпочитаете из еды?

Я пожал плечами:

— Я всеяден, словно опоссум.

— В наше время редко встречаются некапризные мужчины, — улыбнулась экономка. — И всетаки, что вы больше любите — рыбу, птицу?

— Мясо, — ответил я, — не отличаюсь особой оригинальностью, как большинство представителей моего пола, великолепно отношусь к котлетам.

Обсудив с Ларисой Викторовной достоинства и недостатки бараньих отбивных, говяжьей вырезки и свиного окорока, я плотно закрыл дверь и хотел идти на второй этаж, но тут из-за створки донесся громкий голос Кати:

— А симпатичный какой! Высокий! И с утра в костюме! Мне такие мужчины нравятся. Не знаете, Лариса Викторовна, он женат?

— Эта птица не для тебя, Катерина, — сурово ответила экономка, — ты уже что, не убиваешься по Косте?

— Так он меня бросил, — протянула Катя. — Этот секретарь симпатичный. Как вам кажется, я ему понравилась?

Я на цыпочках отошел от двери и двинулся на второй этаж. В самом конце была моя комната, за ней следовал кабинет Сергея Петровича. При желании я мог попасть в него, не выходя в коридор. Помещения соединяла небольшая дверка. Впрочем, хозяин тоже мог войти ко мне из своей спальни. Все три «отсека»: его опочивальня, рабочая комната и моя спальня шли анфиладой. Потом следовал небольшой холл с диваном и парой кресел, а за ним начиналась половина, на которой проживали Анна, Валерий и Клара. У каждого из них имелось по собственной комнате.

Мне показалось неприличным изучать в отсутствие хозяев их спальни, поэтому я просто приоткрывал двери и тут же их закрывал. В комнатах Сергея Петровича царил спартанский порядок, все было убрано, расставлено и разложено. У Валерия сильно пахло табаком, очевидно, он курил трубку, у Анны повсюду валялись интимные детали туалета, а у Клары был такой кавардак, что я даже изумился.

Со второго этажа на третий вела винтовая лестница, я поднялся по ней и попал в мансардное помещение, огромное, наверное, стометровое, с массой уголков и закоулков. Все оно принадлежало Белле. И в отличие от двоюродной сестрицы-неряхи Беллочка оказалась аккуратисткой. Кровать у нее была застелена пушистым розовым пледом, несколько десятков плюшевых игрушек сидели на полках, на длинном, извилистом, прикрепленном к стене столе стояло неимоверное количество техники: телевизор, компьютер, принтер, сканер, музыкальный центр и еще какие-то непонятные штуки, мирно моргавшие зелеными лампочками. Пол устилал ковер светло-бежевого цвета, в других помещениях покрытия имели более темный оттенок.

Еще одно отличало владения Беллы. Здесь не имелось ни одной картины. На стенах тут и там виднелись постеры в простых белых рамках.

Я спустился на второй этаж, устроился в кабинете и сделал вид, будто разбираю бумаги. Честно говоря, живопись, которой был украшен дом, поражала. Сергей Петрович потратил не один десяток тысяч долларов, меблируя покои. Тут все было дорогим, качественным. За исключением бело-голубой комнаты, которая временно досталась мне, все остальные выглядели безупречно элегантными, и... вдруг жуткая мазня в тяжелых бронзовых рамах.

Кабинет хозяина украшал портрет дамы в жемчугах. Неведомый художник плохо владел пропорциями, поэтому руки женщины получились несуразно длинными. Лицо казалось плоским и каким-то непрорисованным, зато роскошное серое платье было выписано с любовью. Рюшечки, оборочки, воланчики, кружавчики... Абсолютно гладкую, неправдоподобно белую шею украшало жемчужное ожерелье, а над ключицей ярко краснело круглое пятно.

Более идиотского полотна я в жизни своей не видел, впрочем, остальные, рассеянные по комнатам, выглядели еще гаже.

В спальне Кузьминского красовалась «обнаженка». Бело-зеленая девка, больше похожая на труп, вытащенный из воды, чем на красавицу, будоражащую чувства мужчины. В столовой висели нелепые натюрморты, отчего-то выполненные мрачными, темными красками, в гостиной наводил ужас средневековый замок, перед которым высилась виселица, а коридоры украшали карандашные наброски, впрочем, весьма милые. Они изображали домашних животных: кошечек, собачек, цыпляток, утяток... Абсолютный кич, но, согласитесь, намного приятнее смотреть на подобные картинки, чем на висельника.

Глава 3

Промучившись в кабинете, я почувствовал голод и пошел на кухню.

Лариса Викторовна была одна. Кокетливая девушка Катя носилась по второму этажу с пылесосом.

— Чай, кофе? — засуетилась экономка.

В мгновение ока передо мной очутились чашка и тарелка с бутербродами.

Я сделал глоток и не сдержал восхищения:

— Божественно! Первый раз в жизни пью такой вкусный кофе.

Лариса Викторовна зарделась.

— Я варю его с кардамоном, и еще... надо добавить чуть-чуть порошка какао, щепотку, естественно, не растворимого, а настоящего, нашего, фабрики «Красный Октябрь». Ну как, осмотрели дом?

Я кивнул. Масло у них тоже вкусное, в него добавлен чеснок.

— Понравилось? — Лариса Викторовна усиленно втягивала меня в беседу.

— Отличное здание, — улыбнулся я, — вот только...

— Что? — жадно поинтересовалась экономка.

Я на секунду заколебался. Ну какое право я имею критиковать художественный вкус хозяина?

— Так что вам не по душе? — упорно настаивала Лариса Викторовна.

— Очень оригинальные картины, — осторожно ответил я, — по-моему, они... э... э... не слишком соответствуют концепции убранства дома.

Лариса Викторовна прижала палец к губам:

— Тише.

Я замолчал.

Экономка улыбнулась:

— Хорошо, что мне сказали, надеюсь, Сергею Петровичу ничего такого не озвучили?

— Нет, конечно.

— Ага, — кивнула Лариса Викторовна, — если хотите долго работать у Кузьминского... К слову сказать, Сергей Петрович невероятно щедрый человек. Он сначала определяет вам оклад, потом начинает давать премии, делать подарки... Так вот, если желаете долго прослужить у него секретарем, мой вам дружеский совет: хвалите все полотна беззастенчиво. В особенности хозяину по душе, когда его сравнивают с Пикассо. Вот приедет он сегодня со службы, зайдет в столовую, а вы ткните пальцем в эти отвратные темно-зеленые апельсины и скажите: «Господи! Да у вас тут подлинник Пикассо!»

— Насколько я знаю, этот художник никогда не писал цитрусовых, смахивающих по цвету на жабу, — возразил я, — он любил одно время совсем другие цвета. «Розовый период Пикассо», «Голубой период Пикассо», потом увлекался кубизмом...

— Образованного человека сразу видно, — восхитилась Лариса Викторовна. — Но сейчас-то речь идет о том, чтобы потрафить хозяину.

— Так это его работы, — дошло наконец до меня.

— Ну да, — кивнула Лариса Викторовна, — мама Сергея Петровича, Глафира Анисимовна, была художницей. Кстати, картинки со зверушками — ее работы.

— Очень милые.

— На мой взгляд тоже, — кивнула Лариса Викторовна, — но не все ее произведения таковы. От замка меня оторопь берет.

— Это тоже принадлежит кисти Глафиры Анисимовны? — поразился я. — Надо же, какие полярные вещи! Собачата, котята и висельник!

Лариса Викторовна налила мне еще кофе, потом наполнила доверху свою чашку и принялась самозабвенно сплетничать.

Мать Сергея Петровича была странной женщиной. Но ее муж, Петр Фадеевич, вначале не обращал внимания на, мягко говоря, не совсем адекватное поведение жены. Глафира легко переходила от смеха к слезам, быстро обижалась, помнила обиды десятилетиями и могла возненавидеть человека, если он приходил в платье красного цвета. Дальше — больше. Постепенно ее начал раздражать яркий солнечный свет, она стала задергивать плотные гардины и жечь сутки напролет искусственный свет. Потом появилась новая фенька — Глафире стали повсюду мерещиться враги, она перестала есть еду, которую готовила кухарка, питалась одним печеньем, лично покупая его в булочных и пряча у себя в спальне.

Все окружающие воспринимали Глафиру как сумасшедшую, один Петр Фадеевич считал супругу милой сумасбродкой, но, когда она бросилась на мужа с ножом, выкрикивая: «Ты решил меня убить», и у супруга спала пелена с глаз.

В дом косяком потянулись врачи. Диагноз звучал приговором — прогрессирующая шизофрения.

Петр Фадеевич принялся лечить супругу, его жизнь превратилась в цепь однотипных событий: обострение недуга жены — ремиссия — снова ухудшение.

Жить с психически больным человеком в одном доме тяжелый крест. Петр Фадеевич терпеливо сносил все — истерики, крики: «Сейчас покончу с собой», вопли: «Я тебя мучаю...»

Но господь заметил страдания Кузьминского, и случилось счастливое событие. Однажды Петр Фадеевич купил своему маленькому сыну Сереже акварельные краски. Мальчик, с увлечением игравший в солдатиков, вежливо поблагодарил папеньку и забросил коробку в шкаф. Невесть как она попала в руки Глафиры. За одну ночь дама превратилась в

— Там нет никакого пятна! — подскочила эко-омка.

Я уставился на нее в недоумении:

— Но вы только что так красочно живописали семейную трагедию Кузьминских, или я чего-то не понял? Глафира Анисимовна ткнула в полотно кистью с алой краской...

— Да, — перебила меня Лариса, — именно так и обстояло дело. Только Петр Фадеевич смыл растворителем свежую метку, оставил портрет без пятна. У этой истории имеется жуткое продолжение.

— Какое? — осторожно спросил я.

— Несколько лет автопортрет жены висел в гостиной, потом на нем неожиданно опять появилась пурпурная отметина, — замогильным шепотом продолжала экономка, — в том самом месте, где прикоснулась кисточкой несчастная Глафира. Петр Фадеевич чуть не скончался от ужаса, когда увидел пятно! Он к тому времени уже был женат во второй раз! И знаете что?

— Что? — обалдело спросил я, чувствуя, как по спине отчего-то бежит дрожь.

— Его новая супруга Варвара была обнаружена на следующий день мертвая, в гостиной, около картины, — зашипела экономка, — в шее бедняжки торчали ножницы. А пятно таинственным образом ропало с полотна!

Я попытался улыбнуться. Когда-то в детстве мы риятелями обожали страшилки. Перед глазами л чердак дачи Тины Рой. Вот мы, стайка детей, чиков и девочек, бросаем велосипеды во дворе. роге появляется тетя Эстер и радушно зазыва- пить чай. Наевшись вкусных плюшкек, мы

страстную художницу. Петр Фадеевич не верил своим глазам. Бьющаяся по пять раз на дню в истерических припадках супруга приклеилась к бумаге, с невероятным энтузиазмом водя по ней кисточкой.

Естественно, муж кинулся в магазин. Через неделю комната Глафиры была превращена в мастерскую. Измученный Петр Фадеевич приобрел жене самые лучшие краски, супердорогие кисти, изумительную бумагу, холсты, заказал мольберт.

В квартире воцарился долгожданный покой, Глафира стала другим человеком, припадки безумия и злобы сошли практически на нет.

Петр Фадеевич как мог поощрял жену. Ее полотна вставлялись в роскошные рамы и немедленно вывешивались на стенах. Гостям вменялось в обязанность изо всех сил хвалить картины. Те, кто недоуменно поднимал брови или презрительно кривил губы, объявлялись персонами нон грата и более никогда к Кузьминским не приглашались.

В Глафире словно сидело два человека. Один — светлая, радостная личность, любившая запечатлевать животных, другой — мрачный субъект, предпочитавший писать темными красками всякие гадости. Но Петр Фадеевич старательно делал вид, что не замечает шизофренического раздвоения личности супруги. Он сумел организовать ее выставку. Глафира продала пару полотен и почувствовала себя счастливой.

Психиатры только качали головами.

— Кто бы мог подумать, — не удержался однажды профессор Кох, наблюдавший Глафиру, — ведь процесс необратимый, а ваша жена прямо переродилась.

Услыхав эти недоуменные слова светила, суеверный Петр Фадеевич сплюнул и перекрестился: он очень боялся, что супругу сглазят.

В течение пяти лет Глафира казалась совершенно нормальной, может, чуть слишком экзальтированной дамой, но потом неожиданно случилось несчастье. Ровно полгода Глафира писала свой портрет, однажды утром она мрачно сообщила мужу:

— Картина закончена.

— Ну-ка, — засуетился Петр Фадеевич, — покажи мне ее скорей!

Жена провела его к себе. Петр Фадеевич принялся нахваливать автопортрет супруги в роскошном сером платье. Когда фонтан восторженных слов иссяк, художница сурово заявила:

— Теперь я вижу: вещь недописана!

— Что ты, душечка, — залебезил несчастный Петр Фадеевич, — потрясающее полотно, лучшая твоя работа, многие умерли, не создав ничего подобного.

— Значит, полагаешь, я могу со спокойной душой сойти в могилу? — криво усмехнулась жена.

— Ну и ерунда взбрела тебе в голову! — испугался муж.

Внезапно Глафира встала, схватила кисть, окунула ее в алую краску и поставила на холст пятно.

— Что ты делаешь! — воскликнул Петр Фадеевич. — Надо немедленно стереть!

— Пусть будет так! — отчеканила Глафира. — Теперь сходство полное!

Петр Фадеевич только хлопал глазами, потом он увидел, что жена пришла в хорошее настроение, и тоже повеселел. Вечер провели чудесно, играли в

карты и даже выпили вина. Петр
счастливым человеком.

Утром он нашел жену возле злопо
портрета мертвой, одетой в роскошное п
тье серого цвета с воланчиками, рюшечка
жавчиками. Но самое странное было то, что
трупа, чуть повыше ключиц, там, где на порт
виднелось красное пятно, торчали ножницы. Гла
фира покончила с собой самым ужасным способом.

Петр Фадеевич сам едва не рехнулся, поняв, что жена задумала лишить себя жизни вчера, в тот момент, когда решила «дописать» портрет.

Глафиру Анисимовну похоронили. Ее картины остались висеть на стенах, и Сережа вырос в полной уверенности, что его мать гениальная живописица. Сам он тоже баловался красками и до сих пор в редкие минуты отдыха становился к мольберту.

— Понятно теперь, почему в доме нет никаких картин, кроме этих? — спросила Лариса.

Я кивнул:

— В общем, да. Очевидно, у Сергея Петровича просто железные нервы!

— Отчего вы пришли к такому выводу?
милась экономка.

— Ну я бы не хотел повесить у себя
ртрет с такой мрачной историей. И
пятно! Оно совершенно не потемнел

— Какое пятно? — пробормот

— Ну вы же сами рассказали
ключицы! Смотреть и вспоми
кончила с собой! Бр! Соглас
нятие!

залезаем на чердак и начинаем рассказывать безумные истории: про торт с красной розой, из которого выскакивает рука, про перчатку, которая душит своего владельца, про куклу, убивающую хозяйку, про страшное подземелье... Заканчивалась забава всегда одинаково. С громким визгом мы неслись по шаткой лестнице вниз и налетали на тетю Эстер, укоризненно качавшую головой.

— Ну сколько можно заниматься глупостями, — сердито говорила она, — лучше съешьте шоколадный торт, Наташа его только что испекла.

Развлекались мы подобным образом лет до четырнадцати, а потом повзрослели и перестали пугаться. Но, похоже, Лариса Викторовна осталась в глубоком детстве, потому что сейчас она с самым серьезным видом вещала:

— А потом, ночью, к Петру Фадеевичу явилось привидение. Призрак Глафиры сообщил, что каждый раз, когда на портрете возникнет пятно, в дом Кузьминских явится смерть!

Я постарался не рассмеяться. Дожить до седых волос и верить в такие глупости!

— Кто же поведал вам сию ужасную историю? — не утерпел я.

— Белла, — ответила Лариса.

— И вы поверили девушке? — улыбнулся я.

— Но Сергей Петрович подтвердил, правда, весьма неохотно. Сказал: «Была у нас такая неприятная семейная история, но у кого их нет?»

Я помешал ложечкой кофейную гущу.

— Да, захватывающее повествование, только вы перепутали немного. Пятно-то на месте.

— Где? — пролепетала Лариса.

— На портрете, я только что видел.

— Не может быть, — запинающимся голосом сказала экономка, — вчера ничего такого я не видела. Вы ошибаетесь.

— Пойдемте посмотрим? — предложил я.

Лариса Викторовна вскочила. Быстрым шагом мы подошли к лестнице, и тут сверху донесся пронзительный вопль:

— О-о-о, помогите, а-а-а!

Забыв о вежливости, я оттолкнул экономку и понесся наверх, перепрыгивая через ступеньки. Кричали в кабинете Сергея Петровича.

Я рванул дверь и обнаружил горничную, стоящую за столом. Рот ее был раскрыт, глаза вывалились из орбит, руки Катя судорожно прижимала к груди. Рядом валялись швабра и тряпка.

— Немедленно замолчи, — сурово сказал я.

Катя послушно захлопнула рот.

— Что случилось?

Горничная вновь издала звук, которому позавидовала бы паровозная сирена.

— Прекрати сейчас же, — обозлился я, — отвечай нормально, что тебя напугало? Мышь? Небось несчастная от твоего ора инфаркт заработала.

Катя ткнула пальцем в портрет:

— Там... пятно... вон! Красное!

— И что?

— Его вчера не было...

— Не было, — эхом прошелестела Лариса Викторовна и кулем свалилась к моим ногам.

Видя такой поворот событий, Катерина завизжала, словно кошка, которой случайно прищемили хвост.

Но я не растерялся. Вся моя жизнь прошла рядом с маменькой. А Николетта и ее подруги обожают закатывать истерики по любому поводу и демонстративно лишаться чувств на глазах у почтенной публики.

— И-и-и! — выводила Катя.

Я легонько шлепнул ее. Горничная захлебнулась криком.

— Не блажи, — громко сказал я, — принеси нашатырный спирт.

Катерина как ошпаренная бросилась к аптечке. Через пятнадцать минут положение слегка стабилизировалось. Лариса Викторовна сидела на диване, Катерина всхлипывала в кресле.

— Дамы, — спросил я, — из-за чего сыр-бор?

— Так смерть идет, — разрыдалась Катя, — обязательно кто-то умрет.

— Кто именно? — Я попытался привести собеседниц в чувство.

— Кого она выберет, — заявила Лариса Викторовна и ткнула дрожащей рукой в портрет. — Глафира жертву наметила!

— Ерунда, — успокаивал я истеричек, — все это неправда. Привидений и кровавых пятен, выступающих на полотнах, не бывает.

— Вот же оно, — проблеяла Катя.

— Это дурацкая шутка кого-то из членов семьи, — сердито перебил ее я, — думаю, либо Белла, либо Клара решили позабавиться идиотским образом.

— Нет, мы все умрем, — прошептала Катя. — Сегодня же уволюсь. Место хорошее, зарплата отличная, но жизнь-то дороже!

— Вот что, — принял я решение, — ну-ка, где Сергей Петрович держит краски, кисти и все такое?

— В мастерской, — хором ответили дурочки.

— И где она?

— В саду, домик стоит, — пропищала Катя.

— У Беллочки аллергия на запах краски, — обморочным голосом добавила Лариса. — Вот отец и построил себе отдельное здание.

— Немедленно принесите оттуда растворитель! — железным тоном приказал я.

Спустя примерно полчаса я осторожно стер красную отметину. Одна из моих бывших любовниц, Рада Сколкова, была художницей, и я хорошо знаю, чем можно снять свежую краску, не повредив старого слоя.

После окончания «реставрационных работ» я приказал Ларисе распахнуть балкон, а Катерине велел тщательно прибрать комнату.

Когда помещение приобрело первозданный вид, я провел женщин на кухню, усадил их перед собой и заявил:

— Вот что, любезнейшие, вы сделаете огромное одолжение Сергею Петровичу, если не станете распространяться о случившемся. Я сам все расскажу хозяину. Советую крепко держать язык за зубами, получите от Кузьминского премию. В доме и так нервная обстановка.

— Все равно уволюсь, — мотнула растрепанной головой Катя.

— Ваше дело, — кивнул я, — подобные решения следует принимать самостоятельно, захотите — уйдете, но только молча, без истерик.

— Тут всех убьют. — Катя попыталась снова заголосить.

— Заткнись, — неожиданно зло заявила Лариса, — похоже, девчонка пошутить захотела.

— Которая, на ваш взгляд? — полюбопытствовал я.

— Обе сволочи, — скривилась Катя. — Белла ко всему придирается, Клара, правда, вежливая, зато вечно работы наваливает! То ей платье погладь, то белье руками постирай, то пуговицы пришей.

— А ты хотела за так зарплату получать? — окрысилась Лариса.

— Ну... я же не обязана в свое свободное время ей колготки подавать, — возразила Катя, — взяла моду в комнату врываться, когда ей заблагорассудится, а Анна...

— Если хочешь удержаться на месте, никогда не критикуй вслух хозяев, — ледяным тоном отчеканила Лариса.

— Все равно уволюсь, — крикнула Катя.

Глава 4

Сергей Петрович явился домой около десяти вечера. Его ждали с ужином. Белла, Клара, Анна и Валерий занимались своими делами в комнатах и, несмотря на поздний час, не собирались трапезничать. Очевидно, тут было заведено садиться к столу вместе с хозяином.

Кузьминский, тяжело дыша, поднялся на второй этаж. Я подождал минут пятнадцать и поскребся к нему в дверь.

— Да, входи, — раздалось из кабинета.

Я вошел и обнаружил Сергея Петровича уже в халате, с сигарой.

— Ваня? Я думал, Беллочка просится, — сказал он, — впрочем, она никогда не стучится, влетает словно оглашенная! Ну, как день прошел? Освоился?

Я быстро ввел его в курс дела. Кузьминский подошел к портрету, потрогал пальцем шею изображенной на нем дамы и сердито воскликнул:

— Это же просто безобразие! Мне придется ее наказать!

— Кого? — удивился я.

Сергей Петрович вышвырнул сигару в открытое окно.

— Мы с Ритой долго не имели детей, жена перенесла пять выкидышей подряд. Беллочка появилась на свет, когда мне было уже за сорок. Конечно, мы сами виноваты, избаловали девчонку, но я все время думаю: дочь растет без матери. Поэтому и Ольгу сюда не привожу.

Очевидно, на моем лице отразилось недоумение, потому что Сергей Петрович неожиданно сказал:

— Ты чего стоишь словно фонарь?

Я не ожидал услышать от него ничего подобного, поэтому от растерянности ляпнул:

— Вы же не предложили мне сесть. Сами стоите, мне просто неудобно садиться.

— Ты сделаешь мне большое одолжение, если перестанешь разводить китайские церемонии, — сердито буркнул хозяин и опустился на диван.

Я покорно устроился в большом кресле. Отчего-то большинство людей, встретив по-настоящему воспитанного человека, начинают тут же считать его занудой. К сожалению, в современном понимании воспитание — это привычка здороваться со знакомыми и неупотребление ненормативной лексики с трибуны. На самом деле существует много нюансов, которые отличают человека из интеллигентной семьи от остальных. Ну, к примеру, он всегда встанет, если в комнату входит дама или некая особа старше его по возрасту. Садиться на диван, когда стоит хозяин, не принято. Нельзя первым протягивать руку женщине и крайне неприлично перебивать собеседника...

— В нашей семье, — голосом школьного учителя сообщил Кузьминский, — и впрямь существует легенда о пятне. Но никакой мистики в ней нет. Просто бедному отцу очень не повезло в жизни. Моя мать Глафира была удивительно талантливым, но тяжело больным человеком. Шизофрения страшная штука.

Конечно, ужасно потерять рассудок, но еще страшнее жить рядом с такой личностью. Петр Фадеевич, на мой взгляд, был просто святым. Когда Глафира покончила с собой, отец выдержал траур и женился на Варваре, молодой вдове с ребенком. Он думал, что у них получится хорошая семья. Варя, одна воспитывавшая дочку Лисочку, нуждалась в средствах, а Петр Фадеевич был обеспеченным человеком и желал, чтобы я не остался без матери. Отцом руководил хитрый расчет. Своих детей он больше заводить не хотел, всю любовь отдал мне. Будущая супруга должна, по его мнению, иметь дочь, так как девочка не соперница сыну. Два ребенка мужского пола начнут драться, выяснять отношения...

Все вышло так, как задумал Кузьминский. Сергею исполнилось на момент смерти мамы двенадцать лет. В пятнадцать у него появилась мачеха. Дочери Лисочке было десять. Варвара оказалась милой женщиной, искренне полюбившей пасынка. Она пыталась, как могла, заменить ему мать. Было лишь одно «но». Через некоторое время после свадьбы выяснилось, что Варя тоже больна шизофренией.

Когда Петр Фадеевич узнал, какой диагноз ставят его второй жене, он побледнел и заперся в спальне. Видно, зря считают, что снаряд в одну воронку дважды не попадает.

Неизвестно, как бы развивались события в семье Кузьминских, но Варвара покончила с собой перед портретом Глафиры и тем же способом, что и первая супруга Петра Фадеевича. Она воткнула себе в шею ножницы. Дикий способ уйти из жизни, который мог прийти в голову лишь человеку с затуманенным рассудком.

Петр Фадеевич страшно переживал случившееся и переехал в новый дом, но его домработница, болтливая Степанида, сочинила историю о проклятии Глафиры. Вот с тех пор и начинает отсчет семейная «легенда». Кузьминский, услыхав пересуды соседей, мигом уволил Степаниду, а та, то ли желая отомстить хозяину, то ли попросту обладая буйной фантазией, стала сплетничать еще пуще. Положение усугублялось тем, что бывшая прислуга проживала в одном доме с Петром Фадеевичем, и скоро бедняга не мог спокойно выйти на улицу. Едва он появлялся из подъезда, как все, кто сидел на скамеечках, замирали и поедали вдовца взглядами. Каких только глупостей не придумывали люди! Петр Фадеевич представал во всех рассказах просто Синей Бородой. Людская молва приписала ему не то восемь, не то девять жен.

— Он уже пятерых похоронил, — шептали старухи, — а потом к нам въехал.

— У них по дому привидение бродит, — захлебывались молодые матери, покачивая коляски.

— Варвару-то Глафира убила, — бубнила Степанида. — Она по дому бродила, я сама видела ее сто раз в сером платье!

— И от девчонки он избавился, — подхватывала дворничиха.

Последнее заявление было правдой. Петр Фадеевич сдал Лисочку в детский дом, но не надо его за это осуждать, он просто не в состоянии был справиться с двумя детьми.

Лисочка осталась в памяти Сергея капризной, вечно ноющей девочкой, избалованной матерью. Сережа даже не знал ее настоящего имени. Варя звала дочку Лисочкой, наверное, из-за слегка удлиненных к вискам глаз и остренького носика, делавших девочку похожей на лисичку.

Сергей с малышкой не дружил, дальнейшей судьбой ее не интересовался. Петр Фадеевич никогда не навещал падчерицу в приюте, и после его смерти Сережа не сделал ни одной попытки увидеться с Лисочкой. Она была ему чужой.

Спустя два года после кончины Варвары Кузьминский решил еще раз устроить свою семейную жизнь и привел в дом молодую, смешливую Соню. Дом замер, предвкушая новое несчастье.

Софья прожила в квартире Кузьминских полгода, но потом, покидав вещи в саквояж, исчезла. Петр

Фадеевич ходил чернее тучи. Перед расставанием его избранница объяснила свое поведение.

— Уж извини, — говорила она, утрамбовывая шмотки в не желавшем застегиваться чемодане, — только я не хочу на тот свет вслед за всеми твоими женами отъехать.

— Ты наслушалась глупостей от баб во дворе, — попытался вразумить ее Кузьминский. — Я давно подумываю о смене квартиры.

Соня подняла красное лицо.

— Разве это не правда?

— Господи, — возмутился Петр Фадеевич, — да полная чушь, конечно. Никакого проклятия Глафиры не существует!

— Но она покончила с собой! — возразила Соня.

— Глаша болела шизофренией!

— А остальные?

— У меня было всего две жены! — закричал Петр Фадеевич. — Не пять, не семь, не девять, только две!

— И что стряслось с последней? — тихо поинтересовалась невеста.

— Ты же знаешь! Она тоже лишилась рассудка и убила себя.

— Ага, — кивнула Соня, — здорово вышло. Так вот, я не хочу стать следующей. В твоей квартире поселилась зараза.

— Послушай, — устало возразил Кузьминский, — шизофрения не чума, она не передается воздушно-капельным путем.

— А вот и неправда, — возразила Соня и села на чемодан, — я тоже начинаю заболевать! Знаешь, кого я вчера увидела? Глафиру!

— Не пори чушь, — вскипел Петр Фадеевич, — несчастная давно истлела!

— А дух-то бродит, — не успокаивалась Соня, пытаясь справиться с замками. — Просыпаюсь ночью — стоит надо мной, в сером платье с кружавчиками, лицо закрыто сеткой, в руках ножницы длинные. Я от страха чуть не обделалась.

— Что же меня не позвала?

— Так голос пропал, — пояснила Соня, хватая чемодан. — Лежу, рот словно рыба разеваю, а она потрясла ножницами и прошипела: «Убирайся из моего дома, пока я тебя не заколола». Вот я и решила, лучше быть незамужней, но живой...

Вскоре Петр Фадеевич умер, Сергей поступил в университет, женился, а затем съехал в другое место.

— Зачем же вы рассказали дочери эту историю? — удивился я.

— Маргарита разболтала, ее мать. Мы все детство в одном дворе провели, она все знала. Рита не позволяла картины мамы вешать, и у нее просто начиналась истерика, когда я брал в руки краски. Кстати, это и послужило одной из причин нашего разрыва.

— А мне говорили, будто она ушла от вас, когда поняла, что вы обанкротились.

— Нет, — сердито оборвал меня Кузьминский, — Рита целый год сидела со мной на хлебе и воде. Я сам дурак. Постоянно срывался на нее, орал, упрекал в своих неудачах, она и не выдержала, выбросила мои полотна, поломала мольберт, кисти... На том и разошлись, теперь живем порознь. У нее есть любовник, Павлик, а у меня Ольга. Только сдается мне, лучше было бы нам опять сойтись, из-за дочери. Беллочка обожает мать, Олю она никогда не примет.

Не успел он договорить, как дверь кабинета приоткрылась и в кабинет заглянула Белла:

— Папа! Мы будем наконец ужинать? Я сейчас от голода умру.

— Пошли, Ваня, — велел Кузьминский.

Мы спустились вниз и сели за стол. Лариса Викторовна внесла блюдо с дымящимся мясом.

— Почему *ты* подаешь еду? — нахмурился глава семьи. — Где Катя?

Экономка растерянно глянула на него:

— Она... э... увольняется!

— Глупости, — рявкнул Кузьминский, — вели ей через час явиться ко мне в кабинет.

Видя, что хозяин дома обозлился, все уткнулись в тарелки, даже Белла и Клара не ссорились. Минут пять в столовой царила тишина, нарушаемая лишь звяканьем ножей и вилок, потом Сергей Петрович резко сказал:

— Ваня! Завтра с утра поедешь в магазин и купишь машинку для пересчета денег, моя сломалась. Я сегодня привез домой некую сумму, хочу точно знать, сколько там.

— Давайте вручную посчитаю. — Я решил подыграть Кузьминскому.

Сергей Петрович усмехнулся:

— Всю ночь потратишь, там миллион долларов с копейками.

— Сколько? — невольно спросил я, пораженный размером суммы.

— Примерно миллион, — спокойно повторил Кузьминский, — черный нал, не слишком удачный месяц был, обычно больше получается.

— Папа, передай мне масло, — вклинилась Белла.

— Мясо не дожарено, — заявила Анна, — кровь вытекает.

— Перестань, меня стошнит, — вскинулась Белла, — какая гадость!

— Ешь капусту, — усмехнулась Клара, — тебе полезно, жир потеряешь.

Я тяжело вздохнул. Ну вот, сейчас скандал наберет обороты, но тут неожиданно послышался мелодичный звонок.

Лариса пошла в холл. Через пару секунд оттуда раздались голоса, и в столовую вошла пара — женщина лет сорока и парень, едва ли справивший тридцатилетие.

— Мама, — закричала Белла, вскакивая на ноги, — ты!

— Я, — ответила дама и рухнула в кресло. — Павел, принеси мне коньяку.

— Чем обязан? — хмуро спросил Кузьминский. — Только не говорите мне, что ехали мимо и решили заглянуть на огонек.

— Господи, Сережа, — пробормотала Рита, — у нас несчастье.

— Что случилось? — испуганно осведомился брошенный супруг.

Маргарита схватила фужер, поднесенный любовником, опустошила его и сообщила:

— Мы взорвались.

— В каком смысле? — оторопел Кузьминский. — Прогорели? Агентство не дает прибыли?

— В прямом, — выкрикнула Маргарита. — Павел, налей мне коньяку!

— Тебе не следует много пить, — подала голос Анна, — не советую.

— Кажется, я не просила совета, — отчеканила Марго, — разреши напомнить, что в этом доме официальной хозяйкой являюсь я, хотя тебе и очень хочется занять мое место.

Анна вспыхнула.

— Очень интересная позиция, — не сдалась она, — живешь бог знаешь с кем, а потом сваливаешься на голову и вспоминаешь, что на бумаге являешься женой Сергея.

— Не смей делать замечаний моей маме, — заорала Белла.

— А ты не одергивай мою маму, — подскочила Клара.

— Дура!

— Идиотка!

Сжав кулаки, девицы уставились друг на друга. Не обращая на них никакого внимания, Маргарита взяла пузатый фужер с коньяком, залпом осушила его и констатировала:

— Гадость. Отчего ты, Серж, экономишь на спиртном?

Анна, красная то ли от жары, стоявшей в комнате, то ли от гнева, рвала на мелкие части бумажную салфетку. Валерий абсолютно спокойно подбирал хлебом подливку с тарелки.

Интересно, у них каждая трапеза заканчивается скандалом и как поступит сейчас Кузьминский?

— Так кто кого подорвал? — спросил Сергей Петрович.

— Надо мной квартиру занимал некий Воробьев, — слегка заплетающимся языком начала рассказ Маргарита, — нормальный, тихий дядечка, без закидонов. Никаких проблем не было. Так понесло его в загранку работать, кажется, в Америку подался, а может, в Германию, жилплощадь сдал каким-то идиотам. Ну и сегодня днем под входную дверь этим то ли бандитам, то ли не знаю кому подложили бомбу. Хорошо, мы с Пашей в театре были. Почти весь стояк вылетел.

— Ну, пожалуй, не весь, — пробасил Павел, — всего четыре квартиры.

— И наша в том числе, — вздохнула Рита. — Вот, остались голые!

Я посмотрел на пудовые серьги с бриллиантами, оттягивающие уши несчастной бездомной, на несколько колечек с крупными изумрудами и быстро прикинул в уме их стоимость. Пожалуй, на новую квартиру ей хватит.

— Ужасно, — воскликнул Сергей Петрович. — Лариса, немедленно приготовь две спальни. Риточка, садись к столу. Представляю, что ты пережила!

— Мы вполне можем обойтись с Пашей одной комнатой, — заявила та, вставая из кресла.

Сергей Петрович нахмурился.

— Ни стыда ни совести, — прошипела Анна, — это при живом-то муже.

Кузьминский перевел тяжелый взгляд на нее и холодным тоном велел:

— Ешь рыбу.

— Но у меня мясо, — вякнула Анна.

— Значит, жуй телятину, — отбрил Сергей Петрович, — и не лезь куда не просят.

— Вот, — Анна вскочила на ноги, — вот так всегда! Я стараюсь, веду дом, а стоит этой появиться, и ты меня унижаешь. За что? За что?!

Продолжая монотонно повторять вопрос, она

вылетела из-за стола и, всхлипывая, убежала в коридор. За ней с воплем: «Мама!» — понеслась Клара. Валерий спокойно пил чай, а Белла, довольно ухмыляясь, жевала пятую по счету плюшку.

— Я не знала, — скривилась Маргарита, — что ваши отношения с Анной зашли так далеко — она, оказывается, позволяет себе закатывать истерики!

Понимая, что сейчас скандал наберет новые обороты, я встал и тихо сказал:

— Наверное, мне следует пойти заняться деньгами.

— Ступай, Ваня, — кивнул хозяин, — велю подать тебе чай в мой кабинет.

Глава 5

Около полуночи Сергей Петрович зашел в мою комнату и устало сказал:

— Ваня, я иду спать, занимай наблюдательную позицию.

— Где? — спросил я. — Мне залезть в шкаф?

Кузьминский покачал головой:

— Нет, этого не потребуется, смотри.

С этими словами он подошел к двери и поманил меня пальцем. Я прошел в его кабинет.

— Вот здесь, — сообщил хозяин, — за занавеской, есть небольшая ниша, там стоит кресло, устраивайся поудобней и жди. Единственное — тебе придется поскучать. Книгу почитать ты не сможешь, лампу зажигать нельзя.

— Но как же я разгляжу вора?

— Я всегда оставляю в кабинете гореть торшер, — спокойно объяснил Кузьминский.

— Мне схватить грабителя за руку? Поднять шум?

— Нет, — ответил Сергей Петрович, — просто понаблюдай за процессом, а потом расскажи мне. Ну, смотри не засни!

Широко улыбнувшись, он ушел. Я сел в кресло и попытался развлечь себя составлением стихов. Обычно рифмы легко приходят мне в голову, но сегодня не тот день. Любовь-кровь-морковь. Вишня-черешня. Чашка-пташка. Поняв, что муза улетела далеко прочь, я сосредоточился на мыслях о своей любовнице Жанне.

Жаль, конечно, что не увижу ее сегодня. Жанночка милая девочка, красивая и далеко не глупая. Одна беда — у нее очень ревнивый муж, и наши свидания каждый раз проходят в суете. Жанна очень боится, что Григорий поймает ее на адюльтере и выгонит вон из дому. А терять Жанне есть что. Григорий весьма богат, пожалуй, так же, как Кузьминский. Во всяком случае, фотографии ее дома, которые она мне показывала, сильно напоминают особняк Сергея Петровича. Жанна ездит на «Мерседесе» и сумму в тысячу долларов считает чем-то несущественным. Григорий бывший военный, разбогател он на торговле бензином, друзья у него такие же.

Раз в неделю Гриша зазывает в свою баню приятелей, где компания оттягивается от души под водку, пиво, креветки и песни Олега Газманова. А Жанна закончила консерваторию, теперь она учится в Литературном институте. Супруг, который искренне считает, что соль бывает только в солонке, а скрипичный ключ — это инструмент, которым чинят скрипку, раздражает ее ужасно. Но у нее тяжелобольная мама, брат-школьник и ни копейки собственных средств, а Григорий, хоть и не способен отличить ямб от хорея, беспрекословно оплачивает все ее счета.

Во мне Жанна обнаружила родственную душу, пару раз она с тоской говорила:

— Вот бы нам пожениться.

Но я далеко не так обеспечен, как Григорий, а она не способна жить на медные гроши. Поэтому мы встречаемся украдкой, в основном когда Григорий отбывает в Сибирь — он часто мотается туда по служебным делам. Кстати, я очень рад, что Жанна корыстна, в мои планы женитьба не вхо́дит, меня вполне устраивает необременительная роль любовника.

Мысленно раздев Жанночку, я зевнул, потянулся и... вздрогнул от дикого крика, вернее, визга. Звук набирал силу, налетая на стены и отражаясь от них.

— А-а-а-а...

Застучали двери, зашаркали ноги, зазвучали голоса:

— Что случилось?

— Кто орет?

— Господи, и ночью покоя нет!

Я встал, прошел в свою комнату и выглянул в коридор. Все члены семьи Кузьминского сбегали по лестнице вниз. Впереди неслась Белла, размахивая какой-то серой тряпкой.

Я присоединился к толпе. Мы добежали до белой двери, из-за которой несся вопль. Белла пнула ногой филенку, и я увидел Ларису Викторовну в балахонистой серо-розовой ночной рубашке. Увидав хозяев в исподнем, экономка захлебнулась визгом.

— Немедленно объяснись! — железным тоном потребовала Анна.

— Там, там, — забормотала Лариса, тыча пальцем в занавешенное окно, — там...

Анна быстро подошла к окну, распахнула створки и высунулась наружу. В комнату ворвался свежий воздух. На дворе в разгаре июнь, днем термометр показывает больше двадцати градусов тепла, по ночам же на улице прохладно.

— Что там? — обозлилась Анна, закрывая окно.

— Там...

— Кто?! — рявкнул Сергей Петрович, забыв про манеры. — Говори, не мямли.

— Глафира, — выдавила наконец из себя экономка.

Повисло молчание, потом Анна холодно процедила:

— Ты с ума сошла!

— Вовсе нет, — стала оправдываться Лариса, — я уже легла, почти заснула. Вдруг слышу — кто-то так тихонечко в стекло стучит. Сначала подумала, что мне мерещится, а потом застучали громче, громче.

Лариса встала, отодвинула занавеску, глянула в окно и приросла ногами к полу.

В саду, под мирно горящим фонарем, маячила фигура в сером платье с воланчиками, кружевами и бантиками. Лицо было скрыто под густой вуалью.

Лариса Викторовна настолько испугалась, что не сумела выдавить из себя ни звука. Глафира покачалась перед окном, потом подняла правую руку. Сверкнули длинные острые ножницы.

Лариса завопила...

— Чушь собачья, — ледяным тоном заявил Сергей Петрович, — в саду никого нет.

И тут раздался довольно громкий стук в стекло.

— Мама! — взвизгнула Клара и задрожала.

Анна, сильно побледнев, спряталась за меня. Кузьминский, сжав губы, решительно подошел к подоконнику, снова распахнул окно и громко сказал:

— Это ветка. Качается от ветра и задевает стекло.

Лариса Викторовна рухнула на кровать и заколотилась в рыданиях.

— Хватит, — поморщился хозяин.

— Дайте ей коньячку, — посоветовала Маргарита.

— Ты считаешь спиртное панацеей, — Анна не упустила случая уколоть сестру, — сейчас сбегаю за валокордином.

— Коньяк — лучшее средство от всех печалей, — заявила Маргарита, обнимая Беллу.

— Тебе видней, — ядовито заметила Анна, — кто у нас в наркологической клинике валялся.

С этими словами она ушла.

— Я лежала в кризисном диспансере, — возмутилась Маргарита, — лечилась от нервного переутомления!

Было очевидно, что сестры не способны провести вместе и десяти минут, чтобы не поссориться. Но сейчас я даже радовался такому повороту событий: пусть уж лучше ругаются, чем орут от страха.

— Ладно, — устало подвел итог Кузьминский, — пора спать.

Нестройная цепочка домочадцев потянулась к лестнице.

— Все-таки глотни «Хеннесси», — посоветовала напоследок Маргарита.

Лариса Викторовна громко шмыгнула носом и ничего не ответила.

Я пошел было в кабинет, но меня остановил Сергей Петрович:

— Иди спать, Ваня.

— А как же вор?

— Он сегодня, наверное, не придет.

— Может, лучше покараулить?

— Нет, завтра.

Я не стал спорить. В конце концов, Сергей Петрович платит мне деньги, следовательно, ему и заказывать музыку.

Я прошел в свою комнату и рухнул в койку. Ноги были свинцово-тяжелыми, голова гудела, словно пивной котел. Никогда раньше я так не уставал, хотя, если вдуматься, сегодня ничего особо трудного не делал. Весь день просидел, читая газеты и журналы, изображал работу. У Норы мне порой не удается даже вздохнуть, хозяйка заставляет меня мотаться двадцать часов кряду по городу. Но все равно такой усталости не бывало.

Я закрыл глаза и почувствовал, что кровать вращается. Пришлось распахнуть глаза. Отвратительное ощущение головокружения исчезло. Наверное, дело не в количестве проделанной работы, а в атмосфере, которая царит в доме. У Норы, несмотря на ее вздорный характер, светлая аура. А у Кузьминских на вас что-то давит — черное, неприятное, какое-то предчувствие беды, скорого несчастья.

Я повернулся на правый бок и попытался заснуть. Да вы, Иван Павлович, оказывается, истерик.

Эк вас занесло: предчувствие беды, скорого несчастья. Как бы не начать по-бабски визжать. Мои веки опустились, и я погрузился в сон.

Я счастливый человек, мне никогда не снятся кошмары. Вот маменька очень любит позвонить и начать повествовать, как всю ночь убегала от чудовища или падала с пятидесятиэтажного небоскреба. Я же сплю, аки тюфяк, по большей части без всяких сновидений, но сегодня приснилась какая-то чертовщина...

Сначала я очутился посреди большого поля, усеянного мелкими желтыми цветочками. У меня ботанический кретинизм, с трудом могу отличить березу от дуба, поэтому название растения, хоть убейте, не назову. Потом прямо передо мной возникла темно-серая фигура без лица и голосом Кузьминского заявила:

— Вава, ты голый!

Я собрался деликатно намекнуть нашему с Норой клиенту, что не переношу фамильярного обращения «Вава» и впредь прошу меня так не называть, но тут вдруг сообразил, что стою абсолютно обнаженный, и покрылся от стыда гусиной кожей.

Видение сначала захохотало, потом заухало, завизжало почти в диапазоне ультразвука.

В ту же секунду я проснулся, резко сел и потряс головой, ощущая, как бешено колотится сердце. В комнате было светло, часы показывали ровно шесть. Ну и чушь привиделась мне, интересно, как бы истолковал ее дедушка Фрейд? Небось завел бы песню о неудовлетворенных желаниях. И как быстро закончилась ночь! Только-только закрыл веки, как уже утро. Я хотел откинуться на подушку, но тут из коридора вновь долетел крик.

Я машинально схватил халат, недоумевая: «Это что, все еще сон?»

Ноги вынесли меня в коридор. Звук доносился из кабинета Сергея Петровича. Я вбежал туда, увидел Ларису, жавшуюся между книжными шкафами, и обозлился:

— Да что же вы все время орете? Что за скверная привычка!

Лариса, дергаясь, словно мышь, попавшая под ток, вытянула вперед дрожащую руку:

— Там!

— Прекратите.

— Посмотрите!

— Что?

— Там!

Я окинул взглядом кабинет и устало сказал:

— Это пылесос. Вы его испугались? Действительно, очень страшная штука, когда гудит, но сейчас-то он выключен!

— За столом, — продолжала заикаться Лариса, — там... Глафира...

Надеюсь, вы не осудите меня, когда узнаете, что я испытал сильнейшее желание надавать истеричке пощечин?

— Лариса, — сурово сказал я, — мне кажется, вам следует обратиться к доктору. Сейчас много средств, замечательно успокаивающих больные нервы. Хотя бы «Новопассит»!

— Она там, — еле выдавила из себя Лариса.

— Кто? Глафира? — усмехнулся я.

— Да, — прошептала экономка, — да, гляньте...

Чувствуя себя полным идиотом, я обогнул огромный письменный стол, больше похожий на аэродром, с которого взмывают в небо стратегические бомбардировщики, и уже собирался сказать: «Глупости, никого тут нет», как взгляд упал на полную женскую ногу, обутую в уже не новый башмак черного цвета.

От неожиданности у меня вырвался абсолютно бабий вскрик. Услыхав его, Лариса зажмурилась, выставила вперед руки, растопырила пальцы и завизжала.

Я в ужасе осмотрел тело. Коричневая юбка, серая футболка с красным воротником, руки, раскинутые в разные стороны, длинные перепутанные каштановые волосы, лицо с широко открытыми глазами... Катя! Горничная! В ту же секунду до меня дошло, что красный воротничок — это на самом деле кровь, а из основания шеи, около ключицы, торчит что-то ярко блестящее.

Стараясь сохранить относительное спокойствие, я шагнул назад и успел подхватить падающую без чувств Ларису.

В кабинет ворвались Анна и Белла, за ними вошел Сергей Петрович. Поднялась суматоха. Женщины заметались по дому. Маргарита припала к бутылке с коньяком, Анна схватилась за валокордин. Клара и Белла рыдали в голос, Павел, очень бледный, твердил:

— Ой, как плохо, просто ужас, сейчас ментов понаедет!

Я похлопывал по щекам закатившую глаза Ларису. Сергей Петрович с кем-то разговаривал по телефону, один Валерий не появился в кабинете — очевидно, он мирно спал, решив, что домашние разберутся без него.

Часа через полтора прибыла милиция, да не простые парни на раздолбанном «уазике», а высокое начальство на иномарке со спецсигналом и красивый минивэн, набитый вежливыми ребятами в костюмах.

Сталкивались ли вы когда-нибудь с правоохранительными органами? Если нет, то от души желаю никогда не иметь с ними дела. Потому что, даже если представители МВД вежливы и ни в чем плохом вас не подозревают, стоит им войти в дом, как мирное, уютное жилище мгновенно превращается в кошмар. Дом Кузьминских не стал исключением. В кабинете начала работу следственная бригада, в столовой Сергей Петрович угощал приехавшего генерала чаем, в гостиной устроились трое мужиков, допрашивающих домочадцев, еще двое парней бродили по зданию, абсолютно бесцеремонно распахивая все шкафы и заглядывая в каждую щель.

Я бесцельно маялся в спальне. Через час прибыл еще один минивэн. Я увидел в окно, как из него высыпала группа людей, и покачал головой: ну и незадача.

Впереди всех шел довольно полный лохматый мужик — мой лучший друг Максим. Прежде чем выйти из комнаты и протянуть ему руку с приветствием, следовало обдумать свое поведение.

Дело в том, что, вызвав милицию, Сергей Петрович подошел ко мне и шепотом предупредил:

— Ваня, очень прошу, ни слова о пропавших деньгах. Говори всем, что я нанял тебя для составления генеалогического древа. Исчезнувшие баксы — чисто внутреннее дело нашей семьи.

Я кивнул, потому что хорошо понимаю Кузьминского. Кто бы ни присвоил деньги, он его родственник, и Сергей Петрович сам разберется с нечистым на руку членом клана.

Но Макс слишком хорошо меня знает, я же не умею врать.

Как и следовало ожидать, приятель ни на секунду не поверил моему рассказу.

— Значит, — прищурился он, — Элеонора временно одолжила тебя Кузьминскому?

— Да, — осторожно кивнул я.

— Чтобы ты написал родословную его семьи?

— Ну, в общем, так.

— Почему Кузьминский обратился именно к вам, — не успокаивался Макс, — есть же профессионалы, историки?..

— Об этом лучше спросить у Сергея Петровича, — нашелся я, — сам знаешь, я — личность подневольная, что приказали, то и делаю.

— Значит, Нора решила временно остаться без своих запасных рук и ног, — протянул Макс, — чтобы оказать дружескую услугу Кузьминскому. Да, это очень на нее похоже!

Приятель ухмыльнулся. Я постарался сохранить серьезное выражение лица.

— Ты врун, — заявил Макс, — ну да ладно, думаю, потом озвучишь истинную причину твоего появления в доме. Очевидно, Кузьминский — ваш новый клиент. И что у него стряслось? Кто-то из домашних тырит деньги из сейфа?

Я еще раз поразился профессионализму Макса: надо же, сразу выдвинул верное предположение.

— Так как? — улыбался Воронов. — Я угадал?

Но тут, на мое счастье, появился следователь и сказал:

— Иван Павлович, ответьте на пару вопросов.

С огромной радостью я порысил в гостиную, сунув по дороге нос в кабинет. Тело уже увезли. На полу остались очерченный мелом абрис и пара темно-красных пятен. Кузьминскому придется менять паркет, если он не хочет каждый день спотыкаться о то место, где были кровавые лужи.

Я начал давать показания: пришел на крик, увидел тело, в шее торчали ножницы, как у несчастной Глафиры...

— Это кто такая? — искренне удивился оперативник.

Я поразился в свою очередь: неужели никто до меня не удосужился озвучить дурацкую «легенду»? Придется вводить милиционера в курс дела. Парень слушал внимательно, я говорил и говорил, потом ткнул рукой в портрет:

— Вот Глафира.

— Мама! — по-детски воскликнул мент.

— Я испугал вас?

Милиционер уставился на полотно, я тоже посмотрел на него и второй раз в жизни заорал от неожиданности.

На шее дамы в районе ключиц ярко краснело круглое пятно.

Глава 6

Сами понимаете, что этот день превратился в сущий ад. Никто из членов семьи не уехал в город. Белла и Клара прогуляли занятия. Сергей Петрович бросил служебные дела. Маргарита, Павел и Анна сидели на втором этаже в холле. Впрочем, законная супруга Кузьминского скоро так накушалась коньяка, что всхрапнула на диване.

В районе семи вечера зазвонил мой мобильный. Я взглянул на определитель: Жанна.

— Ванечка, — защебетала она в трубку, — приезжай ко мне на городскую квартиру, Григорий улетел в Тюмень.

Она могла бы и не уточнять место встречи. Все свидания у нас происходят в здании у метро «Октябрьское Поле». В загородном особняке Кукина — это фамилия Гриши — я никогда не был. В доме полно любопытной прислуги, которая не преминет настучать хозяину о визите любовника. Городская квартира Кукиными практически не используется, изредка Григорий остается тут переночевать. Эту жилплощадь он приобрел еще в прошлой, более чем небогатой жизни. Квартира расположена в самой простой, блочной девятиэтажке, вход в которую никто не стережет. Одним словом, это идеальное место для неверной супруги, приводи хоть легион стриптизеров, никто ничего не заметит.

Я посмотрел на ходики. Если смоюсь на пару часиков, ничего не случится. Милиция уехала, и домочадцы зализывают раны. Сергей Петрович заперся в спальне, Маргарита спит пьяным сном, Анна и Валерий затаились в своих комнатах... Впрочем, я подчиняюсь только Кузьминскому, а он, уходя к себе, буркнул:

— Отдыхай, Ваня, завтра побеседуем.

А уж как проводить свободное время, это, согласитесь, мое личное дело.

В районе девяти вечера, вооруженный бутылкой шампанского, коробкой конфет и букетом цветов, я позвонил в знакомую дверь. Жанна открыла и, хихикая, втянула меня внутрь. На ней был полупрозрачный пеньюар, сквозь который просвечивало черное кружевное белье.

— Может, сразу в спальню? — прошептала она, прижимаясь ко мне.

Сами понимаете, что я не стал сопротивляться, и мы, минуя гостиную, прошли в комнату, главным украшением которой служила огромная кровать производства Испании.

Жанна рухнула на нее и приняла соблазнительную позу, я мгновенно вылез из одежды и аккуратно повесил ее на стул.

— Ваня, — капризно протянула любовница, — ты жуткий зануда! Видел, как в кино показывают? Она его зовет, а он рвет на себе рубашку, швыряет брюки...

Я усмехнулся. Иди потом домой без пуговиц и в измятом костюме, секундное дело пристроить одежду аккуратно.

— Ваня, — капризничала Жанна, — хочу шампанского! С хлопком, ну же!

Я покорно взял бутылку. Ну отчего женщины, вместо того чтобы сразу заняться любовью, начинают вести себя, словно избалованные пятиклассницы. Сейчас мы будем пить шипучку, от которой у меня неизбежно возникает изжога, потом закусывать ее липкими конфетами. Затем Жанна поставит эротическую, на ее взгляд, музыку, прикроет торшер розовым платком и медленно выскользнет из пеньюара. Слава богу, что пока у меня нет проблем с потенцией, иначе дама, проделав весь нудный ритуал обольщения, могла бы остаться весьма разочарованной конечным результатом.

Хорошо, что мне удалось отучить ее пользоваться индийскими благовониями, а то Жанна постоянно норовила зажечь дымящиеся коричневые палочки, распространяющие удушливую вонь.

Но хуже всего приходится после любовной игры. Во-первых, на меня сразу нападает голод, очень хочется чего-нибудь простого: котлету, сосиску, на худой конец бутерброд с колбасой. Но ничего подобного Жанна в холодильнике не держит, а желание подкрепиться после любовных объятий считает вульгарным. А во-вторых, недополучив необходимых калорий, я начинаю стихийно засыпать. Жанна же может устроить истерику, услышав ровное сопение любовника, я должен без устали говорить ей о своих чувствах.

Вечер покатился по проторенной дорожке. Шампанское, шоколад, слащавое мурлыканье Иглесиаса, полумрак. Наконец меня допустили к телу. Я обнял Жанночку и... раздался звонок в дверь.

— Кто бы это мог быть? — подскочила любовница.

Надев халат, она вышла в коридор, я остался в спальне. Через секунду она ворвалась назад с самым безумным видом.

— Это Григорий, скорей уходи.

Я вскочил на ноги.

— Куда?

— В шкаф, нет, туда нельзя, — заметалась Жанна, — ой, он тебя найдет, он меня выгонит, ой...

Честно говоря, я тоже немного струхнул. Григорий человек простой, особым воспитанием не обремененный, он не станет мирно пить чай на кухне с амантом своей законной супруги, просто по-мужицки выстрелит в меня, и все, прощайте, Иван Павлович.

— Сюда, — ринулась к балкону Жанна, — давай.

Я машинально повиновался и оказался на узком пространстве, совершенно голый и босой, как в том сне. Через секунду распахнулась дверь, и моя одежда, брошенная дрожащей ручкой, пролетев мимо, спланировала с седьмого этажа. За ней последовали ботинки, барсетка, шампанское, конфеты, цветы...

— Ты еще тут? — прошипела Жанна. — Беги! Скорей, не стой!

Ситуация сильно напоминала анекдот. Помните эту замечательную историю? Внезапно из командировки возвращается муж, любовник, как истинный мужчина, перекрестясь, выпрыгивает с девятого этажа, остается лежать с переломанными костями и слышит сверху голос своей возлюбленной:

— Эй, чего задержался, отползай, отползай быстрей.

Я, правда, нахожусь сейчас на седьмом, но както все равно меня не тянет броситься вниз.

— Давай, — шипела Жанна, — он в ванной руки моет!

— Ну куда мне деваться?

— Прыгай!

— С ума сошла!

— Ты хочешь, чтобы Григорий меня выгнал?!

— Я не желаю умирать раньше времени.

— Поторопись, Гриша любит курить на воздухе, — рявкнула моя любимая, захлопнула балконную дверь и задернула плотную штору.

Я посмотрел вниз. С детства боюсь высоты. И что прикажете делать? Стоять на балконе голым довольно холодно и опасно. Вдруг Гриша сразу схватится за сигареты? Что я ему скажу? Здрасте, мы водопроводчики. А если мужик оторопело поинтересуется: «Отчего голый?»

Я что, должен ответить: «Боюсь испачкать одежду, поэтому чиню унитаз на вашей лоджии обнаженным»?

Ну и какова моя дальнейшая судьба? Что останется от Ивана Павловича, когда он шмякнется об асфальт?

— Дяденька, — прозвучал хриплый голосок, — а чего ты там делаешь?

Я повернул голову. На соседнем балконе стоял мальчик лет тринадцати. Его круглые глазенки смотрели на меня с невероятным любопытством.

— Курю, — поежился я.

— Голый?

— Да.

— А где же сигарета?

— Выбросил ее, — нашелся я, — вообще баловаться табаком не советую, плохая привычка.

Внезапно мальчишечка погрозил мне пальцем:

— А не ври-ка! Ты пришел к тетке, что рядом живет, только вы разделись, как ее муж вернулся.

— Ты слишком осведомлен для своего возраста, — вздохнул я, поеживаясь.

Парнишка кивнул:

— Ага. У меня папка мамку так застукал и ушел, теперь вдвоем с ней живем. И чего вы делать собираетесь?

— Честно говоря, не знаю, — признался я, — может, ты чего придумаешь?

— Ща, — кивнул мальчик и исчез.

Я вновь остался в одиночестве и затрясся от холода. Глупо рассчитывать, что ребенок поможет мне выбраться из идиотской ситуации.

Мальчонка вернулся, таща доску.

— Вот, — радостно оповестил он, — сейчас положим ее между балконами, ты по ней и проползешь, Ваня.

— Откуда ты знаешь мое имя? — удивился я.

— Ничего я не знаю, меня Ваней зовут, — сообщил неожиданный помощник.

— Будем знакомы, Иван Павлович, — церемонно кивнул я.

— Ты не болтай, а ползи, — велел Ванечка.

Я оглядел доску, потом посмотрел вниз. Желудок сжала ледяная рука. Деревяшка довольно узкая, пропасть под балконами страшная...

— Никак боишься? — подначил Ваня.

Я кое-как лег на доску, сделал пару судорожных движений и замер. В ушах звенело, руки тряслись, ноги отнялись, да еще из доски вылезали занозы и одна за другой впивались в мои обнаженные грудь и живот. Хорошо хоть москвичи бегают по городу, уткнув глаза в тротуары или иногда оглядывая витрины. Практически никто не смотрит в небо. Впрочем, сейчас ночь, улицы небось пусты, и никто не видит, как на высоте седьмого этажа между балконами по доске ползет голый мужик.

— Ну ты чего застрял? — возмущенно поторопил мальчик. — Давай шевелись.

Я продвинулся еще на пару миллиметров и понял: все, больше не могу.

— Чуть-чуть осталось, — приободрил Ваня.

Я кое-как потянул свинцовое тело вперед, ухватился руками за железные перильца, ограждавшие балкон, и тут доска обвалилась вниз. Я повис над пропастью.

— Подтягивайся, — заорал Ваня.

Я попытался выполнить его приказ, но ничего не получилось. Увы, я не принадлежу к племени суперменов, в спортивный зал не хожу, ничего тяжелее барсетки с документами давно не поднимаю.

— Ща, — выкрикнул мальчишка, — ща...

Он сгонял в квартиру, приволок большую льняную простыню и попытался подцепить меня, но ничего не вышло.

— Давай, — чуть не рыдал Ваня, — ну давай вместе.

Он перегнулся через перила, ухватил меня за плечи, я собрал всю силу в руках, кое-как дотянул подбородок до перилец, Ваня вцепился в мою шею...

Наконец объединенными усилиями я был втянут на его балкончик. То, что я довольно сильно стукнулся головой о плитку, падая в лоджию, казалось сущей ерундой.

Пару секунд мы, тяжело дыша, смотрели друг на друга.

— Спасибо, — отмер я, — ты спас мне жизнь.

— Ерунда, — отмахнулся Ваня, — может, и мне кто поможет, когда в такую ситуацию вляпаюсь. Пошли в комнату.

— А где твоя мама? — осторожно осведомился я.

— В ночной смене, — сообщил Ваня, — к семи утра вернется.

Я прошел в их бедно обставленную квартирку и упал в кресло. Полчаса ушло на то, чтобы унять дрожь в руках и справиться с лихорадочным возбуждением. Потом передо мной возникла во всей красе новая проблема: как ехать назад? Одежды-то нет.

— Позвони кому-нибудь, — предложил Ваня, — пусть привезут!

Я сначала схватил телефон, потом отложил трубку. Обратиться не к кому. Николетте звонить нельзя, маменька мигом растреплет всем подружкам о происшествии, Сергею Петровичу тоже не сообщишь об идиотской ситуации, а Макс будет издеваться надо мной до конца жизни.

— У вас нет каких-нибудь брюк? — спросил я. — Завтра же верну в чистом виде.

Ваня распахнул стоявший в углу допотопный гардероб:

— Выбирай!

Я поворошил вешалку. Прямо беда! Ваня еще мал, а его незнакомая мне мама имеет размеры кузнечика. Джинсы, которые она носит, будут малы даже коту. Вдруг взгляд упал на довольно длинную коричневую юбку и бордовую кофту грубой вязки. Эти шмотки были размера пятьдесят второго, не меньше, и вполне могли подойти мне.

— Это чье? — спросил я.

— Бабушкино, — пояснил Ваня, — она, когда приходит, в домашнее переодевается.

Я влез в юбку, нацепил кофту и глянул в мутное зеркало. Конечно, ужасное зрелище, но все же хоть не голый. Из-под неровно подшитого подола выглядывали мои умеренно волосатые ноги со ступнями сорок четвертого размера.

— Клево, — захихикал Ваня, — вылитая бабулька, только у нее рост поменьше будет.

Похоже, его бабушка чуть выше табуретки, ее юбка доходила мне только до середины бедер, зато кардиган неожиданно оказался впору, лишь рукава были коротки.

Поблагодарив Ваню и радуясь, что на дворе глубокая ночь, я благополучно спустился во двор, и тут передо мной возникла следующая проблема.

«Жигули» мирно стояли за углом дома, но все документы на автомобиль, вкупе с ключами, лежали в барсетке. Я вспомнил про то, как мимо меня, сжавшегося в углу балкона, пролетели брюки, пиджак, рубашка, ботинки, барсетка, шампанское, цветы, конфеты, и обозлился. Вовсе незачем было натягивать на себя шмотки чужой старухи. Следовало попросить Ваню сходить вниз и притащить костюм. Очевидно, от пережитого страха мой разум помутился.

Осторожно ступая босыми ногами по грязному тротуару, я дошел до нужного места и огляделся. Так, вот осколки бутылки, поломанные розы и пустая коробка с надписью «Россия — щедрая душа».

Больше ничего. Ни одежды, ни барсетки, ни ботинок. Очевидно, вещи унесли бомжи.

Я вернулся к автомобилю. Открыть и завести

его не проблема. Специально на случай потери ключей я держу запасную связку под бампером. Ладно, ужасный, нервный день и не менее неприятная ночь, надеюсь, кончились, сейчас вернусь к Кузьминскому, тщательно вымоюсь и постараюсь обо всем забыть, вряд ли мне попадутся сотрудники ГИБДД, на дворе самое сонное время суток.

Жать босыми ногами на педали оказалось весьма неудобно, поэтому я поехал очень медленно. В голове ворочались тяжелые мысли. Вот уж не ожидал от Жанны такой черствости! Выставила меня на балкон и умыла руки, а если бы мне не попался Ваняша? Милая любовница позаботилась только о себе, моя судьба ее совершенно не волновала, все клятвы в любви оказались ложными. Стоило столкнуться с испытанием, как сразу стало ясно: ради собственного благополучия Жанна моментально пожертвует любовником.

Я медленно ехал в сторону МКАД. Мысли потекли в ином направлении. В барсетке, которую Жанна вышвырнула с балкона, лежали все мои документы: паспорт, права, техталон на «Жигули» и, что самое неприятное, доверенность от Норы на ведение всех дел. Срок документа истекает через полгода, и как теперь объяснить хозяйке, куда я его задевал? И потом, безумное количество времени я протаскаюсь по кабинетам, восстанавливая бумаги.

Да уж, сходил повеселиться! Ну какого черта меня поволокло к Жанне? Задумавшись, я сделал то, чего никогда не делаю: проскочил на красный свет. Тут же раздалась задорная трель. На мою беду, ночью, переходящей в раннее утро, на перекрестке незнамо откуда взялся гаишник. Сами понимаете, как мне хотелось предстать перед ним в женской одежде, да еще босиком! Поэтому я остался сидеть за рулем, но патрульный не спешил к нарушителю, он тоже не собирался покидать свой автомобиль, просто рявкнул в громкоговоритель:

— Нарушитель 337 МОМ, вы заснули?

Глава 7

Чувствуя себя полным идиотом, я распахнул дверцу, вздохнул и, осторожно ступая босыми ногами, пошел по холодному, отчего-то мокрому асфальту.

Патрульный, увидав приближающуюся фигуру, очевидно, не поверил своим глазам, потому что тоже выскочил на дорогу, а потом обалдело спросил:

— Ты, то есть вы, кто? Мужик или баба?

— Иван Павлович Подушкин, — церемонно представился я, ежась от ветра.

— Ты из этих, из транс... транс... — Юноша начал заикаться на сложном слове.

— Вы имеете в виду трансвестита? — вежливо уточнил я. — Человека, который получает удовольствие, переодевшись женщиной? Вовсе нет.

— Чего тогда в юбке?

Сказать правду этому рязанскому мальчишке, стать в его глазах посмешищем? Ну уж нет.

— Разве в правилах дорожного движения имеется пункт, запрещающий сидеть за рулем в юбке?

— Нет, — покачал головой сержант, — просто странно.

— Мой дедушка был шотландец, — лихо соврал я, — вот я и ношу кильт из уважения к предкам.

— Какую кильку? — не понял гаишник.

— Ну юбочка у коренных жителей Шотландии называется кильт. Неужели никогда не слышали?

— Ты мне зубы не заговаривай, — посуровел страж дороги, — чего без ботинок?

— Жарко очень, ноги вспотели.

— Документики попрошу.

— Э... понимаете, я потерял их секунду назад.

Сержант нахмурился, а я горько пожалел, что сразу не рассказал ему правду, теперь он мне не поверит.

— А ну вытяни руки, — напряженным голосом велел гаишник.

Я, недоумевая, выполнил приказ. В мгновение ока на запястьях защелкнулись железки.

— Это что? — воскликнул я, пытаясь развести руки в разные стороны.

— Браслеты, — выплюнул постовой, — а ну двигай в машину, ща в отделение скатаемся, вот пусть там и выясняют, какой такой шотландец мне попался.

Секунду я молча смотрел на постового, потом спросил:

— А моя машина?

— Полезай, — рявкнул парень, — потом поговоришь.

Я тяжело вздохнул и нырнул в нутро патрульного автомобиля. На переднем сиденье обнаружилась еще одна угрюмая личность в форме.

— Ключи, — просипела она.

— В замке зажигания, — безнадежно ответил я.

Мрачный дядька вылез, сплюнул и вразвалочку двинулся к «Жигулям».

В отделении меня усадили перед отчаянно зевающим лейтенантом.

— Ну, — пробасил он, — чего врать станем? Угнал «жигуленок»?

Я собрался с духом и произнес:

— Сейчас расскажу, как дело обстояло, только, очень прошу, не болтайте об этом.

Лейтенант усмехнулся:

— Кабы трепался, ни в жисть тут бы не усидел. Колись, голуба.

Чем дольше я говорил, тем больше он веселел. Под конец на лице мужика заиграла широкая радостная улыбка.

— Значит, Иван Павлович Подушкин, сын писателя?

— Да.

— Работаете секретарем у...

— Точно.

— А ваша любовница Жанна Кукина?

— Именно так.

— Посиди-ка тут пару минут, — велел он и встал.

Я перепугался.

— Только, бога ради, не звоните Жанне домой, там ее муж, Григорий.

— Не учи ученого, — веселился мент, уходя из кабинета.

Я остался один и привалился головой к грязной, выкрашенной синей краской стене. Вот ведь влип!

— Значитца, так, Иван Павлович, — сообщил через час лейтенант, — следуй домой, вот тебе справка, что документики сперли, обычно таких просто так не даем, но нам с ребятами тебя жалко.

— Спасибо, — обрадовался я.

— Нема за що, — улыбнулся лейтенант.

— Могу идти?

— На свободу с чистой совестью, — веселился мент.

Я добрался до двери.

— Слышь, Иван Павлович, — хихикнул лейтенант, — в другой раз, убегая, всегда хватай брюки. И еще мой тебе совет — начнешь раздеваться, клади носки в карман.

— Почему? — обернулся я.

Лейтенант ухмыльнулся.

— Коли шляешься по замужним, то и привычки должны быть соответствующие. Уж поверь моему опыту. Носки в кармане — важнейшее условие собственной безопасности. Всякое случается, одежонку похватаешь и деру, а носочки-то позабудешь. Выскочишь на улицу — хоть не голыми ступнями тротуар месить. Усек?

— Усек, — кивнул я, — только, надеюсь, со мной такое произошло первый и последний раз.

— Не зарекайся, — сурово предостерег лейтенант, — жизнь штука длинная, никогда не знаешь, чего с тобой через пару минут случится.

Я вышел во двор, провожаемый веселыми взглядами ментов, толпившихся на первом этаже. Сидевший за большим стеклом с надписью «Дежурная часть» парень довольно громко засмеялся. Я кивнул ему.

— До свидания.

— Счастливого пути, — ответил дежурный, — не забывайте нас, приходите.

Я сел в «Жигули» и покатил к Кузьминскому. Ну уж нет! Упаси меня бог от подобных приключений, лучше вы к нам заходите. С Жанной покончено. Пусть звонит, закатывает истерики, никогда больше не приду в квартиру у метро «Октябрьское Поле». Отныне завожу шашни только с незамужними дамами, еще лучше, если следующая пассия вообще окажется сиротой, без родителей, старших братьев и дядюшек.

Остаток пути я проделал без приключений и, осторожно загнав «Жигули» под навес, подошел к двери. Естественно, она оказалась запертой. Я постоял перед ней, первый раз в жизни испытывая сильнейшее желание произнести все те слова, которые джентльмен не должен поминать даже наедине с собой. Знаете, какой основной признак истинно воспитанного человека? Сев ночью в абсолютно пустом доме филейной частью на ежа, он воскликнет:

— Господи, вот незадача! Однако не повезло мне.

Именно в таких выражениях, и никак иначе. Воспитанный человек остается таким и наедине с собой. Я всегда пытался жить по этому правилу. Но сейчас, оказавшись перед шикарной дверью из цельного массива дуба, невольно поймал себя на том, что припоминаю совсем не те слова, которые хотелось бы.

Звонить нельзя. Лариса Викторовна отворит дверь, увидит меня в юбке и заорет благим матом. Оставалось одно — влезть в окно. Уходя из дома, я оставил его открытым.

Я обогнул здание и пошел между кустами, посаженными по периметру. Особняк снабжен мощными кондиционерами, но его обитатели предпочли «искусственному» воздуху свежий. Практически все распахнули окна. Я сосредоточился, мысленно представил себе коридор и начал считать в уме. Четыре окна столовой, два эркера гостиной, балконная дверь, ага, вот это проем в мою комнату.

Я ввалился внутрь, споткнулся о маленький столик и удивился. Вроде в моей спальне нет такого, но тут из угла донесся абсолютно спокойный голос:

— Ваня, ты мне нужен.

От неожиданности я попятился, опять налетел на столик и уронил стоявшую на нем мраморную статуэтку. Тут только, оглядев помещение, я понял, что фатально ошибся, попал в спальню Кузьминского.

Если Сергей Петрович и удивился тому, что частный детектив заявился домой под утро, да еще обряженный в женское платье, то внешне он никак не выказал изумления.

— Сядь-ка, — велел он.

Я опустился в кресло, вытянул по привычке ноги, потом увидел свои босые черные ступни, попытался засунуть их под сиденье, потерпел неудачу и обозлился. Кузьминский, без тени улыбки наблюдавший за моими муками, резко сказал:

— В доме совершено преступление.

Я кивнул:

— Бедная Катя!

— Не о ней речь, — отмахнулся Сергей Петрович, — здесь как раз все ясно, дело закрывают.

Я разинул рот.

— Уже нашли убийцу?

— Это самоубийство.

От изумления я, забыв про грязные ноги и юбку, воскликнул:

— Да ну?

Кузьминский мрачно кивнул.

— Катя — дочь приятелей моих старинных знакомых, была взята мной из милости. Ясно?

— Что-то пока не очень...

Сергей Петрович щелкнул крышкой серебряной сигаретницы, спустя мгновение по спальне поплыл сизый дым.

— У меня есть друзья, — начал он объяснять ситуацию, — Андрей и Людмила Волох, мы вместе учились в институте, понимаешь?

Я кивнул. Конечно, студенческий галстук[1] и воспоминания юности.

— Андрей поддерживает тесные отношения с Мишей и Надей Борисовыми. Естественно, я хорошо знаю их, не раз встречались на днях рождения Андрея и Милы, но я с Борисовыми не близок. Это тоже ясно? Так вот, — спокойно продолжил Кузьминский, — Катя — дочь Борисовых. Девочка она странная, причем с самого детства. Сколько Миша с Надей ни пытались заставить дочь учиться, не смогли.

Ребенка буквально за уши тащили сквозь колючие дебри знаний, но ничего к нему не прилипло. В шестом классе Надя сдалась, забрала Катю из школы и посадила дома. Учителя табуном стали ходить на квартиру. К пятнадцати годам стало ясно: Катя необучаема. Она с трудом освоила чтение и два арифметических действия: сложение и вычитание.

---

[1] Во многих колледжах Америки, Англии, Германии и др. студенты носят форменные галстуки, по которым сразу понятно, где вы получаете образование. Галстук хранят всю жизнь, и часто он служит пропуском туда, куда не пустят другого человека. Выпускники Итона, Кембриджа или Оксфорда всегда поддерживают друг друга — такова традиция.

Тут только родители поняли, что дело не в лени, не в нежелании учиться, а в чем-то другом, и догадались обратиться к специалистам-дефектологам. Те живо выяснили, что у их дочери органическое поражение головного мозга. Катя не даун, не олигофренка или имбицилка, но освоить программу средней школы ей не дано.

— Обучите ее несложной профессии, — посоветовали психиатры.

Надя попыталась пристроить девочку к делу. Парикмахер, маникюрша, продавщица, машинистка-наборщица... Все оказалось Кате не по силам. Да еще неразвитая умственно девушка в девятнадцать лет выглядела очень аппетитно, и родители боялись, что она, имея менталитет десятилетнего ребенка, попадется какому-нибудь негодяю. И тогда Андрей попросил старинного друга:

— Возьми Катьку к себе, прислугой. Ей можно платить совсем немного. Главное, чтобы работала целый день в хорошем доме, а то родители на службу уходят, Катерина одна в квартире остается, нехорошо это.

Сергею Петровичу как раз требовалась горничная, и он решил попробовать. Неожиданно Катя пришлась ко двору. Аккуратная, всегда веселая, глуповатая, она понравилась Кузьминскому и, что более важно, не вызвала отрицательных эмоций у Беллочки. Гневливая, невоздержанная на язык Белла мигом ругалась с прислугой. Если в ее комнате обнаруживался беспорядок, она хватала домработницу за плечи и, топая ногами, визжала:

— Тебе за что деньги платят, а? Лентяйка чертова!

После пары подобных выволочек прислуга увольнялась. Общий язык с Беллочкой нашли только Лариса и Катя. Последняя, вжимая голову в плечи, бормотала:

— Простите, Белла Сергеевна, не досмотрела, извините, больше никогда...

Беллочка, привыкшая к тому, что жертва извивается, сопротивляется и пытается кусаться, терялась, отпускала Катю и буркала:

— Ладно, в следующий раз убирай лучше.

— Так я сейчас опять пропылесошу. — И Катя кидалась в мансарду.

Последнее время Белла даже перестала ее ругать и изредка делала подарки: отдавала неполюбившуюся кофточку или косметику, которую считала неподходящей.

— Наверное, у нее совсем помутился рассудок, — вздыхал Кузьминский. — Глупые бабы тут судачили на тему семейной легенды, а Катя-то все всерьез воспринимала, вот и решилась на самоубийство.

— Но почему, какая причина? — недоумевал я.

Кузьминский нахмурился:

— С ума сошла. Сначала пятно малевала на картине: то ли пошутить хотела, то ли испугать кого...

— Так это она! — подскочил я.

Сергей Петрович кивнул:

— Да. В ее комнате, под кроватью, нашли кисти и баночку с гуашью, а еще пальцы правой руки трупа были измазаны красной краской.

— Но почему она решилась на суицид?

Кузьминский махнул рукой.

— Больная глупая девочка. Если тебя интересует истинная причина произошедшего... У меня имеется шофер, Костя. Между ним и Катей вспыхнул роман. Я знал об этом и не противодействовал их отношениям. Два сапога пара. Одна способна только сериалы смотреть, у другого в голове лишь футбол. Пусть женятся, заводят детей и живут счастливо. Прислуга у меня имеет комнаты в домике, в саду.

Это Лариса Викторовна доложила хозяину, что шофер по ночам навещает Катерину, но Кузьминский не стал вмешиваться. Костя же оказался ловеласом. Катя быстро надоела парню, и он дал ей от ворот поворот. Девушка проплакала несколько ночей, а потом пошла в кабинет и...

— Вот ужас-то, — воскликнул я, — но отчего столь странный способ? Убила себя возле картины, ножницами в шею...

— Отчего она именно так решила уйти из жизни? Вот уж этого не знаю, мало ли какие мысли бродят в больной голове. Все-таки Катя была не совсем нормальной. Мне Михаил как-то подшофе на дне рождения Андрея проговорился, что Надя во время беременности заболела воспалением легких и ей кололи сильные антибиотики, очевидно, лекарства подействовали на формирующийся мозг ребенка. Конечно, это печально, но ничего загадочного в смерти несчастной дурочки нет, да и история с пятном выяснилась. Кстати, узнай я сразу, кто пачкает портрет, мигом бы без всякого сожаления уволил Катерину.

— Да уж, — пробормотал я, — дикая история.

— Случилось еще кое-что, — спокойно заявил Кузьминский.

— Что же именно?

— Ну, в общем, ничего нового, — достаточно

равнодушно ответил Сергей Петрович, — деньги украли.

Я похолодел.

— Весь миллион?

— Нет, сто десять тысяч.

— Сколько?

— Сто десять тысяч, — повторил хозяин.

— И кто это сделал? — вырвалось у меня.

— А вот сей факт и предстоит выяснить, — протянул Кузьминский.

— Какая странная сумма, — удивился я, — сто десять тысяч, огромная и удивительная, как бы это выразиться — не круглая...

— Небось вор хотел сотню упереть, — предположил Сергей Петрович, — а второпях схватил лишнюю пачку. Причем чувствует он себя совершенно безнаказанным. Я же вчера заявил, будто не знаю, сколько денег находится в столе.

— Может, все-таки лучше обратиться в милицию? — осторожно предложил я.

— Не пори чушь, — оборвал меня хозяин, — я совершенно не собираюсь сажать за решетку родственников, сам накажу того, кто крысятничает. И потом, как я обнародую сумму?

— Почему бы нет? Вы же состоятельный человек.

— Ваня, — с жалостью проговорил Кузьминский, — это черный нал, деньги, припрятанные от налоговой инспекции. Поверь мне, лучше уж даже не искать вора совсем, чем озвучивать количество купюр в моем столе. Получу такую кучу проблем, такой геморрой...

Кузьминский замолчал и снова потянулся к сигаретам. Мне же на ум пришел неожиданный вопрос: отчего в нашем современном понимании слово «геморрой» является синонимом головной боли?

Глава 8

Выспаться мне так и не удалось. Тщательно вымывшись, я сунул скомканную одежду незнакомой старухи в пакет, с огромным облегчением облачился в костюм и поехал отчитываться перед Норой.

Ленка открыла мне дверь и воскликнула:

— Вы чегой-то похудели.

— Быть того не может, — ответил я, снимая ботинки и нашаривая тапки.

— Точно говорю, — настаивала она, — прямо лицо кожей обтянулось, а глазья внутрь черепа провалились.

Я запихнул обувь повыше. Эту привычку приобрел с тех пор, как в доме появился кот Василий вместе со своей хозяйкой Мирандой[1]. Гадкое животное обожало использовать ботинки в качестве сортира. Но сейчас, слава богу, кота нет. Миранда учится в Лондоне, в закрытом колледже, а Василий и Филимон теперь живут у наших приятелей в загородном доме. Кстати, для тех, кто не в курсе: Филимон — не мужчина и не мальчик, а простой кролик. Василия больше нет в нашем доме, но привычка ставить ботинки высоко у меня осталась.

Стоило войти в кабинет, как Нора наехала на меня, в самом прямом смысле слова — в кресле.

---

[1] См. книгу Дарьи Донцовой «Инстинкт Бабы-Яги».

— Ты почему не берешь мобильный?

Я вздохнул. Вот еще одна проблема — сотовый пропал вместе с пиджаком.

— Увы, я потерял его.

— Где?

Однако дурацкий вопрос. Знал бы где, пошел и взял бы.

— Понятия не имею, просто выронил на улице.

— Изволь сейчас же купить новый!

Я кивнул:

— Сегодня же отправлюсь в салон.

— Да уж, сделай милость, — злилась Элеонора, — а теперь выкладывай!

Выслушав мой рассказ, она побарабанила пальцами по подлокотнику кресла.

— Странно, однако. Сто десять кусков! Может, у кого-то из членов семьи имелись долги на эту сумму?

Я пожал плечами и напомнил:

— До этого бесследно испарились еще двадцать тысяч. Значит, в общей сложности сто тридцать.

— Ага, — протянула Нора, — сдается мне, у кого-то были большие денежные проблемы, ну-ка, еще раз перечисли всех обитателей.

Я начал загибать пальцы:

— Белла и Клара...

— Этих можно смело сбрасывать со счетов, — самоуверенно заявила Нора.

— Почему?

— Они еще дети.

— Вовсе нет, — попытался возразить я, — одна ходит в университет, вторая учится в институте, и они ненавидят друг друга по-взрослому...

— Ерунда, — бесцеремонно прервала меня Элеонора, — ну зачем им столько денег?

На мой взгляд, женщина всегда найдет, куда пристроить и рубли, и доллары. Если она ни в чем остро не нуждается, все равно не устоит и потратит любую попавшую в руки сумму на сущую ерунду. Никогда не забуду, как мы с Жанной заглянули в универмаг.

Постоянно повторяя: «Похожу здесь всего минутку» и «Мне совершенно ничего не надо», эгоистка прошлялась по этажам полдня.

Она приобрела сервиз, комплект постельного белья, кучу керамических безделушек, несметное количество косметики, две совершенно неподходящие ей кофточки, плюшевого мишку, открытки с изображениями собачек, три горшка с кактусами и один с фикусом. Апофеозом был диванный валик в виде выстроившихся в ряд тигрят.

Обвешанный пакетами, я практически без сил рухнул в автомобиль и трясущейся рукой начал засовывать ключ в замок зажигания. Жанночка же, свежая, словно утренний круассан, блестя глазами, громко верещала:

— Абсолютно отвратительный магазин. Совершенно не на чем остановить взгляд, так ничего и не купила. Вот позавчера с Лелей заглянули в «Крокус-сити». Уж там мы оторвались, нашопились от души, все покупки в Лелькин автомобиль не влезли.

На всякий случай сообщу вам, что у Лели «Лэнд-крузер», дорогущий джип размером с троллейбус...

— Следовательно, Белла и Клара отпадают, Маргарита с Павлом тоже, — неслась дальше Нора.

— А эти почему? — вновь удивился я.

— Ваня, — менторским тоном сказала Нора, —

тебе следует учиться мыслить логически. Законная супруга Кузьминского вместе со своим любовничком появилась в доме уже после того, как пропали двадцать тысяч. Как они, по-твоему, могли их спереть?

— Но сто десять-то испарились при них, — напомнил я.

— Нет, доллары тащила одна рука.

— Отчего вы пришли к такому выводу?

— Мне так кажется!

Железная логика и совершенно бесподобная аргументация, типично женское поведение. «Мне так кажется», и точка. Еще женщины любят советоваться с внутренним голосом и полагаться на интуицию.

— И кто у нас остается?

— Прислуга: Лариса Викторовна, шофер и садовник.

— Эти тоже не причастны.

Я уставился на Нору. Ловко она со всеми разобралась.

— Шофер и садовник не могут свободно передвигаться по особняку, — пояснила Элеонора.

Я кивнул, вот с этим согласен, мужской прислуге и впрямь было бы затруднительно объяснить, по какой причине они оказались на втором этаже. Зато Лариса беспрепятственно проникает в любое помещение.

— Экономка бы давно уволилась, получи она такую громадную сумму, — размышляла вслух Нора.

Я хотел возразить, что бешеные тысячи испарились только что, у экономки просто не было времени на расчет, но промолчал. Спорить с Норой столь же неблагодарное занятие, как воспитывать крокодила. Женщину невозможно ни в чем переубедить, она всегда права.

— Следовательно, мы имеем двух основных подозреваемых, — щебетала Нора, — Анну и Валерия. Муж и жена — одна сатана. Небось надоело в приживалах ходить, вот и решили себе квартирку на стыренные денежки купить. Как тебе такая версия?

Я постарался сохранить заинтересованное выражение лица. Не всегда супруги выступают единым фронтом. Подчас они даже ненавидят друг друга и не прочь жить порознь, но их сдерживают дети, общее хозяйство. А насчет усталости от положения приживал... Тут Нора, как все дамы, примерила ситуацию на себя. Ей, безусловно, было бы невыносимо жить из милости в доме у богатого родственника, только и Анна, и апатичный Валерий произвели на меня впечатление людей, абсолютно довольных ситуацией.

— Значит, изучишь подноготную парочки, — Нора принялась раздавать указания, — прошлое, настоящее... Обязательно наткнешься на дырку, в которую они впихнули краденые деньги. Дело-то ерундовое, преступники вычислены, осталось лишь собрать доказательства их вины. Можешь приступать.

Не успел я раскрыть рот, чтобы попытаться вразумить Нору, как в кабинет заглянула встрепанная Ленка.

— Иван Павлович, вас к телефону.

— Сколько раз тебе объяснять, — обозлилась хозяйка, — когда мы работаем, не следует мешать. Пусть перезвонят позднее.

— Так это мама Ивана Павловича, — испуганно

сообщила Ленка, — как заорет: «А ну давай сюда Ваню немедленно». Я прям обмерла, может, она помирать собралась, так завопила.

— Если человек на пороге кончины, — вызверилась Нора, — он не станет визжать, сил на истерики не хватит, на тот свет отъезжают, как правило, молча. Вели ей через час перезвонить. Впрочем, нет, я знаю Николетту, примется трезвонить каждые пять минут. Ступай, Ваня, побеседуй с маменькой.

Я взял протянутую трубку, вышел в коридор и тихо сказал:

— Слушаю. — И в тот же миг чуть не оглох.

Как все бывшие актеры, маменька обладает громким голосом и способна четко произносить тысячу звуков в секунду.

— Вава! Мне так плохо, я просто умираю, абсолютно нет никакого аппетита, желудок болит, а ты...

Я молча выслушивал жалобы. Последнее время Николетта приобрела привычку без конца говорить о грядущей смерти и страшных заболеваниях, которые ее одолевают. При этом учтите, что давление у матушки стабильно держится на цифрах «120» и «80», а легкое несварение бывает от злоупотребления деликатесами. В почтенном возрасте нужно питаться просто: овсянкой, овощным супом, отварной рыбой «кошачьего» сорта, то есть минтаем, а вовсе не жирной семгой, до которой Николетта большая охотница.

— Немедленно приезжай, — закончила маменька.

— Сейчас не могу. — Я попытался оказать сопротивление, но Николетта мигом подавила восстание рабов:

— Сию секунду!

— Но я на работе.

— Дай мне Нору, — потребовала маменька.

— Но...

— Нору!!!

Делать нечего, пришлось нести телефон назад в кабинет.

— Говори, — сердито рявкнула хозяйка.

Трубка разразилась хлюпаньем, чавканьем и повизгиванием.

— Тише, — поморщилась Элеонора, — ты меня оглушила!

Но Николетту это заявление не смутило. Спустя десять минут моя хозяйка отсоединилась и покачала головой.

— Как только твой отец, царствие ему небесное, терпел жену! Ангельский характер был у Павла. Поезжай, Ваня, к ней. Честно говоря, я не слишком хорошо поняла, в чем суть дела. Вроде Николетта потеряла документы или ее ограбили. Да, еще у нее кончились продукты, велено купить по дороге.

Я покорно пошел на выход. Маменька постоянно утверждает, что начисто лишена аппетита. Однако харчи в ее холодильнике исчезают с завидной скоростью. Я забиваю рефрижератор Николетты раз в неделю, это не считая покупок, которые делаю для ее постоянных журфиксов и суаре[1].

Чувствуя себя разбитым после бессонной ночи, я подрулил к супермаркету и, взяв проволочную тележку, двинулся вдоль рядов...

Покупая провиант для маменьки, следует учи-

---

[1] Журфикс и суаре *(искаженный французский)* — дни приема гостей. Журфикс — жестко фиксированный день, допустим, среда. Суаре — вечеринка, которая собирается в любое удобное время.

тывать, что все, включая хлеб, обязательно должно быть зарубежного производства. Бесполезно втолковывать Николетте, что наш шоколад намного вкусней турецкого, черкизовская колбаса лучше датской, а вологодское масло свежее и восхитительнее финского.

Нет! Маменька, увидав коробки, банки и упаковки с надписью «Сделано в России», мигом капризно выпятит нижнюю губку и заноет:

— Опять приволок несъедобное! Боже, я вынуждена на старости лет питаться гнилью за копейки. Как ужасно быть бедной, никому не нужной вдовой, умирающей от рака желудка. Да, недолго мне осталось, скоро освобожу тебя.

Поэтому я каждый раз зря трачу лишние деньги. Импортные набитые консервантами яства намного дороже наших нормальных продуктов. Один раз я расшалился и провел эксперимент. Взял пустую коробку из-под противного датского печенья, сделанного на машинном масле в прошлом веке, и насыпал туда наше, восхитительно свежее, производства фабрики «Большевик».

Постанывая от наслаждения, Николетта за один час смела полкило жирного курабье и потом долго восхищалась его нежным вкусом. Стоит ли говорить, что маменька даже не взглянула бы на печенюшки, будь они в родной упаковке.

Забив каталку доверху, я допинал ее до кассы и принялся вываливать покупки на резиновую ленту. Хорошенькая девочка, кокетливо сверкнув ярко накрашенными глазками, выпрямилась, одернула на груди форменный халатик и прочирикала:

— Мужчина, вы зря взяли это масло и йогурты.

Они совсем не вкусные, да и дорогие слишком. Лучше берите наши, они в три раза дешевле и живые. Ну сами посудите, что такое надо насовать в молочные продукты, чтобы они по году не тухли. Гляньте на упаковку, там сплошные буквы «Е» с номерами.

Я продолжал выкладывать отобранное. Отчего я вызываю у большинства женщин мгновенное желание руководить мной? Пигалица за кассой тоже не упустила момента, хотя ей в торговом училище небось объясняли, что клиент всегда прав.

— И колбаса эта мертвая, — вещала девица, — у вас, наверное, жены нет, подсказать некому, хотите, помогу?

— Слышь, ты, Барби недоделанная, — рявкнул стоящий сзади меня парень, — если где увидишь живую колбасу, свистни, прибегу посмотреть. А сейчас заканчивай к мужику клеиться, работай, блин, скорей. У него своего бабья без тебя хватает! Небось уж заучили до отключки.

Я с благодарностью глянул на своего защитника. Девчонка фыркнула и принялась выбивать чеки. Итог составил шесть тысяч двести пятьдесят рублей.

— А послушались бы меня, — вновь не утерпела кассирша, — обошлись бы половинной суммой.

Ничего не ответив, я пошел к машине.

Получив продукты, Николетта принялась потрошить пакеты, восклицая:

— Фу! Йогурты молочные! Надо было брать сливочные. А почему пудинг ванильный? Я же ем только шоколадный. И копченая колбаса не «Брауншвейгская»! Вава, я не перевариваю «Докторскую»! Ужасно! И где манго?

— Они были зелеными, — попытался отбиться я.

— А это что? — взвизгнула Николетта.

— Туалетная бумага.

— Польская, однослойная! Омерзительно, — затопала ногами маменька, — как тебе пришло в голову, что я повешу в туалете рулон ядовито-розового цвета?

На мой взгляд, цвет сортирной бумаги не имеет значения. Я попытался довести эту простую мысль до маменьки, но она взлетела вверх на струе злобы.

— Вава! У меня в санузле бежевые стены и напольная плитка цвета спелой хурмы. Понимаешь, что из этого следует?

— Честно говоря, не очень, — признался я.

— Бумага туда годится либо белая, либо палевая, но никак не розовая.

— Виноват, исправлюсь, — кивнул я.

С Николеттой лучше соглашаться, так вы избежите шумного скандала. Она продолжала ворошить пакеты, высказывая недовольство: куриные яйца мелкие и противные, пачка масла кривая, селедка не в том соусе, помидоры не имеют буро-красного оттенка, семга, наоборот, слишком яркая, ей следует быть розовой, оливковое масло не той фирмы, хлеб пахнет тряпкой, а сыр не вызывает любви.

Последнее замечание повергло меня в ступор. На мой взгляд, «Эдам» не следует обожать, его просто едят, режут на ломтики и кладут на хлеб.

— Вот она, тяжелая жизнь нищенки, вынужденной экономить на питании, — подвела итог маменька и тут же принялась раздавать указания своей домработнице Нюше:

— Икру поставь на холод, миноги положи вниз, клубнику оставь на столе. Господи, как тяжело! Все приходится делать самой.

Нюша челноком сновала по просторной кухне, подгоняемая криками:

— Не туда! Заверни в фольгу! Осторожно, сейчас разобьешь! Так я и знала! Косорукое чудовище!

Наконец маман перевела дух, Нюша, шмыгая носом, вытирала желтоватую лужицу от разбитого яйца.

Я воспользовался возникшей тишиной и спросил:

— Что случилось? Ты потеряла документы?

Маменька повернула ко мне стриженную в салоне «Жак Блер» голову. Лучше вам не знать, во что мне обходится каждый ее поход в это парикмахерское капище.

— В отличие от очень многих людей, — язвительно заявила маменька, — я никогда ничего не теряю.

— Но Нора сказала мне...

— Она не поняла!

— Так что случилось?

— Сейчас сядем в гостиной, и расскажу. Ты что, не слышишь, старая идиотка? Немедленно ответь!

Последние фразы относились к Нюше, которая стояла возле подпрыгивающего от негодования телефонного аппарата с раскрытым ртом.

— Але, — завопила домработница, — хто! Чаво? Каво?

— Чаво, каво, — передразнила Николетта, — господи, сто лет как из деревни приехала, а разговаривать не научилась.

— Что случилось? — продолжал я любопытствовать.

— Сначала сядем.

— Но я тороплюсь.

— Не буду говорить на ходу, — уперлась маменька.

— Это тебя, Ваняша. — Нюша сунула мне трубку.

Я машинально сказал:

— Слушаю.

— Немедленно поезжай к Кузьминскому, — нервно заявила Нора, — там дым коромыслом.

Я глянул на Николетту:

— Говори скорей, в чем дело? Я ужасно тороплюсь.

Маменька обиженно поджала ярко накрашенные губки.

— Потом как-нибудь, когда отыщешь и для меня секундочку в своем плотном графике.

— Сделай одолжение, скажи.

— Я не приучена вываливать информацию по дороге! — Николетта решила не сдавать позиций.

Я секунду поколебался. Если сейчас покорно поплетусь в гостиную, то у маменьки возникнет сладкое ощущение полной победы над сыном. Следующие два часа она будет излагать какую-нибудь идиотскую историю о том, как ее оскорбила Кока. Помнится, месяц назад я выскочил в одиннадцать вечера из кровати, услыхав в трубке горькие рыдания Николетты.

— Жизнь кончилась, — стонала она. — О-о! Я такое узнала, просто ужас!

Слегка испугавшись, я прилетел на зов, был препровожден в гостиную и после часовых всхлипываний и истерических взвизгов наконец узнал правду. Маменьке предстояло пойти через пару дней на юбилей заклятой подружки Коки. Ради такого случая в бутике было куплено платье, чуть вконец не разорившее меня. Так вот, Николетта узнала, что другая ее не менее любимая подруженька Зюка приобрела себе такое же.

Поразмыслив над ситуацией, я быстро прошел в коридор и сказал надувшейся Николетте:

— Извини, я обязан бежать, когда надумаешь рассказать о том, что тебе надо, позвони.

Николетта молчала, но, когда я уже был на лестнице, она бросила мне в спину:

— Это нужно тебе. Но после такой обиды можешь даже не рассчитывать на мое прощение!

Недовольный собой, я сел в машину. Даже если раз в году я решаю проучить маменьку, та всегда оказывается в выигрыше. Теперь она будет изображать глубокую обиду, и мне придется потратить кучу времени и денег на «устаканивание» проблемы.

Глава 9

Когда я вошел в холл, из гостиной неслись истерические рыдания, какая-то женщина судорожно всхлипывала:

— Не знаю, это не я, не я...

Я осторожно втиснулся в гостиную и застал там Клару и Сергея Петровича. Девушка, прижимая к плоской груди стиснутые кулачки, словно заведенная твердила:

— Нет, нет, не я...

— Вот, — ткнул в нее пальцем Кузьминский, —

можешь познакомиться, семейный вор, любительница брать то, что ей не принадлежит!

— Нет, нет... — трясла взлохмаченной головой Клара.

— Да, — заорал Сергей Петрович.

Девушка закатилась в истерике. Сначала она захохотала, потом осела на пол, легла на ковер в позе зародыша, подтянула острые коленки к носу и принялась стучать головой о пол.

— А ну прекрати, — брезгливо вымолвил дядя, — противно смотреть. Пошли, Ваня, попьем чаю, сейчас эта дрянь перестанет ломать комедию, и тогда мы решим, как с ней поступить.

Но мне стало жаль Клару, ее истерика казалась самой настоящей, не наигранной. Девушка и впрямь билась в припадке. Я наклонился над ней.

— Клара, успокойся.

Куда там, она меня даже не слышала.

— Мне кажется, следует вызвать доктора, — пробормотал я.

Кузьминский поморщился:

— Ваня, это обычные женские штучки, сейчас она еще обморок изобразит!

Не успел он закрыть рот, как Клара всхлипнула, дернулась и затихла.

— Пожалуйста, — усмехнулся Сергей Петрович, — вот и продолжение концерта.

Я внимательно посмотрел на Клару. Ее лицо было синюшного оттенка, из чуть приоткрытого рта стекала тоненькая струйка слюны. Шея девушки на ощупь оказалась чуть липкой. Подобное сыграть невозможно.

— Ей плохо, немедленно вызовите врача.

Сергей Петрович с сомнением покосился на меня, но щелкнул крышечкой мобильного. Эскулап примчался в мгновение ока, впрочем, может, он сидит где-нибудь в административном здании, у въезда в коттеджный поселок.

Пока врач ломал у ампул горлышки и делал уколы, Сергей Петрович ввел меня в курс событий. Сегодня ему понадобился «Справочник по бухучету». Он перерыл всю библиотеку, а потом пошел в комнату к Кларе. То, что необходимая книга имелась в доме, он знал точно. Кузьминский порой заглядывает в пособие и держит его, как правило, у себя на столе. Сейчас оно испарилось, следовательно, книжку утащила Клара, единственный человек в доме, которому она могла понадобиться. К тому же племянница уже пару раз брала справочник, а Сергей Петрович возвращал его назад. Нужно было, чтобы не злиться, купить еще один такой же, но у Кузьминского попросту не хватает памяти на такое дело. О злополучной книжонке он вспоминает лишь тогда, когда ему требуется справка.

Поэтому, чертыхаясь, Сергей Петрович прошел к Кларе, перерыл у нее письменный стол, потом, не найдя брошюры, осмотрел комнату, увидел, что из-под подушки торчит что-то белое, и решил, будто это нужная книга. Однако на простыне рядом с наконец-то найденным справочником покоилась пачка стодолларовых купюр, туго перетянутая светло-розовой резинкой. Сергей Петрович пошел к себе, сжимая деньги. Он моментально позвонил Кларе на мобильный и велел:

— Изволь немедленно приехать домой!

— Что случилось, дядя? — спросила та.

Но Кузьминский уже отсоединился. Девушка примчалась через час: она взяла такси. Сергей Петрович ткнул пальцем в пачку:

— Отвечай! Это что?

— Деньги, — недоуменно ответила Клара.

— Какие?

— Доллары.

— И откуда они?

Она пожала плечами:

— Дядечка, какой странный вопрос. Наверное, кто-то их получил.

— Вот-вот, — прошипел Кузьминский, — кто-то получил, а ты украла!

— Я?

— Ты!

— С ума сойти!

— Именно.

— Но я ничего не брала!

— Врешь, пачка лежала у тебя под подушкой!

— Ты что! — взвизгнула Клара. — У меня такого количества банкнот отродясь в руках не бывало.

— Я сам их нашел!

— Не может быть!

— Молчи, лгунья!

Поняв, что дядя не на шутку разозлился, Клара залилась слезами, и выяснение отношений переросло в истерику. В доме никого, кроме них двоих, не было. Остальные члены семьи не вернулись из города, а Лариса уехала на рынок за мясом. Поэтому никто не мешал Сергею Петровичу делать из племянницы форшмак.

В самый разгар свары позвонила Нора; Кузьминский рявкнул:

— Потом. — И отключился.

Элеонора сообразила, что в доме вновь что-то случилось, и мигом нашла меня у Николетты.

— Вот дрянь, — кипел Кузьминский, наливая себе коньяку, — пригрел змею на груди. Разве я ей когда в чем отказывал? Попроси по-хорошему, все куплю. Так нет, надо спереть!

— Зачем девочке понадобилась столь крупная сумма? — задумчиво протянул я.

— А вот сейчас придет в себя, и узнаем, — пообещал Кузьминский. — Все из мерзавки выдавлю.

— Странно, однако, — осторожно сказал я.

Хозяин залпом проглотил благородный «Хеннесси», словно вульгарную водку, и недовольно спросил:

— Что?

— Подумайте сами, девочка украла сто тридцать тысяч долларов...

— Вот сикозявка, — стукнул кулаком по столу Кузьминский. — Мне насрать на деньги! *Меня* обокрала!!! *Меня*!!! Как идиота!

На его щеках заходили желваки, и бизнесмен вновь схватился за бутылку.

Я предпринял еще одну попытку изложить мое видение событий.

— И куда Клара дела награбленное?

— Не знаю, — неожиданно мирно ответил Кузьминский.

— Так это самый интересный вопрос, — заявил я, — вы же небось всю комнату обыскали и ничего не нашли.

— Я даже тумбочку сломал, — мрачно усмехнулся Сергей Петрович.

— Сами подумайте, просто дико держать под подушкой столь большую сумму денег, — я гнул свою линию, — разве в такое место кладут украденное? Под подушку! Если не ошибаюсь, прислуга каждый день меняет всем постельное белье?

— Не ошибаешься, — протянул Кузьминский, — только пока новой горничной нет, Лариса одна со всем не справляется. Она освежила постель мне и Беллочке, а остальным решила оставить как есть, спросила у меня разрешения. Я, естественно, позволил.

— Вот видите, — кивнул я, — Клара-то не знала, что ей белье не сменят. Неужели она настолько глупа, что не подумала о прислуге, которая поднимет подушку и неминуемо увидит пачку?

Кузьминский, не мигая, смотрел на меня. Я продолжил:

— Думается, все было по-другому.

— И как же? — буркнул Сергей Петрович.

— Вор взял одну из незаконно присвоенных пачек и сунул Кларе под подушку.

— Зачем? — насторожился Кузьминский.

— Хотел, чтобы подозрение пало на девушку, поэтому и выбрал такое место для долларов. Затея, как видите, удалась. Мерзавец, конечно, не рассчитывал, что вы лично обнаружите «нычку», думал небось, что Лариса Викторовна ее обнаружит и кинется к хозяину.

Сергей Петрович понюхал пустой фужер.

— Ну не знаю, — уже другим тоном заметил он, — в твоих словах есть свой резон, но пока я не считаю Клару невинной жертвой.

Высказавшись, Кузьминский вскочил и заходил по комнате, заложив руки за спину.

— Вам ведь не нужен еще один скандал? — тихо спросил я.

— Полагаешь, я получаю удовольствие, слушая истерические вопли? — скрипнул зубами хозяин.

— Думаю, нет, — спокойно ответил я. — Хотите совет?

— Говори.

— Не рассказывайте никому о произошедшем. Ни членам семьи, ни Ларисе Викторовне.

— Я не обсуждаю своих дел с прислугой!

— Вы хотите установить истину?

— Да.

— Тогда погодите устраивать прилюдное аутодафе Кларе, а я приложу все силы, чтобы выяснить действительное положение вещей.

Сергей Петрович сердито раздавил в пепельнице окурок. Я тяжело вздохнул. Кузьминский не привык слушаться других людей.

— Ладно, — неожиданно согласился он, — рой носом землю, но сообщи мне имя вора.

Получив «лицензию» на ведение дела, я прошел на кухню, пошуровал в бесконечных шкафчиках, висевших на стенах, отыскал кофе и с наслаждением выпил «Лавацца». В голове слегка просветлело, и захотелось есть. Я вспомнил, что последний раз трапезничал у Жанны, если, конечно, шоколадные конфеты можно назвать едой, и ринулся к холодильнику.

Бунтующий желудок успокоился только после четырех бутербродов с бужениной и маринованными огурцами. Я проглотил их разом и сел у стола. Теперь страшно захотелось спать. Зевота начала выламывать скулы. Я заварил еще кофе и на этот раз выпил его без сахара. Плотный туман, окутавший мозг, слегка рассеялся. Я бездумно уставился глазами в окно.

Прямо в кухню лез одуряюще пахнущий куст жасмина. Нынешнее лето пока радует, нет холода, дождей, резких перепадов температуры. В конце мая ртутный столбик достиг цифры +25 и уже месяц словно прибитый держится у этой отметки. Такая погода редкость для Москвы, у нас ведь сплошные аномальности: в июне холодно, в декабре тепло...

За спиной послышался тихий шорох. Я быстро обернулся. В кухню вошла Клара. Увидав меня, она вздрогнула и попятилась.

— Хочешь кофе? — ласково спросил я.

Клара подняла красные опухшие веки.

— Воды лучше, жажда замучила.

— Садись, — предложил я.

Она послушно устроилась на табуретке. Я взял большую бутылку «Новотерской», налил воды в высокий стакан и протянул ей. Клара схватила его и с жадностью стала пить.

— Не торопись, — улыбнулся я, — никто не отнимет.

Неожиданно Клара тоненько заплакала.

— Не брала я денег!

Я погладил ее по спутанным волосам.

— Конечно.

— Вы мне верите?

— В общем, да. Думаю, тебе их подложили.

— Но зачем? — шмыгнула носом Клара.

— Чтобы дядя заподозрил племянницу в воровстве и выгнал из дома. Кто-то в семье ненавидит тебя до такой степени, что готов на любую подлость.

— Это Белла, — прошептала Клара, — а еще Валерий.

— Родной отец? — изумился я.

— Он мне отчим, — пояснила Клара.

— А твой настоящий папа где?

Она пожала плечами:

— У меня его нет и не было. Я незаконнорожденная.

Последняя фраза прозвучала словно цитата из литературы девятнадцатого века.

— В наше время, — приободрил ее я, — это понятие устарело. Тысячи женщин во всем мире воспитывают детей без отцов, тебе нечего стесняться. А давно Валерий женат на твоей маме?

— Двадцать один год, — сообщила Клара, отхлебывая воду.

— А сколько же тебе?

— Двадцать один.

— Что-то я не пойму...

— Ничего сложного, — вздохнула Клара, — когда Валерий женился на маме, она была беременна от другого.

Она схватила бутылку «Новотерской». Я молча наблюдал, как тоненькая струйка воды наполняет стакан. Ей-богу, некоторые люди удивляют меня до глубины души. Если уж ты принял непростое решение жениться на женщине, которая носит под сердцем плод чужой любви, то будь благороден до конца. Зачем сообщать ребенку, что не являешься его биологическим отцом? Ведь ясно, что в подростковом возрасте получишь от падчерицы кучу проблем.

— Может, ты ошибаешься, — я осторожно продолжил разговор, — Валерий двадцать лет воспитывает тебя...

Клара горько усмехнулась:

— Он меня не замечает вообще, смотрит как на... на кошку. Впрочем, нет, с киской играют, ее гладят. Я для него словно программа телевидения! Нет, опять не то сравнение, она ведь тоже нужна, правда, всего одну неделю. Я вроде дурацкого подарка от богатого родственника. Принес он бедным племянникам железную метровую вазу. И вот теперь несчастные не знают, чего с ней сделать. Выбросить нельзя — дядя обидится, а дома держать неудобно. Вот и задвинули сувенир в угол, бегают мимо и не видят, только споткнутся иногда. Я не брала деньги.

— Кларочка, — ласково сказал я, — пока Сергей Петрович не узнает имени настоящего вора, он будет считать преступницей тебя.

Девушка угрюмо кивнула:

— Понятное дело.

— Значит, в твоих интересах помочь мне.

— В чем?

— Я должен найти того, кто совершил преступление.

Клара удивилась:

— Вы не секретарь?

— Секретарь, только хозяин поручил мне еще и это дело, в милицию он обращаться не хочет.

— Позора боится, — скривилась Клара, — а чем я-то помогу?

— Скажи, дружок, ты хорошо знаешь всех, кто сейчас живет в доме?

— Достаточно.

— Давай поговорим о них?

Клара оглянулась.

— Только не здесь, лучше у меня в комнате.

— Абсолютно с тобой согласен, — улыбнулся я, и мы переместились в ее спальню.

Там царил жуткий кавардак. Я покачал головой и спросил:

— Всегда живешь в таком беспорядке?

Клара стащила с кресла кипу одежды, швырнула ее на постель, плюхнулась на освободившееся место и ответила:

— У меня обычно убрано, только постель не трогаю, все равно перестелят. Это дядя все разбросал, остальные деньги искал.

— А что? — притворился я идиотом, — разве у него не десять тысяч украли? Какая же сумма исчезла?

— Фиг его знает, — отозвалась Клара, — он мне ее не назвал. Тряс за плечи и орал: «Живо верни, немедленно, отдавай все, дрянь». А потом принялся комнату громить, тумбочку сломал. И еще вот.

Ее глаза медленно наливались слезами. Дрожащими руками Клара подняла с ковра что-то блеклорозовое и показала мне. Это были останки плюшевой игрушки.

— Его звали Чуней, — тихо сказала Клара.

— Что это?

— Мой талисман, поросенок Чуня, — убитым голосом пробормотала Клара, — я его люблю. Он мой единственный друг! А дядя схватил его, голову оторвал, туловище растерзал... Нет моего Чуни, умер.

Господи, да она совсем ребенок! Несчастный, не любимый ни матерью, ни отчимом, ненавидимый двоюродной сестрой. Поросенок Чуня был ей вместо друга. Ну зачем Сергей Петрович уничтожил игрушку? Ясное дело, что в ней не могло быть спрятано более ста тысяч долларов! Вот уж не ожидал от Кузьминского такой жестокости.

Боясь, что у Клары опять начнется истерика, я вырвал из ее рук останки Чуни.

— Давай сюда!

— Зачем? — Она попробовала слабо сопротивляться.

— Отдам в починку, твоего Чуню сошьют заново.

— Не получится, — всхлипнула она.

— Моя мама, — лихо соврал я, — замечательная рукодельница, что хочешь из кусочков соберет.

— Правда? — с надеждой воскликнула Клара. — Думаете, получится?

Я кивнул:

— Обязательно.

Надеюсь, бедняжка никогда не узнает, что Николетта за всю свою некороткую жизнь не научилась даже пришивать пуговицы.

— Успокойся, детка, — произнес я, — и расскажи мне сначала про Валерия. Где работает, кем... Почему вы живете здесь?

Клара, слегка успокоившись, откинулась в кресле и начала говорить.

Глава 10

Валерий работает в НИИ, связанном с космосом. До недавнего времени он был засекречен и именовался «почтовый ящик». Но как только стало ясно, что у нашей страны нет больше внешних врагов, кроме международного терроризма, институт рассекретили. Клара даже сумела правильно произнести его название «КосмосНИИпромлетмаш». Я бы ни за что не запомнил столь труднопроизносимое слово. Впрочем, еще менее благозвучной была фамилия Валерия — Анджабрамаидзе.

— У него в роду имелись грузины? — удивился я.

Внешне Валерий совсем не похож на «лицо кавказской национальности».

— Да нет, — пожала плечами Клара, — его родителей звали Марией Ивановной и Константином Петровичем. А вот фамилия такая идиотская. Хорошо хоть мама осталась Головиной, я ношу ее фамилию.

Первое время Валерий, Анна и Кларочка жили в просторной, четырехкомнатной квартире, доставшейся парню от родителей. Потом вдруг переехали в более тесную двухкомнатную. Клара была еще маленькой и никаких вопросов старшим не задавала. Но, когда ей через несколько лет сообщили, что отныне семья станет жить в одной комнате, в коммуналке, в удаленном от центра районе, она удивилась:

— С какой стати, мама? Зачем нам отсюда переезжать? Да еще в такие чудовищные условия.

Анна, поколебавшись, рассказала дочери правду. Валерий — очень талантливый ученый, можно сказать, гений. Он разрабатывает некий прибор... Какой, Анна сама не понимала, знала лишь, что муж стоит на пороге величайшего за всю историю человечества открытия.

Во многих странах наука находится на иждивении государства. В России просто так денег вам никто не даст. Есть заранее утвержденный план работы, который визирует директор НИИ, а ученый совет решает, какое направление исследований является приоритетным. К сожалению, Валерий не сумел внушить начальству, что его планы гениальны, поэтому в финансировании его проекта было отказано. Во всем мире ученые, оказавшись без средств, ищут спонсоров. Многие крупные концерны типа «Кока-кола», «Дженерал моторс» и другие весьма охотно раздают гранты исследователям. Для таких монстров пятьсот тысяч долларов медная копейка. Если же ученый добьется успеха — это огромная реклама.

Но в России крупные производители смотрят на вещи иначе, и Валерий, походив по кабинетам с протянутой рукой, так ничего и не получил. И тогда он принял решение продать доставшуюся от родителей жилплощадь. Анна попыталась было сопротивляться, но муж категорично заявил:

— Меня ждет Нобелевская премия. Да, на какое-то время нам следует затянуть пояса, но потом придет все: деньги, слава...

Жена смирилась и перебралась в двухкомнатную халупу.

Шло время, все свои деньги Валерий вкладывал в исследования. Анна билась как рыба об лед, она преподавала русский язык в заштатном институте, имела крохотный оклад, и ей приходилось крутиться как белке в колесе, чтобы прокормить и одеть домочадцев. Мужу было начхать, есть ли у жены и падчерицы ботинки и что у них на обед. Впрочем, справедливости ради следует признать, что он и сам ходил в рванье и питался геркулесовой кашей на воде. Нобелевская премия вручалась с завидным постоянством каждый год, но Валерия не было ни среди лауреатов, ни среди номинантов.

И вот теперь предстоял еще и переезд в «сарай».

— Мама, — заявила Клара, — пусть он от нас уходит. Какой прок от такого мужчины? Дома его никогда нет, заявляется под утро, денег не дает, о нас не заботится, со мной даже не здоровается. Зачем такому семья? Пусть живет один!

Но Анна покачала головой:

— Я столько терпела и не отдам другой бабе результат. Валерий находится на завершающем этапе работ, осталось подождать самую малость. Потерпи чуть-чуть, через год у нас все будет!

Клара, хоть и была тогда семиклассницей, только недоверчиво покачала головой. Похоже, мать не понимает, что Валерий самый обыкновенный идиот. Нобелевская премия, как бы не так!

Но что было делать девочке? В своем возрасте она не имела никаких прав и подчинилась чужому решению. Так они очутились в коммуналке.

Прошел год, потом второй, третий, но красивый конверт с приглашением от шведского короля так и не появился в почтовом ящике. Обезумевший Валерий продал из дома все: телевизор, магнитофон, даже книги. Анна и Клара перебивались с воды на квас. И тут, очевидно, от постоянной нервотрепки у Анны случился инфаркт. Она оказалась в больнице. Валерий даже ухом не повел, как и раньше, уходил каждый день на работу около одиннадцати и возвращался под утро. Клара моталась между школой и больницей. Деньги, отложенные мамой на хозяйство, кончились в три дня. Клара обратилась к Валерию:

— Дай на еду.

— У меня нет, — угрюмо ответил отчим.

— Маме надо купить лекарства, — растерялась Клара, — и нянечке приплатить, чтобы ухаживала.

Валерий равнодушно ответил:

— Она же в больнице, там найдут.

— Ей требуется хорошее питание!

— Продай что-нибудь, — посоветовал Валерий.

Клара порылась в тумбочке. У нее у самой не имелось никаких украшений, а у мамы лежало в коробочке лишь одно тоненькое копеечное обручальное колечко.

Несколько дней девочка ломала голову над тем, как поступить, а потом решилась.

Ей было известно, что у матери есть родная сестра, Маргарита.

Той в жизни повезло намного больше. Рита выскочила замуж за богатого человека и ни в чем не нуждалась. Отчего тетка никогда не появлялась в их доме, Клара не знала. Валерий иногда принимался упрекать жену:

— Если бы твоя сестрица-миллионерша не задирала нос, Нобелевская уже лежала бы в моем кармане. Ну что ей стоит дать мне жалких сто тысяч долларов на исследования? А все твоя гордыня! Могла бы иметь кучу денег!

Один раз Клара не выдержала и спросила:

— Мама, а где ты должна взять эту кучу, о которой толкует Валерий?

Анна слегка порозовела и делано равнодушным голосом ответила:

— Не бери в голову, это он просто так болтает.

— А почему вы с Маргаритой не дружите? — не успокоилась Клара. — Если бы у меня была сестричка, я бы ее так любила!

— Мала еще во все вмешиваться, — обозлилась Анна, и разговор завершился.

Клара перелистала мамину старую записную книжку, нашла телефон Риты и позвонила.

«Все-таки сестра, — думала она, слушая редкие гудки, — должна помочь. И потом, она богата, неужели допустит, чтобы я умерла от голода?»

— Да, — раздался мужской голос.

— Можно Маргариту? — попросила девочка.

— Она тут не живет, — рявкнул дядька.

— Пожалуйста, помогите, — взмолилась школьница, — это ее племянница Клара, дочь Анны, у нас несчастье...

Сергей Петрович выслушал запинающуюся речь и через два часа приехал к Кларе. В дорогом пальто, распространяя запах элитного парфюма, он походил по комнатенке, покачал головой, потом раскрыл бумажник, вынул тысячерублевую купюру и велел:

— Ступай в кафе, пообедай.

Клара убежала, не чуя под собой ног от восторга. Естественно, ни в какое кафе она не пошла, проглотила у метро скользкую сосиску с клеклой булкой и потратила оставшиеся девятьсот девяносто два рубля на обновки. Купила в подземном переходе кофточку, брюки, ботинки, осталось даже на губную помаду. Правда, на нее не хватило пятидесяти копеек, но добрая продавщица махнула рукой:

— Забирай, потом принесешь!

Когда Клара, счастливая, словно побывала у Деда Мороза, вернулась домой, там уже сидел угрюмый Валерий.

— Собирайся, — велел Сергей Петрович.

— Куда? — разинула рот Клара.

— Вы переезжаете ко мне, — заявил дядя.

Жизнь разительно переменилась. Девочка получила свою комнату и ворох одежды. Кузьминский осыпал племянницу дождем подарков и постоянно совал ей деньги. Анну перевели в отдельную палату, приставили к ней медсестру. У Клары хватило ума не задать дяде вертевшийся у нее на языке вопрос: «Где живет тетя Маргарита?»

Потом она разобралась в ситуации, сообразила, что Кузьминские фактически находятся в разводе.

После выписки Анна тоже поселилась у Кузьминского. Сергей Петрович, естественно, мог купить большую квартиру и отселить туда родственников жены. Но он великолепно понимал, что беззаветно влюбленная в супруга Анна и пальцем не пошевелит, если Валерий затеет продажу новой квартиры. Они снова окажутся в коммуналке или вообще на улице. Поэтому Кузьминский оставил их у себя. Анна одно время смущалась и заводила разговоры на тему «Вот скоро поедем домой». Но Валерий был абсолютно всем доволен, а Клара ощущала себя счастливой. Единственной ложкой дегтя в бочке меда была Белла. Двоюродная сестра с первого дня возненавидела Клару, она ревновала ее к отцу и никогда не упускала момента пнуть невесть откуда взявшуюся родственницу, причем не всегда морально. Пару раз девочки подрались по-настоящему. Но потом Сергей Петрович позвал их в кабинет и гневно отчитал.

— Вы родные люди, — внушал он девицам, — должны любить и уважать друг друга. Вот старшие умрут, вас в целом свете двое останется!

— Больно она мне нужна, — гаркнула Беллочка, трогая пальцем наливающийся под глазом синяк.

Клара тяжело дышала, глядя на дядю.

— Вы расстраиваете меня, — сказал Кузьминский, — очень неприятно видеть ваши драки.

— Ничего, — вскинулась Белла, — потерпишь. Впрочем, если вытурить их, драк-то больше не будет. Сам себе геморрой приобрел!

Кузьминский побагровел, Кларочка быстро сказала:

— Хорошо, дядечка. Больше никогда не трону Беллу, я не хочу причинять тебе страдания.

— Спасибо, детка, — кивнул Сергей Петрович, — ты славный человечек!

— А я, значит, дерьмо! — взвилась Белла и, шарахнув дверью о косяк, вылетела в коридор.

С тех пор она еще больше пристает к сестре, вызывает ее на скандал, хамит. Клара сдерживается как может. Не надо думать, что она наступает себе на горло только из боязни потерять расположение богатого дядюшки. Нет, она не хочет доставлять страдания человеку, который вытащил их из нищеты, одел, обул, накормил, купил машины. Впрочем, для богатого Сергея Петровича подобные расходы незаметны, но много ли вы знаете людей, даже очень обеспеченных, которые бескорыстно, никогда не намекая ни на какую благодарность, помогают бедным родственникам?

— Я никогда бы не взяла у дяди деньги без спроса, — бубнила Клара, — а вот Валерий мог спереть на свои кретинские опыты! Только десять тысяч под мою подушку небось Белла запихала!

— И где же она взяла, по-твоему, такую прорву денег?

Клара скривилась:

— Для нее это не проблема. У Сергея Петровича счет в SDM-банке, а у Белки кредитка имеется, VISA, она тратит сколько захочет! Сняла десять кусков, и вся печаль. Пошли на кухню, я пить хочу.

Мы вернулись в пищеблок, и Клара поставила чайник.

— Эй, Лариса, — заорала из коридора невесть откуда взявшаяся Белла, — давай обед вместе с ужином, жрать хочу.

Клара шарахнулась в сторону от плиты. В ту же секунду Белла влетела в кухню. Я внимательно посмотрел на дочь Сергея Петровича. Шумная, бесцеремонная девица, не обремененная особым воспитанием. Внешне она кое-кому может показаться соблазнительной. Высокая натуральная блондинка с голубыми глазами и крепко сбитой фигурой. Бюст у нее великоват для юной девушки.

Впрочем, если вы невзначай столкнетесь с ней на улице, то подумаете, что ей лет тридцать, не меньше. Беллу сильно старит, если подобное выражение применимо к юной особе, обильный макияж. С парфюмом дурочка тоже перебарщивает, выливает на себя литры духов. Девочку постоянно окутывает удушливое облако из «Кензо», «Шикейдо» или «Шанель». Но издали она кажется симпатичной. Хотя лично мне никогда не нравились полноватые крикливые особы. Если бы пришлось выбирать между Кларой и Беллой, отдал бы предпочтение первой.

— Чего шепчетесь? — заорала Белла. — Где Лариска? Жрать хочу!

Клара подскочила и тенью прошмыгнула в коридор.

— Видал? — хмыкнула Беллочка. — Во, вежливая! Ни здрасте, ни до свиданья! Офигительное поведение!

— Ну ты тоже ее не поприветствовала, — вздохнул я.

— Между прочим, — нахалка уперла кулаки в крутые бока, — я тут хозяйка, и те, кого пустили сюда пожить из милости, обязаны при виде меня вскакивать, кланяться и благодарить.

Вымолвив это, она подлетела к плите и принялась срывать крышки с кастрюль. Я вздохнул. Очевидно, следовало сейчас прочитать ей лекцию, объяснить, что благородный человек никогда не попрекнет нищего куском хлеба, втолковать ей, что отец, приютив Клару, не перестал любить родную дочь, но я не буду заниматься воспитанием девицы.

— Ну тебе не долго ее терпеть осталось, — заявил я.

Белла выронила половник.

— Она заболела, да? Скоро умрет?

Надо же быть такой злюкой.

— Слава богу, нет, Клара здорова.

— Вот жалость-то, — с искренним сожалением в голосе заявила ласковая сестричка, — папа ее до конца жизни при себе держать будет, жалостливый очень, а Клавка пользуется и рыдает каждый день, несчастненькую из себя корчит!

Белла налила себе супа, поставила тарелку на стол и принялась с шумом хлебать. Либо девочка крайне невоспитанна, либо хочет всех эпатировать. Уронила на пол поварешку и даже не подумала поднять ее. Налила себе первое и не предложила мне разделить трапезу, теперь излишне громко чавкает. Наверное, ждет, что я сейчас выкажу возмущение. Но ей от меня такой реакции не дождаться.

— Сергей Петрович сегодня решил выгнать Клару из дома, — сообщил я.

Глава 11

Беллочка бросила ложку в рассольник, вверх взметнулся фонтан брызг.

— Да ну? Вот это класс! Не врешь?

— Нет. Он нашел у нее под подушкой пропавшие из его письменного стола доллары. И велел племяннице складывать вещи.

— Вау! Как классно! — запрыгала на табуретке Беллочка. — Она воровка!

— Тебе ее не жаль?

— Не-а.

— Совсем-совсем?

— Абсолютно.

— Ну подумай, куда она пойдет?

— К свиньям собачьим!

— Вот уж не думал, что ты такая жестокая!

— Чего ее жалеть! — заорала Белла. — Стырила десять тысяч, теперь пусть отвечает!

Я схватил ее за плечо.

— Сделай милость, объясни, откуда ты знаешь, что денег было именно столько?

Белла осеклась, захлопнула рот, потом намного тише ответила:

— Так ты только что сообщил: Клара с...а баксы.

— Пожалуйста, не ругайся, — не выдержал я, — противно, словно жаба изо рта выпрыгнула!

Белла фыркнула:

— Ты цветок душистых прерий, а не мужчина!

— Деточка, — не выдержал я, — откуда бы тебе знать правду о лицах противоположного пола.

— Да уж имею опыт, — горделиво заявила она, возвращаясь к супу.

Я хотел было спросить: «Какой?», но тут вдруг сообразил, что девчонка неспроста обратилась к столь скользкой теме, она просто хочет отвлечь меня от беседы о деньгах. Ну уж нет!

— Так откуда тебе известна точная сумма? — сурово поинтересовался я.

— Ты же сказал «пачка», а в пачке всегда бывает столько стодолларовых купюр, — принялась изворачиваться Белла.

— Я не говорил «пачка», и потом, объясни, отчего ты решила, что там были сотенные купюры? — мигом спросил я.

— Ну... ну... у папы в письменном столе всегда такие валяются...

— И куда ты дела остальные?

— Чего?

— Неужели успела за столь короткий срок потратить сто двадцать тысяч?

— Чего?!

— Ну, десять ты сунула под подушку Кларе, не пожалела части добычи, чтобы вытолкнуть сестру из дома, омерзительный поступок, но не о нем сейчас речь. Где остальные деньги?

— Какие? — подскочила Белла.

В ее широко раскрытых голубых глазах читалось абсолютно неподдельное удивление.

Я погрозил ей пальцем:

— Ты хорошая актриса, но все же не Сара Бернар. Ладно, подыграю тебе. Если хочешь услышать про деньги, изволь. В ящике лежало больше миллиона.

— Мама! — воскликнула Белла. — Я видела, что много, но сколько — не представляла.

— Значит, ты лазила в стол, — с удовлетворением отметил я, — и стащила сначала десять тысяч, а потом еще сто десять...

— С ума сошел? — прошептала Белла. — Не брала я ничего.

Неожиданно я выпалил:

— Врать нехорошо, у меня есть твое фото.

— Какое? — вскинулась Беллочка.

Очевидно, в каждом человеке сидит частичка барона Мюнхгаузена, потому что я с самым искренним видом выдал замечательный монолог:

— Видишь ли, детка, тебе крайне не повезло. Я на самом деле частный детектив. Твой отец нанял меня для того, чтобы поймать особу, которая таскает из ящика его стола деньги. Я воспользовался специальной техникой, установил в кабинете хитрый фотоаппарат, который автоматически делает снимки, потом просто проявил пленку. Ну и что увидел?

Запал кончился, я перевел дух и запоздало удивился. Интересно, почему Сергей Петрович и впрямь не купил подобное техническое устройство? Отчего велел *мне* следить за кабинетом?

Белла замерла на табуретке. Ее личико, потеряв обычное наглое выражение, вытянулось и стало совсем детским.

Я решил закрепить успех и продолжил:

— А увидел я тебя, роющуюся в столе отца. Так-то, моя дорогая. Ну-ка, отвечай быстро, зачем ты туда лазила?

— За ручками, — растерянно ответила Белла, — шариковыми, папа всегда их сотнями покупает, а я забываю, вот и пошла в кабинет.

— Значит, взяла доллары...

— Нет!!!

— Пожалуйста, не надо врать!

— Надеюсь, ты не сказал папе о своих идиотских подозрениях? — набросилась на меня Белла. — Честно говоря, ему сто раз плевать на бабки, даже странно, что он надумал искать вора, это не в его характере, а вот то, что его решили обмануть... Это да, это достанет папульку, он терпеть не может, когда врут. Я не брала денег.

— Имеется фото, — напомнил я.

— И что, — пожала плечами Белла, — я ведь не отрицаю, что лазила в стол, ручки искала, увидела деньги, пачки стодолларовых купюр. Еще подумала: чего это папка их в сейф не положил, тут бросил? Прихватила «Бик» и ушла. Ты свои снимки с лупой изучи, сразу станет видно, что ухожу с ручками, шариковыми. Слушай, а ты мне свой аппарат не одолжишь?

— Зачем?

— Я его в комнате у Клавки пристрою, — хихикнула Беллочка, — вот посмеюсь, когда узнаю, что она наедине с собой проделывает.

— Значит, ты денег не брала?

— Да нет, — отмахнулась Белла. — Дашь аппарат?

— И не подумаю.

— А за тысячу долларов?

— Нет.

— Где ты его купил?

— В магазине.

— В каком?

— Специализированном.

— Дай адрес!

Чувствуя, что меня загнали в угол и сейчас уличат во вранье, я рассердился:

— Хватит ерундить, немедленно говори, где спрятала деньги!

Беллочка спокойно дохлебала рассольник.

— Послушай, — спросила она, — как ты думаешь, зачем человек крадет деньги?

Я слегка растерялся.

— Ну, не хватает ему на какие-нибудь удовольствия... Впрочем, большинству людей недостает средств. В мире небось наберется с десяток человек, которые могут себе позволить все. Лично я бы не отказался от виллы на Карибском море и машины «Ламборджини Дьяволо», только никогда не сумею собрать нужной суммы для покупки ни первого, ни второго.

— И пойдешь упрешь денюжки? — фыркнула Белла.

— Нет, конечно, я умею управлять собой. Но многие не способны сдерживаться, в частности, подростки, у которых желания выражены более остро, чем у взрослых людей. Ну хочет шестнадцатилетняя девочка дорогую косметику и вдруг видит в папином столе деньги, их очень много, можно взять, никто не заметит. Только все тайное...

— ...всегда становится явным, — усмехнулась Белла. — Это не про меня.

— Что?

— Рассказ про девочку, мечтающую о губной помаде, — фыркнула нахалка. — Мне незачем думать о такой ерунде, просто иду и покупаю. Пойми, мне нет нужды тырить бабки, я могу потратить любую сумму без спроса.

— Каким же образом?

Девчонка вытащила из кармана портмоне и повертела перед моим носом пластиковой карточкой.

— Вот, полный доступ к папиным деньгам, трать — не хочу. Могу показать, чего купила за неделю, все чеки!

— Ты их хранишь? — удивился я.

— Пошли, — вскочила Белла.

Мы поднялись к ней в мансарду. Она включила компьютер.

— Смотри.

Я уставился на экран:

«Кафе «Бин» — пирожные, кофе — 1 тысяча рублей.

Ресторан «Золотая утка» — комплексный обед — 450 рублей.

«Мехх» — брюки, пуловер, юбка — 9 тысяч рублей.

Салон «Мане», парикмахерские услуги — 10 тысяч рублей.

Фитнес-клуб, оплата инструктора — 10 тысяч рублей».

За последние два дня Беллочка спустила более тысячи долларов.

— Можешь дальше глядеть, — спокойно разрешила девочка, — папа позволяет мне тратить столько, сколько душе угодно. И зачем мне баксы тырить?

От растерянности я неожиданно сказал чистую правду:

— Чтобы подложить их Кларе. Ты же очень хочешь избавиться от двоюродной сестры, вот и решила представить ее воровкой.

Белла выключила компьютер.

— Никакой радости жизнь в одном доме с этой маленькой вруньей мне не доставляет, но я не подличаю, всегда говорю, что думаю, в глаза, даже если это и не слишком нравится окружающим. Вот ты, например, просто дурак, если заподозрил меня. Поищи вора в другом месте, среди тех, кому на самом деле не хватает, у меня-то все есть!

— И кто же это, по-твоему? — тихо спросил я.

Белла почесала нос.

— Анна, Валерий и Клара, они церковные мыши.

— А твоя мама и Павел?

Беллочка скривилась.

— Павлик — альфонс, мамочка его содержит. У парня денег даже на носовой платок нет, но он не вор.

— Почему ты так считаешь?

— Зачем ему баксы? Мама ему все покупает, — ответила Беллочка.

— Откуда у твоей матери деньги? Извини, я думал, ее содержит Сергей Петрович.

Белла усмехнулась:

— Дает, наверное, что-то, чувствует свою вину. Мама продюсер, занимается организацией эстрадных концертов и театральных постановок, агентство «Марго», не слышал?

— Нет.

— Ты, наверное, не имеешь никакого отношения к шоу-бизнесу?

— Слава богу, нет.

— Потому и не знаешь, — подвела итог Белла, — мамино агентство в десятке лучших, она себе сама деньги заработать может. И потом, я просто не могу представить, как она ночью крадется в комнату и исподтишка лямзит пачки. Это совершенно не в ее духе. Вот ворваться к папе в кабинет, когда он работает, наорать, затопать ногами и на глазах у него выхватить тысячи — это да, это по-нашему.

— Почему ты живешь с папой?

— Мама все время по разным городам разъезжает, в неделю может семь мест сменить, — пояснила Белла, — мне придется постоянно сидеть одной с прислугой. Папа же, хоть и занят, ночует дома, мне с ним лучше. Я люблю мамочку, но она истеричка. Лучше всего, конечно бы, им помириться. Только мама папу никогда не простит.

— За что?

Беллочка усмехнулась:

— Папа ей изменил сто лет назад, я еще в садик ходила. Мы тогда бедные были. Отец разорился, сидел со мной дома, а мама начинала свой бизнес, проталкивала певца Мариуса, слыхал про такого?

Ну визжит жутко, на одной ноте, его еще зовут «Сигнализация российской эстрады»?

— Извини, я плохо знаю тех, кого называют поп-стар.

— Не важно, — кивнула Белла, — в общем, мама подалась деньги зарабатывать, папа меня в одной комнате спать уложил, а сам привел девку. Думал, ребенок крохотный, дрыхнет себе, ничего не увидит. А мама внезапно вернулась, вышло, как в анекдоте! Представляешь? Папа с этой бабой в кровати, а тут мамулька с сумкой вваливается. Какой был крик! Какой скандал! Она папины шмотки с балкона пошвыряла, все, вместе с видиком и музыкальным центром. Девку эту голой на лестницу выперла. Во цирк! С тех пор больше вместе не живут! Дураки! Мама вечно любовников меняет, один гаже другого, где только их находит. А у папы такие кадры! Вау! Ноги от ушей, а вместо головы кастрюля!

— Что ты имеешь в виду?

— Ну такие умные, — хихикнула Белла, — словно суповые чугунки! Анекдот, похоже, он их специально подбирает, посмотрит и зовет самую глупую. Вот погоди, если он в субботу сюда Ольгу приведет, повеселимся от души. Знаешь, кто деньги скоммуниздил?

Я покачал головой:

— Пока нет.

— Анна, Валерий или Клара, больше некому, поодиночке или вместе работали.

— Ну Клара-то вряд ли...

— Ага, — обозлилась Беллочка, — значит, как

на меня думать, так сразу, а как об этой б... речь зашла, то она не виновата?

— Ну вряд ли Клара стала бы баксы у себя под подушку прятать, — сказал я, — и поросенка ей жаль до слез.

— Какого поросенка? — жадно спросила Белочка.

— Сергей Петрович ее любимую игрушку изорвал!

— Ладно, — согласилась Белла, — хрен с ней, пусть не она, тогда Валерий стырил или Анна.

— А Лариса Викторовна способна на подобный поступок?

— Ты че! Лариска у нас уже год служит, — пояснила Белла. — У папы в столе вечно кучи денег валяются. Она бы раньше не выдержала, чего так долго терпела?

Я с уважением посмотрел на девочку — похоже, она не глупа, только избалована.

Вечером я подробно изложил Норе произошедшие события.

— Ясно, — буркнула хозяйка, — начинай с Валерия, завтра отправляйся к нему на работу и рой там землю. Если поймешь, что он невесть откуда получил деньги для своих исследований, дело можно считать закрытым. Даже неинтересно. Ладно, не тяни кота за хвост. Сегодня звонила тетка, у которой таинственным образом пропал муж. Заканчивай с Кузьминским, займемся другим, более интересным делом.

— Кто же и зачем сунул десять тысяч Кларе?

— Пока не знаю, — обозлилась Нора.

На следующее утро я прибыл к огромному девятиэтажному зданию, построенному в начале пятидесятых годов прошлого столетия, увидел грозную надпись «Документы показывать в развернутом виде» и приуныл. Скорей всего бдительная охрана не пропустит внутрь мужчину, у которого нет никакого удостоверения личности.

На всякий случай я вошел в просторный холл и был крайне удивлен. Никаких секьюрити тут и в помине не наблюдалось, у лифтов висело множество табличек: «Газета «Якорь», «Продажа сотовых телефонов», «Склад». Начальство умирающего НИИ сообразило, что обладает шикарным зданием в одном из старых московских районов, и сдало в аренду большинство помещений.

Мое предположение оказалось верным. Ученые сидели на последнем этаже. Я схватил пробегавшего мимо дядьку за рукав синего лабораторного халата.

— Да? — растерянно спросил тот. — Чем могу служить?

— Подскажите, где сидит Валерий Анджабрамаидзе, если, конечно, я правильно произношу эту непростую фамилию.

— А он кто?

— Ну... исследователь.

— Значит, идите в научную часть, — ответил мужчина, — направо по коридору, налево производственные мастерские.

Я потопал по километровым изгибающимся переходам, изредка натыкаясь на служащих. Никто из спрошенных не слышал о Валерии. Согласитесь, это было странно, человек всю жизнь, по крайней мере последние двадцать лет, трудится на одном месте, а сослуживцы удивленно восклицают: «Анджабрамаидзе? Это кто такой?»

Я бы еще понял ситуацию, носи Валерий фамилию Иванов, но Анджабрамаидзе!

Наконец одна дама посоветовала:

— Вы сходите в тысяча двести пятьдесят третью комнату, там служит Нелли Сергеевна, вот она точно всех знает, всю жизнь у нас председатель месткома.

Я продолжил путь по коридорам и без особых приключений отыскал даму, оказавшуюся вопреки ожиданиям не старушкой, а вполне приятной молодой особой. Во всяком случае, в моем понимании молодой. Услыхав затейливую фамилию, она нахмурилась:

— Он у нас больше не служит.

— Вы уверены? — удивился я.

— Конечно, — неохотно ответила Нелли Сергеевна.

— А куда ушел?

— Понятия не имею.

— Мне очень надо его отыскать, помогите, пожалуйста.

Нелли Сергеевна тяжело вздохнула:

— Зря вы это затеяли.

— Что? — не понял я.

— Поиски Валерия. Все равно никогда ничего не получите, да и денег уже давно нет.

— Простите, вы о чем?

Нелли Сергеевна криво улыбнулась.

— Ну передо мной можете ваньку не валять. Небось Валерий у вас одолжил крупную сумму денег и не отдал.

Я решил подыграть ей и кивнул:

— Да.

— Если не секрет, сколько? — проявила она любопытство.

— ...э... сто двадцать тысяч!

— Рублей?

— Нет, долларов.

— Ничего себе, — по-детски воскликнула Нелли Сергеевна, — свои отдавали или, как бедняжка Раечка, казенные?

— Кто такая Раечка?

— Ваша товарка по несчастью, — грустно пояснила Нелли Сергеевна, — маленькая дурочка.

У меня от недосказанности слегка закружилась голова.

— Очень прошу, расскажите мне все про Валерия!

Председательница месткома отрезала:

— Абсолютно не намерена вам помогать. Сами выпутывайтесь, вот Прокопенко мне было жаль, а вас нет!

— Кто такая Прокопенко?

— Не слишком ли вы любопытны? — прищурилась дама. — И вообще, кто вы такой?

— Частный детектив, — сообщил я. — Разрешите сесть?

— Пожалуйста, — кивнула Нелли Сергеевна, — вот сюда.

Я устроился на продавленном стуле и тихо спросил:

— А что, он правда гений?

— Кто? — уставилась на меня Нелли Сергеевна.

— Валерий.

— Какие глупости!

— Но он вроде претендует на Нобелевскую премию!

Внезапно Нелли Сергеевна рассмеялась, да так, что из глаз у нее потекли слезы.

— Господи, откуда у вас эта информация?

— Она неверна?

— Не имеет ничего общего с действительностью. Валерий более чем средний исследователь, абсолютно не способный стать генератором идей. Впрочем, кое-кто достиг в науке определенных высот, имея только руки. Вот, допустим, в нашей лаборатории Леночка Водовозова. Ей господь забыл дать талант, зато отсыпал трудолюбия. Леночка уже стала доктором наук и профессором, быть ей и академиком, но она целыми днями сидит на работе, кропотливо выполняя все, что велит ей наш заведующий Василий Петрович. Вот уж кто настоящий гений, так это он! Представляете...

Понимая, что даму сейчас унесет совсем не в ту степь, я быстро остановил ее:

— Значит, Валерий как ученый пустое место?

— Именно так, — кивнула Нелли Сергеевна, — очень правильное определение: пустое место.

— Но он столько денег вложил в исследования!

— Что? — подскочила она. — Каких денег?

— Собственных. Продавал квартиры, вещи из дома, заставил семью жить впроголодь, чтобы только не бросать опыты...

— А-а-а, — протянула Нелли Сергеевна и включила настольную лампу.

Яркий свет озарил ее озабоченное лицо, и мне сразу стало ясно: даме не сорок и даже не пятьдесят, а намного больше. Обманчивое впечатление молодой женщины создают подтянутая, спортивная фигура, короткая стрижка и звонкий голос.

— Вот, значит, как, — протянула Нелли Сергеевна, — честно говоря, я предполагала нечто подобное. Бедную Раечку Валерий обманул, значит, и жене наговорил черт-те что. А почему вдруг вы им заинтересовались?

Я поколебался минуту и сказал чистую правду:

— Мой клиент, состоятельный человек обнаружил пропажу денег из своего стола. Он не захотел иметь дело с милицией, потому что в доме находились лишь члены его семьи, и нанял меня для поисков вора. Теперь я проверяю его родственников.

— И большая сумма?

— На мой взгляд, огромная — более ста тысяч долларов.

— Ну это он не вернет...

— Вы о Валерии говорите?

— О ком же еще? Именно о нем. Знаете, почему его из нашего института вытурили?

— Нет.

Нелли Сергеевна аккуратно сложила разбросанные по столу бумажки, подровняла их, прижала бронзовым старинным пресс-папье и с легким сомнением пробормотала:

— Может, рассказать вам все?

— Сделайте милость, — попросил я.

Нелли Сергеевна заколебалась:

— Никогда не была сплетницей и очень не уважаю тех, кто распространяет слухи.

— Но вы-то сообщите точную информацию.

— Ну да, — кивнула она, — естественно, я хорошо знаю, в чем дело. Долгие годы, почти всю жизнь я тут председатель месткома, и без моего участия нельзя уволить ни одного сотрудника. Ладно, надеюсь, то, что сейчас поведаю, поможет изобличить этого мерзкого типа, который по непонятным мне причинам постоянно выскальзывает сухим из воды! Слушайте, как обстояло дело.

Глава 12

В каждом НИИ имеются группа одаренных людей и те, кто балластом сидит в кабинетах. Бог знает, зачем последние решили податься в науку. Кое-как эти сотрудники защитили кандидатские диссертации, сочли свою карьеру состоявшейся и мирно тухнут на рабочих местах, раз в пять лет рожая очередную никому не нужную статью. И, к сожалению, подобных личностей в храмах науки большинство. Женщины сплетничают, затевают от скуки свары, мужчины разгадывают кроссворды и украдкой занимаются всякой ерундой. Представители обоего пола без конца пьют чай и стараются убежать домой на десять-пятнадцать минут раньше установленного срока.

Валерий тоже принадлежал к когорте посторонних в науке. За плечами у него имелась с трудом защищенная кандидатская диссертация. Сидел он тихо-тихо, водку не пил, сигарет не курил, романов на рабочем месте не затевал и казался положительным до тошноты. Начальство относилось к своему сотруднику вполне лояльно. Ну звезд с неба не хватает, зато аккуратный, тихий, никаких от него хлопот.

Вон Сергей Маштаков в двадцать пять лет стал доктором наук, фонтанирует идеями, и что хорошего? С одной женой не развелся, завел другую, имеет от этих баб детей. Женщины постоянно бегают в институт, дергают директора, требуют, чтобы он повлиял на ловеласа. Супруга желает вернуть Казанову в семью, любовница намеревается женить его на себе, и обе, не стесняясь, закатывают истерики у директора в кабинете. Не захочешь у себя на работе никакого гения иметь — сплошные хлопоты, а от бездарного Валерия никакой мороки. Устроился в углу, царапает ручкой по бумаге... У него имелся только один недостаток — он очень часто болел, мог по неделе в месяц отсутствовать или недужить с перерывами по десять-двенадцать дней. Впрочем, Валерий исправно приносил бюллетень. Насколько Нелли Сергеевна помнит, там всегда указывался один диагноз «хроническое воспаление легких». Кстати, Валерий часто кашлял и выглядел плохо: бледный, с синяками под глазами.

В НИИ работали несколько сот сотрудников, и хлопот у председателя месткома хватало. Кому выбить квартиру, кого устроить в больницу. А еще многие пили, прямо на рабочем месте. От Валерия же не было проблем, он никогда ничего не просил у Нелли Сергеевны, даже в прежние малоизобильные годы не клянчил лишний талончик на продуктовый заказ, не выпрашивал абонемент на подписку, не вымаливал дачный участок или очередь на покупку автомобиля. Впрочем, похоже, денег у Валерия совсем не имелось, он всегда очень бедно одевался и никогда не ходил обедать в институтскую столовую, носил с собой бутерброды.

Одним словом, маленький, серый, безропотный

мышонок в махине, занимавшейся важными проблемами.

Представьте изумление Нелли Сергеевны, когда она узнала о Валерии правду. Все началось с очень неприятной сцены.

Как-то раз председательницу месткома срочно вызвали к директору. Когда она вошла в просторный кабинет, там, кроме самого Владимира Ивановича, обнаружилась еще и вся скукоженная старшая лаборантка Раечка Прокопенко.

— Вот, — сердито заявило начальство, — ты только послушай, какие у нас дела творятся! Раиса растратила деньги!

— Какие? — удивилась Нелли Сергеевна.

— Елочные, — прошептала Раечка.

Председательница месткома всплеснула руками:

— Ты с ума сошла!

Прокопенко уронила голову на стол и зарыдала.

Для тех, кто не знает, объясню суть проблемы. Сотрудники НИИ в преддверии Нового года сдали деньги на билеты для детей. Поход на елку — дорогое удовольствие, вместе с подарком тянет на приличную сумму, если вы хотите побывать в приличном месте, а не смотреть в каком-нибудь подвале на выкрутасы пьяного клоуна.

Собирать деньги поручили Раечке. Она неделю трясла сотрудников, и в конце концов у нее на руках оказалась сумма, эквивалентная ее годовой зарплате.

Сегодня Рая пришла к директору и дрожащим голосом сообщила:

— Денег нет.

— Куда же они подевались? — удивился Владимир Иванович.

— Нету, и все!

— Ты их потратила!

— Нет.

— Сумку украли?

— Нет.

— Тогда где деньги? — обозлился директор.

— Их нет.

Разговор зашел в тупик. Нелли Сергеевна попыталась узнать истину, но на все ее вопросы Раечка отвечала рыданиями и маловразумительными репликами. В конце концов председательница месткома воскликнула:

— Надо вызывать милицию, на лицо факт кражи.

— Ой, — затряслась Рая, — меня посадят...

— А ты не воруй, — невзначай директор процитировал крылатую фразу.

— У меня ребенок маленький, — захлебнулась слезами Рая, — помочь некому.

— Ты же не рассказываешь правду, — вздохнула Нелли Сергеевна, — зачем деньги взяла, на что потратила?

— Я их одолжила, — выдавила Рая.

— Кому? — подскочила Нелли Сергеевна.

— Валерию, — ответила Раечка.

— Зачем? — Председательница месткома никак не могла прийти в себя.

И тут Раечка рассказала такую историю, от которой Нелли Сергеевну чуть инсульт не хватил.

Оказывается, тихоня Валерий, этот серый, незаметный мышонок, быстро убегавший после работы в свою норку, завел шашни с Раей. Прокопенко, не избалованная мужским вниманием, а вернее, вовсе не имевшая никаких романов за плечами, кроме кратковременного и очень неудачного брака, мгновенно влюбилась в Валеру. Невидный, «застиранный» коллега казался ей Аленом Делоном и Бельмондо в одном флаконе. Раечка обожала Валерия до потери разума, поэтому, когда любовник попросил в долг «елочные» деньги, она отдала их мгновенно.

— У него тяжело заболела дочь, — рыдала Прокопенко. — Она совсем еще девочка — и рак! Это же приговор. У Валерия свободных средств нет, но ему обещал одолжить необходимую сумму приятель...

Нелли Сергеевна пыталась спокойно разобраться в сути дела. Раечка горячилась, переходила с крика на шепот, заикалась, понять ее было не просто, наконец до председательницы дошла истина.

Дочь Валерия смертельно больна. За операцию врачи заломили огромную, по его пониманию, сумму, взять ее было не у кого. Правда, близкий друг обещал помочь, но за деньгами нужно ехать в Тверь, а оплатить операцию требовалось неделю назад. Вот Раечка и дала чужие деньги под честное слово. Валерий обещал отдать их в понедельник.

— На выходных смотаюсь в Тверь, — обещал он любовнице.

Но в нужный день он не появился на службе, и вот уже неделю от него ни слуху ни духу.

Крайне обеспокоенная Раечка решилась на невероятный поступок: купила в булочной вафельный тортик и явилась к любовнику на дом.

Она не собиралась устраивать никаких выяснений отношений, только хотела сказать: «Здравствуйте, меня прислали от месткома проведать коллегу».

Наивная Раечка полагала, что болезненный Валерий вновь подцепил какую-то заразу и лежит дома, мучаясь от невозможности вернуть долг.

Когда Прокопенко добралась до подъезда Валерия, ее неприятно поразило его убожество. А в квартире любимого Раю поджидало новое, совершенно сокрушительное открытие.

Во-первых, Валерия не было дома. Открывшая дверь худенькая девочка пробормотала:

— Он на работе.

— Где? — переспросила Рая.

— На службе, — повторила девочка и уставилась на коробочку с тортом.

— Возьми, — машинально сказала Прокопенко, протягивая ей «Золотую причуду».

— Спасибо, — воскликнула маленькая хозяйка, по ее радостному лицу стало ясно, что она нечасто ест сладости, даже такие доступные и недорогие, как вафельные тортики российского производства.

— Вы кто? — спросила девочка. — Входите.

Раечка замялась, но потом вошла в кухню.

— Твоя мама дома?

— Нет, она придет после одиннадцати вечера.

— А папа когда вернется?

— Он мне отчим.

— Извини, пожалуйста, он, наверное, поехал в больницу? — от растерянности спросила Рая.

— Куда? — удивилась девочка.

— Ну у него же вроде дочка больна, твоя сводная сестра, наверное?

Девочка быстро разорвала упаковку, схватила

ножик и, кромсая торт на большие неровные куски, сообщила:

— Я одна, никаких сестер или братьев у меня нет.

Раечка, слегка обалдев, все же решила уточнить:

— А как ты себя чувствуешь?

— Я? — переспросила девочка, жадно поедая лакомство. — Да нормально!

— И доктор тебя из больницы домой отпустил, — спросила Рая, цепляясь за последнюю соломинку.

Девочка подобрала с клеенки крошки и выпалила:

— А я там никогда и не лежала.

Рая попыталась сгрести мысли в кучку.

— Ты не болела лейкозом?

— Это что такое? — удивилась якобы больная.

— Где Валерий? — Рая вновь повторила вопрос и услышала тот же ответ:

— На работе.

Прокопенко вышла на улицу и села в скверике на лавку. Время бежало, но любовник не спешил к домашнему очагу. Около полуночи Рая уехала к себе. Валерий появился на работе только во вторник. Любовница кинулась к нему.

— Где деньги?

— Понимаешь, — завел было он, — я не успел в Тверь смотаться, Кларе было очень плохо, пришлось сидеть около нее не отходя. Может, извернешься как-нибудь? Я скоро верну деньги!

С глаз Раечки упала пелена. Она увидела, что Валерий удивительно похож на крысу, поразилась, как же не замечала этого раньше, и воскликнула:

— У твоей Клары великолепный аппетит, что, согласись, очень странно для умирающей! Слопала целый торт и не поморщилась!

— Так это ты была, — поскучнел Валерий. — Ладно, наши отношения закончены. Не хочу иметь дело с бабой, которая способна вот так внаглую завалиться в чужой дом!

— Верни деньги!

— Какие? — совершенно спокойно спросил Валерий.

Рая обомлела:

— Елочные.

— При чем здесь я? — пожал он плечами. — Их ты собирала!

У бедной лаборантки потемнело в глазах.

— Но я дала их тебе.

— И где расписка?

Раечка потеряла дар речи.

— Ничего я не брал, — отчеканил Валерий, — если сама расфуфыкала деньги, нечего на других сваливать...

Естественно, в кабинет директора был немедленно вызван Валерий. Он держался уверенно и спокойно отвечал начальству:

— У Прокопенко разум помутился, такое случается с одинокими бабами. Ну зачем она мне нужна? У меня жена, дочь. Сами знаете, я работаю нормально, никогда никаких скандалов. Она деньги растратила, а теперь выкручивается.

Раечка забилась в истерике. Обозленный директор смотрел то на нее, то на Валерия. Вдруг Прокопенко закричала:

— Кира!!!

— Господи, — вздрогнул директор, — это еще кто?

— Сейчас, — засуетилась Раечка, — погодите.

Через пару минут она привела в кабинет еще одну сотрудницу, Киру Слонову, которая сказала:

— Валера брал эти деньги.

— Да ну? — вскинул брови ловелас. — И откуда сие известно?

— Мне Рая сказала, — пояснила Кира, — пришла в бухгалтерию и попросила поменять пачку мелких купюр на крупные. Сказала, что дает тебе в долг, десятками неудобно. А мне-то что, я взяла и поменяла.

— Вот, — радовалась Рая, — вот свидетель.

— С ума сойти, — всплеснул руками Валерий, — свидетель — это тот, кто непосредственно видел факт передачи ассигнаций. А тут чушь какая-то: одна другой сказала... Да соврала Раиса! Для себя она их меняла. Для себя!

Прокопенко завыла и заколотилась головой о стол. Кира налетела на Валерия, Нелли Сергеевне стало плохо, а директор заорал:

— Хватит! Сейчас вызовем милицию, пусть она разбирается, кто кому сколько дал и зачем!

— Не надо, — задохнулась Рая, — меня посадят!

— Негодяй, — заорала Кира, пытаясь ударить Валерия.

— Дура, — вспылил тот.

Еще бы секунда, и вспыхнула драка, но Владимир Иванович неожиданно железным тоном заявил:

— Так! Хватит! Пишите заявление об уходе! Все!

— И я? — испугалась Кира, пятясь к двери.

— Ты ступай в бухгалтерию, — распорядился директор.

Кира мигом убежала.

Увиденная сцена тяжело подействовала на Нелли Сергеевну. Она отчего-то сразу поверила Раечке. Окончательно уверенность в виновности Валерия пришла к ней тогда, когда тот без всякого сопротивления накропал заявление по собственному желанию. Если человек ничего плохого не сделал, наверное, он станет настаивать на вызове милиции, попытается спасти свое честное имя...

И Рая и Валерий покинули НИИ.

— Где он теперь работает, вы случайно не знаете? — спросил я.

— Честно говоря, мне это неинтересно, — ответила председательница месткома, — а вам очень надо?

— Ну хотелось бы узнать.

Нелли Сергеевна поворошила бумаги.

— Кажется, я на календаре записала. Ага, вот он, позвоните по номеру...

— Это чей телефон? — осведомился я.

— Пару недель назад, — пояснила Нелли Сергеевна, — сюда пришла Прокопенко.

Нелли Сергеевна весьма удивилась, увидав в своем кабинете бывшую лаборантку, и довольно невежливо осведомилась:

— Чему обязана?

Раечка села на стул и зачастила:

— Не могу жить с клеймом воровки, у меня на нервной почве язва открылась, очень плохо себя чувствую.

— Ничем не могу помочь, — заявила Нелли Сергеевна, — сделай милость, уходи.

— Выслушайте меня.

— Времени нет.

— Вот вы как, — загундосила Раечка, — за человека меня не считаете!

— Ступай себе, — махнула рукой Нелли Сергеевна и стала с озабоченным видом перекладывать бумажки.

Но Раечка, вцепившись в стул, принялась истерически выкрикивать:

— Я теперь все знаю про Валерия. Все! Я за ним слежу! Целыми днями! Такое могу рассказать, такое!

— Уходи, — процедила Нелли Сергеевна.

— Нет, послушайте!

— Не сейчас!

— А когда?

Чтобы избавиться от, похоже, тронувшейся умом Раисы, решившей через столько лет оправдываться, Нелли Сергеевна сказала:

— Позвоню тебе в свободную минутку.

— У меня новый телефон, — не успокаивалась Рая, — запишите!

Нелли Сергеевна нацарапала на настольном календаре номер.

— Если только Раиса не придумывает, — закончила моя собеседница, — то от нее вы узнаете много интересного про Валерия.

Я поблагодарил даму, вышел на улицу, хотел позвонить Норе, похлопал себя по карманам и сообразил, что мой мобильный телефон теперь находится в чужих руках. Пришлось катить домой. Нужно отчитаться перед хозяйкой и получить дальнейшие указания.

Поколебавшись несколько секунд, я сообразил, как надо ехать, чтобы избежать пробок на Садовом кольце.

Всю жизнь проведя в Москве, я очень хорошо знаю всякие укромные улочки и предпочитаю добираться до своей цели «огородами». Одна беда — таких, как я, в городе слишком много. Вот и сейчас в переулочке, который обычно бывает пустым, столпились машины. Передо мной газовал грязный старый грузовик. Я приуныл. Проулок узкий, движение двустороннее, мне никоим образом не обогнать развалюху, придется плестись следом. Тяжело вздыхая, я ехал со скоростью 30 километров в час и злился. Вот ведь незадача, чтоб тебе развалиться! Не успела злая мысль посетить голову, как из грузовика выпал глушитель.

Я усмехнулся. Ну чудо-техника! Да эта таратайка и впрямь распадается на части. Осторожно объехав колымагу, я снова поплелся за «ЗИЛом», но не успели мы продвинуться и ста метров, как на дорогу упала еще одна запчасть. Честно говоря, я не понял какая — круглый, довольно большой диск.

На всякий случай я посигналил фарами и погудел. «ЗИЛ» продолжал двигаться вперед, и минуты через две из него высыпалось сразу несколько железяк. Я разинул рот. Ну ничего себе! Похоже, этот агрегат держится на одном винте, вон сколько из него всего выпало, а он как ни в чем не бывало тарахтит дальше.

Не успел я додумать эту мысль, как грузовик

резко затормозил, потом рванул вперед. Я подскочил, на мостовой чернел кардан. Вы мне, конечно, не поверите, но на состоянии грузовика этот факт никак не отразился. Он продолжал трястись передо мной.

Я начал включать и выключать фары, потом вдавил до упора клаксон. Грузовик шарахнулся вправо, из него опять посыпались разнообразные детали, но тормозить шофер не собирался. От удивления я пропустил нужный поворот и продолжал преследовать несчастный, разлетающийся на запчасти «ЗИЛ». Наконец по бокам грязного борта загорелись стоп-сигналы, звякнув напоследок какой-то железкой, грузовик замер. Из кабины вылез водитель и, помахивая монтировкой, двинулся в мою сторону. Вид у мужика был самый что ни на есть безумный. Я даже слегка испугался, когда увидел его рядом.

— Чего тебе надо? — заорал шофер. — Какого... гудишь и сигналишь? Че, не понимаешь, не могу тя пропустить! Ваще о...и, чайники, блин.

Продолжая ругаться, он безостановочно пинал ногой в грязном ботинке переднее колесо моего «жигуленка».

— Простите, пожалуйста, — прервал я его пламенную речь, — но я совершенно не хотел вас обгонять...

— Так какого... сигналил? — вызверился дядька.

— У вас...

— Фарами моргал!

— Выпало...

— Гудел словно кретин!

— Вы не даете мне слова сказать! — возмутился я.

— Таким, как ты, надо руки поотшибать и головы пооторвать, — заорал водила и поднял монтировку. — Накупили тачек, рабочему человеку не проехать.

От травмы мою машину спас гаишник.

— Почему стоите? — вопросил он.

— Вот этот... — завели мы с шофером хором и замолчали.

— Ну? — поторопил милиционер.

— Вот этот...

— Говорите по очереди!

Водитель, размахивая монтировкой, начал жаловаться, я попытался оправдаться:

— Он терял детали, сначала глушитель, потом такой диск, затем кардан. Да посмотрите сами на дорогу.

Гаишник вытаращил глаза, шофер хлопнул себя руками по бедрам и заржал.

— Во, блин! У меня в кузове полно металлолома, с автобазы на свалку везу, небось в дырку проваливались железяки, «зилок»-то совсем на ладан дышит, ему самому в могилу пора!

Гаишник, поняв, что инцидент исчерпан, потерял к нам интерес и ушел. Я завел мотор. Водитель почесал шею и поинтересовался:

— Слышь, ты, чудило, и впрямь подумал, будто я полгрузовика посеял?

Ничего не ответив, я осторожно объехал «ЗИЛ». Вот и делай после этого доброе дело, нет бы наплевать на сыпящиеся детали. Ехал бы сейчас спокойненько домой, а теперь придется выруливать на Садовое кольцо и толкаться в пробке. Короче говоря, не хочешь себе зла — не делай другим добра. Хотя лично мне очень трудно жить, руководствуясь подобными правилами.

Глава 13

Нора выслушала мой рассказ и воодушевленно заорала:

— Ага, так я и знала! Валерий! Очень хорошо! Осталось добыть доказательства! Немедленно поезжай к этой Раисе, вдруг она и впрямь за ним следит?

— Может, завтра? — попытался я сопротивляться.

— Сейчас, — обозлилась Нора, — сию секунду.

Секретарю выбирать не приходится. Я проглотил чашку абсолютно мерзкого кофе, который сварила Ленка, и пошел в прихожую. Домработница догнала меня и сунула трубку.

— Это кто? — спросил я, прикрывая микрофон.

— Баба какая-то, — гаркнула Ленка, — звонют вам постоянно без продыха, вроде Анна какая-то!

— Алло, — сказал я и тут же услышал нервный голос Жанны:

— Ваня, а кто тебе постоянно названивает?

Кляня про себя зычный бас домработницы, я довольно сухо ответил:

— Разный народ, у Норы огромный круг общения. Чему обязан?

— Ваня, ты не рад?

— Ну, в общем...

— Нам надо встретиться, немедленно приезжай на «Октябрьское Поле».

— Ни за что, — вырвалось у меня.

— Ваня!!! Я жду.

— Спасибо за предложение, — замямлил я, — но... э... в общем, я не сумею.

— Через час!

— Нет, я очень занят.

— Ваня, — заорала Жанна, — речь идет о моей жизни.

Я насторожился:

— Что случилось?

— Ужасное, страшное, непоправимое, — зарыдала она.

Я похолодел и с ужасом задал следующий вопрос:

— Григорий узнал про измену и выгнал тебя из дому?

«Господи, только бы не это! Мне как честному человеку придется тогда жениться на Жанне, а видит бог, меньше всего я готов к такому повороту событий».

— Нет, — визгливо оповестила Жанна, — хуже!

Я перевел дух.

— Григорий ни о чем не подозревает, — шмыгала носом любовница, — подарил мне колье, идиот!

Я почувствовал легкое дыхание и совершенно успокоился. Но Жанна не собиралась делать то же самое.

— Кошмар, ужас, катастрофа!

«Интересно, что может быть хуже, чем оказаться на улице перед воротами бывшего своего особняка голой и босой?» — произнеся мысленно последние два прилагательных, я вспомнил свое путешествие по доске и обозлился. Надо вернуть старушке вещи и дать понять Жанне, что наш роман завершен. Но не по телефону же объявлять ей атанде, то есть «ждите»...

— Хорошо, — сдался я, — давай встретимся в кафе «Золотой павлин».

Неожиданно Жанна перестала кривляться.

— Ладно, через час! Ищи меня в VIP-зале.

Я хотел положить трубку и тут же услышал крайне недовольный голос Норы:

— Позволь напомнить тебе, что работа — на первом месте, а бабы потом.

Очевидно, хозяйка услышала, как я договаривался о встрече.

— Ты едешь к Раисе, — продолжала Элеонора, — а потом моментально рассказываешь все мне.

— Придется либо вернуться домой, либо добраться до Кузьминского.

— Что мешает тебе позвонить из машины? — сдвинула брови Нора.

— Мобильный-то потерян, — вздохнул я.

— Ты еще не купил новый?

— Нет.

— Почему?

— Просто не успел.

— Отвратительно, — Нора перешла в верхний регистр, — немедленно, прямо сейчас изволь приобрести аппарат!

— Боюсь, уже поздно, магазины, наверное, закрылись.

— Меня это не интересует, — припечатала хозяйка, — купить, достать, украсть... Без разницы, откуда возьмешь сотовый, но изволь иметь его и сообщить мне номер.

Выпалив это, она развернулась и унеслась по коридору. Да уж, с женщинами частенько трудновато. Никаких разумных доводов они не слышат, даже такие умные и удачливые, как Нора.

Покачав головой, я схватил аппарат и хотел соединиться с Раисой, но телефон внезапно зазвонил. Я поднес трубку к уху, машинально сказал: «Да» и вздрогнул.

Из наушника, словно острая иголка, в мозг вонзился голосок Николетты:

— Вава!

— Слушаю, — безнадежно отозвался я.

— Имей в виду, только материнское сердце способно прощать обиды, — затараторила маменька.

— Угу.

— Ты наговорил мне гадостей...

— Я? Когда?

— Ужасных, несправедливых, кошмарных...

Ну почему милые дамы столь любят превосходную степень! Только что Жанна верещала: «Ужасно, кошмарно», теперь маменька...

— Но я сумела наступить на горло обиде и простить тебя, — завершила выступление Николетта.

— Спасибо, — вздохнул я.

— Ты обязан сейчас же приехать ко мне! Такое расскажу! Ах, не поверишь!

— Извини, я не могу, вечер расписан по минутам.

— У тебя нет времени?

— Абсолютно.

— На меня?!

— Извини, я на работе.

Воцарилось тяжелое, гнетущее молчание. Так перед сильной грозой, перед сметающим все ураганом затихает природа.

— Нет секундочки для родной матери, — зарокотала Николетта крещендо. — Не верю! Вава! Немедля приезжай!

— Ваня, — заорала Нора, — ты еще не уехал? Сию секунду выметайся.

У меня закружилась голова. В правое ухо частит Николетта, в левое бьет гневное сопрано Норы, и обе желают, чтобы я выполнял их указания!

— Хорошо, — неожиданно заявила Николетта, — ладно, можешь не приезжать!

Я почувствовал прилив любви к матушке.

— Вот спасибо!

— Ох, как ты радуешься, что не увидишь меня, — взвизгнула она. — Имей в виду, я обижена и не расскажу тебе то, что знаю. — И она бросила трубку.

Я вытер лоб платком, нацелился пальцем на кнопку, но не успел нажать ее, потому что вновь раздался звонок.

— Алло.

— Как ты разговариваешь со мной? — заверещала маменька. — Что за манеры! Отчего грубо буркаешь «алло», хочешь намекнуть, что я могла бы и не звонить?

— Я не знал, что это ты.

— Знал.

— Но откуда?

— Знал и схамил. Все. Вот умру, захочешь меня обнять, да поздно будет. — Раздались короткие гудки.

Я уставился на «Панасоник». О господи, дай мне терпение!

Вновь звонок!

— Слушаю.

— И никогда не расскажу, что знаю! Мучайся!

Опять короткий гудок и звонок.

— Мне плохо, болит сердце, — заявила Николетта.

— Вызови врача.

— Ах вот как! Я умираю, а тебе все равно. — И она опять шмякнула трубку.

Через секунду телефон вновь зазвонил.

— Алло! — рявкнул я, чувствуя, что терпению приходит конец.

— Что ты так орешь? — завопила Жанна. — Еще не выехал? Поторопись! Я не намерена сидеть в грязной забегаловке одна.

Отбой.

Грязная забегаловка?! Кафе в самом центре столицы, где за чашечку кофе надо заплатить полтысячи!

«Дзынь-дзынь» — заверещал телефон.

— У меня инфаркт, — заорала Николетта так, что мои барабанные перепонки прогнулись, словно паруса под напором тайфуна, — я умираю! Изволь приехать сию секунду проститься со мной!

— Ваня, — подала голос Нора, — ты все еще не уехал? Давай шевелись!

У меня потемнело в глазах. Я сунул телефонную трубку в галошницу и выскочил на улицу. Свежий воздух слегка успокоил взвинченные нервы, и до меня дошло, что я так и не позвонил Раисе. Ноги понесли меня было назад, но я вовремя схватил себя за шкирку. Эй, стой, Иван Павлович, езжай-ка ты к Жанне, быстренько объясни эгоистке, что больше не считаешь себя связанным с ней, а потом возьми у бывшей любовницы мобильник и звякни Раисе. Впрочем, просить сотовый следует до объявления о разрыве дипломатических отношений. Потому что услыхав от меня: «Давай останемся друзьями», Жанночка рассвирепеет и не даст трубку. И вообще, ну покажите мне хоть одного человека, который ухитрился сохранить с бывшей любовницей теплые отношения? Кое-кто, впрочем, старательно изображает таковые, но внутри каждого члена бывшей пары сидят обида, ревность и еще много всякого.

Увидав меня, Жанна скривилась.

— Так и знала, что опоздаешь.

— Извини, я попал в пробку.

— Следовало выехать раньше!

— Будь добра, дай телефон.

— Зачем?

Вот хороший вопрос! Естественно, чтобы сейчас с его помощью размешать сахар в кофе!

— Позвонить!

— Кому?

— Исключительно по работе.

— Возьми свой.

— Ты же вышвырнула его с балкона вместе с пиджаком.

Жанночка протянула крохотный мобильник ярко-красного цвета. Ни за что бы не приобрел такой и даром бы не взял.

— У аппарата, — очень тихо донеслось из трубки.

— Можно Раису?

— Это я.

— Ваш номер мне дала Нелли Сергеевна, помните такую?

— Да.

— Можно к вам подъехать?

— Зачем?

— Валерий обвиняется в краже, я детектив.

— Конечно!!! — закричала Рая. — Неужели он еще кого-то обокрал?! Как хорошо! Скорей, поторопитесь, я про него знаю все! Думаете, он работает? Так вот и нет!

— Если буду часа через полтора, не поздно?

— Спать не лягу, вас дождусь, — пообещала Раечка.

Я записал адрес и отдал телефон Жанне.

— Вот верх наглости! — воскликнула она. — Назначать свидания по моему телефону.

— Это работа.

— Не ври.

— Я не лгу.

— Брешешь.

— Я никогда не вру!

— Ага, — противно захихикала Жанночка, — в особенности ты не покривил душой пару месяцев назад, когда встретил нас с Григорием в театре, целовал мне ручку и церемонно спрашивал: «Милая Жанна, как ваши дела?» Прямо анекдот! Днем со мной трахался, а вечером джентльмена корчил!

Я не нашелся, что возразить. Действительно, этот случай имел место, но чего ждала Жанна? Надеюсь, не того, что бесцеремонно хлопну ее по заду и, подмигнув, спрошу: «Ну че? Когда опять свидимся?»

Любовница насмешливо смотрела на меня.

— Ты замужняя дама. — Я решил расставить все точки над «i». — Представь, какое количество проблем получишь, если я не буду соблюдать приличия.

— Проблемы сейчас начнутся у тебя, — прошипела Жанна, — сегодня утром позвонил человек и сообщил, что у него есть интересные фото. На них ты очень эффектно выглядишь — голый на доске. Ты прямо супермен, я бы ни за что не решилась ползти по такой хлипкой жердочке. Вообще говоря, я считала тебя мямлей, не способным на отчаянные поступки. Сильно удивилась, поняв, каким образом ты покинул балкон. Утром, около одиннадцати, когда Григорий ушел на работу, я, выпив кофе, выглянула на лоджию и так удивилась! Неужели ты спрыгнул?! Ей-богу, на тебя это не похоже!

От негодования у меня пропал голос. Значит, мерзавка вспомнила о несчастном голом любовнике, только проводив мужа и выпив кофе? Как вам это нравится?!

— Откуда у него снимки? — сердито спросил я.

— Не знаю, — плаксиво ответила Жанна, — както сделал. Еще сказал, у него есть фото, где мы вместе.

— Это все?

— Нет!!! — заорала Жанна. — Он еще сказал: «Гони три тысячи долларов, иначе в пятницу фотки окажутся сначала у твоего мужа, а потом на телевидении, в программе «Стоп-кадр».

Я крякнул. Иногда вечером, если болит голова, я включаю телевизор. Как правило, мне хватает десяти минут, чтобы, ужаснувшись тупости представляемого зрелища, выключить его. Вот Нора, та с огромным удовольствием смотрит сериалы со стрельбой. Меня же тошнит от рек крови и гор трупов. Даже нежно любимый мной ранее канал «Культура» и тот испортился, обзавелся невероятными так называемыми ток-шоу. И от того, что там поливают друг друга грязью деятели искусства, мне не становится легче.

Пару раз я, щелкая пультом, натыкался на передачу «Стоп-кадр» и знаю, о чем там идет речь. Эта, как бы помягче выразиться, забава состоит в том, что ведущий демонстрирует зрителям разные пикантные фото, присланные людьми, ставшими свидетелями щекотливых ситуаций. Раз в месяц выбирается победитель, и ему торжественно вручается суперновый фотоаппарат, очевидно, для того, чтобы сей человек и дальше упражнялся в подглядывании. Голый мужчина, ползущий по доске, лежащей между балконами, вызовет бурю восторга у ведущего.

К сожалению, «Стоп-кадр» смотрят многие, а я вполне узнаваем, даже в такой ситуации. Да, дела.

— Надо заплатить шантажисту деньги и забрать негативы, — вздохнул я.

— Вот и займись этим, — фыркнула Жанна.

— Ты предлагаешь мне отдать три тысячи долларов?

— Конечно!

— Но у меня нет таких денег.

— Так что, мне платить?

Я закашлялся.

— У меня тоже нет лишних средств, — отрубила Жанна, — и потом, кто из нас мужчина? То, что я решила разорвать наши отношения, ничего не значит! Изволь добыть три куска! До завтрашнего вечера. Эта дрянь позвонит в семь.

— И что ты решила? — переспросил я.

— Только не надо упрашивать меня остаться, — Жанна собрала узкий лобик складками, — все, прояви мужество. Понимаю, что ты обожаешь меня, но наши отношения исчерпали себя! Не вздумай преследовать меня, я непреклонна. Найди деньги, заплатим мерзавцу и скажем друг другу «адью»! Ваня, ты от горя потерял дар речи?

«Да, потерял, только от радости! Жанночка решила бросить меня, просто феерическое везение, я боялся слез, истерик, а все так замечательно закончилось!»

— Найди деньги! — бубнила Жанна.

— Хорошо.

— До завтра.

— Не беспокойся, всенепременно раздобуду доллары.

— Вот и славно, — повеселела бывшая любовница, — ну, пока, завтра созвонимся.

Оставив после себя шлейф незнакомых духов, она ушла. Я закурил. Придется просить денег у Норы, не люблю брать в долг, но делать нечего. Надо заткнуть глотку этому шантажисту. Да уж, история с продолжением. Дорого, однако, мне стало желание повеселиться с Жанной. Мало того, что нужно восстанавливать все документы, так еще и эта напасть.

В крайне подавленном настроении я расплатился за кофе и порулил к Раечке. Путь предстоял неблизкий — Южное Бутово.

Глава 14

Распахнув дверь, она воскликнула:

— Вы следователь?

Имея в ближайших приятелях Максима, я очень хорошо знаю, что следователь сам никогда не бегает по квартирам, опрашивая свидетелей, для этого имеются оперативные работники. У бедного следователя в производстве, как правило, куча дел, и времени у несчастного на разъезды нет. В крайнем случае он может вызвать вас к себе в кабинет. Но Раечка не знала подобных тонкостей.

Я кивнул:

— Разрешите представиться: детектив Иван Павлович Подушкин.

— Вы пришли по нужному адресу, — горячилась Рая, проталкивая меня в крохотную, убого обставленную комнатку, — садитесь.

Я машинально опустился в кресло и тут же пожалел об этом. От подушек одуряюще несло кошачьей мочой.

— Рассказать вам все о Валерии?

Я кивнул.

— Вы очень поможете следствию.

— И его обязательно посадят?

— Всенепременно.

— А на суде скажут, что мои показания утопили Анджабрамаидзе?

— Нет, конечно, мы сбережем ваш покой. — Я решил успокоить даму.

— Не надо, — завопила Раечка, — я хочу, чтобы он знал: это я его посадила, я!

— Тогда, конечно, мы обязательно доведем до его сведения сей факт.

— Значит, так, — Раиса, как перед прыжком в воду, набрала полную грудь воздуха, — собирали мы на работе...

— Нелли Сергеевна рассказала мне про «елочные» деньги, — быстро перебил ее я, — если не трудно, начните прямо с того момента, как уволились. Что было дальше?

Раечка сцепила пальцы и голосом диктора, читающего сводку новостей, принялась вещать.

Написав заявление об увольнении, она оказалась на улице. Ни мужа, ни отца, ни старшего брата, способных помочь материально, у нее нет. Пришлось идти нянечкой в детский сад, мыть полы и так далее. Тяжелая работа за копейки. Чем дольше Раиса бегала со шваброй, тем сильней поднималась в ее душе обида. Вытолкали ни за что на улицу, лишили куска хлеба! Правда, оклад в НИИ и сумма, которую она сейчас получала, работая нянечкой, не очень отличались друг от друга. Но в институте Раиса считалась уважаемым человеком, да и работа там была не из самых тяжелых, теперь же она ощущала себя последней спицей в колеснице, а все Валерий!

Чем больше Рая думала о нем, тем сильней ненавидела. В конце концов она уволилась из садика, стала мыть подъезды, а все ради одной цели — проследить за бывшим любовником, найти в его жизни нечто криминальное, за что Валерия упекут в тюрьму на долгие-долгие годы. Раечка отчего-то была уверена: у ее бывшего любовника много постыдных тайн.

Друзья мои, я настоятельно рекомендую вам

расставаться с бабами по-дружески. Исхитритесь каким-нибудь образом и постарайтесь, чтобы бывшая пассия не осталась обиженной. Разозленная женщина способна на многое. Вам и в голову не придет, что подчас творят дамы, желая нам отомстить.

Вот и Раечка положила все силы на слежку за Валерием. И в первый же день она добилась успеха. Взяла у соседки для конспирации куртку и ушанку и, надвинув ее на лоб и подняв воротник, устроилась за деревом — ждать Валерия. Тот появился буквально через пять минут, одетый так, словно собрался на службу: пальто, шляпа, замечательно начищенные ботинки. В руках он держал потертый портфель. Раечка пошла за бывшим любовником. Анджабрамаидзе, не замечая слежки, сначала сел в метро, потом в автобус, вышел у... развлекательного комплекса и исчез внутри.

Рая безмерно удивилась и стала читать вывеску: «Клуб «Носорог», боулинг, бильярд, игровые автоматы». Меньше всего она ожидала, что Валерий отправится развлекаться в десять утра! Но потом она увидела на двери объявление: «Требуются бармен, уборщица и бухгалтер». Раечка тут же сообразила: Валерий решил наняться на работу. Конечно, странно, что он выбрал место бармена, но, с другой стороны, Рая очень хорошо знала, как трудно найти в Москве работу по их специальности, согласишься на что угодно.

То, что Валерия взяли в штат, она поняла мгновенно. Бывший воздыхатель каждый день отправлялся в «Носорог». Прибывал туда к десяти и уходил ночью, иногда в час, иногда в два. Ничего более Рая не узнала. В конце концов она рискнула зайти в клуб.

купила билет и прошла в зал, специально выбрав такое время, когда у входа толпой стояли машины посетителей.

Внутри «Носорог» оказался огромным, баров там имелось восемь штук, но ни в одном не было за стойкой Валерия с блестящим шейкером в руках. Раечка терпеливо обошла все точки, торговавшие напитками и едой, но Валерий словно сквозь землю провалился. В полном недоумении она заглянула в зал игровых автоматов и увидела бывшего возлюбленного. Он сидел за большим агрегатом и без конца дергал рычаг. Стоящий перед ним прибор гудел, мигал разноцветными лампочками. В огромном помещении толкалось несметное количество народа. В углу группа подростков радостно гомонила, выкрикивая: «Во, блин, поворачивай, Толян, давай, жми».

Чуть в стороне юноши постарше хохотали, пытаясь «проехать» сквозь лабиринт. Возле двери несколько девчонок вылавливали из прозрачного ящика плюшевые игрушки. Железная лапа подхватывала мишек, зайчиков и собачек, доносила их до короба и роняла. Девицы взвизгивали и засовывали в отверстие новые монеты. Похоже, всем было весело. На фоне общей радости резко выделялись несколько мужчин. С серьезными, напряженными лицами они сидели у автоматов, дергая ручки. Раздавалось позвякиванье. Чего хотели добиться эти клиенты, Рая не поняла. Валерий сидел спиной к входу. Раечка привалилась к стойке, за которой восседала женщина лет пятидесяти, выдававшая игрокам жетоны.

— Только драку не вздумай затеять, — сказала она, — у нас строго, сразу секьюрити прибегут. Хочешь убить своего мужа, лови на улице.

— Вы мне? — удивилась Рая.

— А кому же еще, — хмыкнула дежурная, — небось явилась за кем-то из этих!

Раечка проследила за взглядом дежурной и тихо сказала:

— Нет, я просто так зашла, глянуть, что тут! А вон те мужчины во что играют?

— Это зомби, — вздохнула дежурная.

— Кто?

— Сумасшедшие, — объяснила кассирша. — Видишь на экране картинки?

— Ну?

— Игрок приводит в движение автомат, изображения начинают вертеться, потом останавливаются. Если на экране появляются три одинаковых, ну, допустим, сердечки, из окошка посыпятся жетоны.

— Зачем они нужны? — не врубилась в ситуацию Раиса.

Дежурная, поправив на груди бейджик с именем «Галина», снисходительно улыбнулась:

— Похоже, ты и впрямь первый раз в подобном месте. Жетоны потом сдают и получают за них деньги, впрочем, можно и не обналичивать, а продолжать игру.

— И чего? — не успокаивалась Рая. — Много выигрывают?

— А погляди в окошко, на стене, — предложила Галина.

Раиса подняла голову и прищурилась. Красными лампочками было выведено: «Наш сегодняшний приз три миллиона двести тысяч рублей».

Не веря своим глазам, Раиса воскликнула:

— Сколько? Это правда?

Галина кивнула.

— Может, мне попробовать? — ошарашенно пробормотала Рая. — Вдруг выиграю, всю жизнь потом можно жить спокойно.

— Даже не начинай, — предостерегла Галина, — знаешь, как засасывает! Станешь вроде этих, зомби. Вон того — видишь, Валерием зовут.

Рая молча кивнула.

— Ходит сюда, как на работу, — продолжала Галина. — Я сижу тут пятый год. Пришла, он уже здесь толкался. Раньше, правда, после семи появлялся, а теперь прямо с утра, как на работу. Откуда только деньги берет! Выиграть надеется! Пару раз, правда, по мелочи получал. Понимаешь, чтобы сорвать весь куш, надо, чтобы у тебя выстроились три лимона, а такого я за всю свою работу не упомню. Сердечки бывают, флажки, но на них много не заработаешь, мелочовка высыпается. Знаешь, — перешла она на шепот, — сдается мне, автоматы-то подкрученные, никогда на них лимоны не выкатятся. Только этим мужикам бесполезно говорить. Тут такие сцены разыгрываются! Жены приходят, орут, плачут. Чистая болезнь у мужей, любую копейку сюда тянут. Прикинь, каково с таким жить? Я тебя сначала за супругу этого Валерия приняла, больно ты на него плохо смотрела!

— Нет, я его не знаю, — поспешно сказала Раиса, внимательно наблюдая, как бывший любовник с застывшим лицом дергает рычаг автомата.

Теперь ей многое стало понятно. Во-первых, то, куда ушли «елочные» деньги, во-вторых, где проводил время «больной» Валерий. Никаких недугов у него не имелось. Он просто покупал бюллетень, чтобы ничто не мешало предаваться пагубной страсти. В-третьих, выяснилось, отчего он постоянно спешил во время их кратких свиданий. Наивная Раечка полагала, что любовник торопился к больной дочери в больницу, а тот, оказывается, несся к автомату.

Через неделю ей стало ясно: Валерий наркоман. Только сидит он не на игле или таблетках, а на «рычаге»...

Раечка остановилась и перевела дух.

— И он до сих пор в зале? — спросил я.

Она кивнула:

— Каждый божий день, вообще озверел!

— Вы так за ним и следите?

Она усмехнулась:

— А то! Нанялась в «Носорог» уборщицей, платят хорошо. И знаете, что странно?

— Ну? — поинтересовался я.

— Он меня не замечает! Глаза стеклянные, лицо ненормальное, дерг-дерг ручку.

— Каждый день до конца сидит?

— Нет, иногда рано финиширует, деньги у него заканчиваются! — ответила Раиса. — Но последнее время вообще оборзел, можно сказать, не уходит.

Больше она ничего интересного не сообщила, только повторяла:

— Коли он еще у кого деньги спер, пусть его посадят за решетку, навсегда, я расскажу, где он все потратил, я покажу!

Взяв у Раечки адрес «Носорога», я поехал к Кузьминскому. Да, кажется, Нора была права, дело выеденного яйца не стоит. Профессиональный неудачливый игрок. Такой человек для удовлетворения своей страсти способен на любую подлость, ему ничего не стоит обокрасть благодетеля, который дал приют его семье...

Что ж, сейчас отчитаюсь перед Кузьминским. Внезапно на глаза попалась вывеска «Салон мобильной связи. 24 часа».

Я припарковался и вошел внутрь. Тосковавший в одиночестве за стойкой паренек быстро отложил в сторону яркий потрепанный томик и бодро завел:

— Что хотите? У нас скидки! Все есть!

Я улыбнулся. Может, спросить у него: «Где у вас тут диваны?» — и посмотреть, что он ответит? Ну как можно говорить: «Все есть»?

Внезапно мальчишка подмигнул мне.

— Понял!

Не успел я и глазом моргнуть, как на прилавке появился альбомчик.

— Выбирайте, — ухмыльнулся продавец, — товар — пальчики оближешь.

Я начал листать страницы, удивляясь про себя, как сильно изменилась наша страна. Все уже забыли, что десять лет назад у нас не было ничего, а теперь всего столько, что продавцам нужно исхитриться изо всех сил, если они желают привлечь в свой магазин наибольшее число покупателей. Вот и действуют кто во что горазд.

Этот мальчик решил рекламировать телефоны, причем очень смешным способом. Дурачок пригласил девушек, очевидно, своих подружек и попросил помочь. Девицы не отказались, и теперь они предстали передо мной в соблазнительных позах, полураздетые, держа телефоны. Кстати, парочка девочек была ничего, в особенности мне понравилась хрупкая блондиночка с личиком порочной куколки. Сразу видно, что она обладательница на редкость стервозного характера, а меня, человека во всех смыслах положительного, словно магнитом тянет к подобным особам! Кстати, и телефон, который она держала, жеманно оттопырив пальчик, был вполне на уровне. Самый обычный «Нокиа», меня устраивала и его цена — девяносто долларов.

— Пожалуй, вот такой посмотрю. — Я ткнул пальцем в блондиночку.

— Айн момент, — засуетился парень, — извините, минут десять придется подождать.

Думая, что за телефоном надо идти на склад, я кивнул и сел в кресло. Продавец схватил трубку и рявкнул:

— А ну живо! Клиент ждет.

Через несколько минут дверь распахнулась, и на пороге появилась та самая блондинка, только сейчас она была не в черно-красном кружевном купальнике, а в крохотной юбчонке и обтягивающей маечке ярко-зеленого цвета.

— И где клиент, Санька? — хриплым, прокуренным голосом поинтересовалась она.

— Берете? — деловито спросил парень.

Я встал и подошел к прилавку.

— Сначала надо посмотреть на внешний вид, проверить качество работы.

Парень поднял брови, девчонка хихикнула:

— Не много ли за девяносто баксов в час хочешь?

— Как в час? — оторопел я. — Цена дана за время?

— А ты за что хотел?

— Ну за все целиком, — пробормотал я.

— Офигеть, — скривилась девица, — может, за такие бабки навсегда приобрести собрался?

— Ну это же невозможно, — улыбнулся я, — хотя, согласитесь, удобно — заплатил всего ничего и пользуйся до смерти. Но я реально оцениваю ситуацию, потому рассчитываю года на два.

Девица округлила сильно накрашенные глаза, потом повернулась к продавцу.

— Ты где этого урода взял?

— Сам пришел, — отозвался парень, — с улицы.

— Да уж, — покачала головой блондинка, — кого только не встретишь! Слышь, дядя, девяносто долларов за час, если на всю жизнь хочешь, то лучше тебе жениться!

Я ощутил себя персонажем пьесы абсурда и обозлился.

— Однако оригинально вы торгуете телефонами! Если вот так оскорбляете всех клиентов, то неудивительно, что их тут нет! И потом, брать у вас мобильный за такую цену! Девяносто долларов в час! Простите, ребята, но вы умалишенные!

— Так вам телефон нужен, — захохотал продавец.

Очевидно, я очень устал, потому что, окончательно рассердившись, грубо рявкнул:

— Нет, мне хочется приобрести брюки, для этого я и явился в салон, торгующий мобильниками!

— Иди домой, Катька, — велел продавец.

Девица выплюнула на пол жвачку.

— Два кретина, — подвела она итог и ушла.

— Что сразу про телефон не сказали? — усмехнулся юноша. — Вон они, в витрине.

— Так я не успел, вы рекламный альбомчик сразу швырнули, кстати, там есть интересные модели, — ответил я, разглядывая полки.

Продавец помолчал и спросил:

— Модели чего?

Тупость юноши обескураживала.

— Телефонов, конечно, а вы что рекламировали?

Он заткнулся, потом сдавленным голосом пробормотал:

— Ну, прикол! Там не телефоны!

Настал мой черед удивляться.

— Да? А что?

— Девки.

— Какие? — на автопилоте спросил я.

— Ну всякие!

Внезапно для меня дошло. Паренек — сутенер, в альбоме представлены фото проституток, и вовсе не мобильный стоит девяносто долларов в час, а блондиночка с порочной мордочкой больного зайчика.

— Господи, отчего же они все с телефонами? — вырвалось у меня.

— Так для красоты, — ответил продавец. — Вы зашли, молчите, сопите, вот я и подумал — девку надо.

Глава 15

Я попытался успокоиться.

— Нет, мне всего лишь телефон, желательно недорогой и СИМ-карту.

Юноша почесал в затылке.

— Вот «Сименс» за триста баксов.

— Дороговато. Может, «Алкатель»?

Продавец скривился.

— Скажу вам честно, это говно. Не берите. Глючит его по-черному, и кнопки сразу заедают. Вот «Нокиа» классная, только что пришла.

— Но она стоит пятьсот долларов!

— Четыреста девяносто.

— Нет, мне нужно не дороже ста пятидесяти.

— Ну, — протянул юноша, — прямо и не знаю, что сказать... Хотя, погодите, вот!

И он выложил на прилавок вполне приемлемый с виду аппарат черного цвета.

— Лучше не найдете, тоже «Нокиа», всего за сто семьдесят гринов.

Я повертел в руках телефон.

— Ничего, только почему у вас в витрине такой же лежит, но за полтысячи баксов?

Парнишка улыбнулся:

— Хочу вам подарок сделать, такое редко случается. Аппарат новый, навороченный, с гарантией.

— Отчего же такая цена? — настаивал я.

— Понимаете, — нехотя признался юноша, — у него звонок того... один.

— Не понял.

— Ну во всех телефонах есть варианты мелодий, вы можете любую поставить, а тут только одна, поменять нельзя, брак.

— И только?

— Да.

— В остальном телефон хороший?

— Супер, — оживился парень, — говорю вам как специалист. Такой везде пятьсот пятьдесят стоит.

— Возьму его, — решил я.

— И правильно, — одобрил продавец, — наплевать на звонок! Классный аппаратик, и номерок подберу, вот гляньте, как вам такой: 722 70 77.

— Действительно, хороший, — одобрил я.

Продавец вытащил кипу бумаг. Через полчаса я стал обладателем нового телефона. Для оформления покупки требовался паспорт, но мальчик, вписав в соответствующие графы мое имя и фамилию, подмигнул:

— Да ладно, от балды номер и серию укажу, прописку только скажите!

Я вышел на улицу и глянул на часы: полночь. Пожалуй, не стоит сейчас беспокоить Нору, завтра все расскажу и сообщу номер. Кстати, какой он? 722-77-70 или 722-70-77?

Еле живой от усталости, я добрался до особняка Кузьминского и понял: покоя не будет. Во дворе стояла «Скорая помощь» — кому-то стало плохо.

В холле рыдающая Лариса бормотала:

— Нет, нет, нет...

— Что случилось? — встревоженно спросил я.

Но экономка, ничего не ответив, скрылась в коридоре, возле вешалки остался только едкий запах валокордина.

Я пошел по лестнице наверх и наткнулся на Сергея Петровича, нервно ходившего перед дверью в кабинет.

— Что случилось? — спросил я.

Хозяин махнул рукой, но не успел ничего сказать. Дверь распахнулась, показались два санитара, несущие носилки, на них лежало тело, прикрытое одеялом до подбородка. Рядом, высоко подняв капельницу, шел врач.

— Я с вами, — рванулся к медикам Сергей Петрович.

— И я, — зарыдала невесть откуда взявшаяся Беллочка.

Доктор глянул на девочку и отрезал:

— Только муж.

В это мгновение я понял, что на носилках лежит Маргарита. Целый час понадобился на то, чтобы привести в чувство женскую часть семьи. Белла плакала не переставая. Ей, очевидно, было очень плохо, настолько, что она вцепилась в Клару и, обняв ту, повторяла:

— Мамочка, мамочка, мамочка...

Клара, бледная, почти синяя, прижимала к себе двоюродную сестру, гладила ее по волосам и говорила:

— Ну, ну, обойдется, она же жива.

Анна металась по дому, роняя статуэтки. Она тоже впала в истерику, но в отличие от Беллочки не кричала и не плакала, а нервно кусала губы.

Лариса Викторовна рыдала на кухне, опустошая пузырьки с валерьянкой. Под конец она совсем опьянела и свалилась в кресло, где незамедлительно заснула. Я решил, что в создавшейся ситуации это наилучший выход, и велел Кларе:

— Уложи Беллу.

Около двух все утихомирились. Я заглянул в мансарду. Беллочка, тяжело дыша, разметалась по большой кровати, Клара, словно верная собака, свернувшись клубочком, лежала у нее в ногах. Услыхав мои шаги, она приподняла голову.

— Тише, не шуми, она только успокоилась!

Клара выглядела вполне вменяемой. Поэтому я

поманил ее пальцем, а когда дочь Анны вышла на лестницу, спросил:

— Что случилось?

— Жуть! — передернулась Клара. — Маргариту нашли в кабинете Сергея Петровича на полу с ножницами в шее. Странно, что она не скончалась на месте. Там крови!

Я постарался сохранить трезвость рассудка.

— Как? Кто ее ударил?

— Понятия не имею, — вздохнула Клара, — я сидела у себя, книгу читала, сессия двадцать пятого июня заканчивается. Вдруг услышала — Белла кричит...

Клара побежала наверх, толкнула дверь кабинета и тоже заорала. Зрелище, представшее перед глазами, ужасало. Маргарита в луже крови на полу, Белла на коленях, рыдающая над матерью. Потом прибежали Анна и Лариса Викторовна, вызвали Сергея Петровича.

— В милицию сообщили?

— Ничего не знаю, — ежилась Клара, — я Беллу утешала.

Я оставил ее в мансарде, а сам пошел в кабинет Сергея Петровича. Надо тщательно запереть дверь, чтобы приехавшие специалисты нашли все на своих местах.

Но не успел я повернуть ручку, как из комнаты донесся вопль, совершенно чудовищный, на одной ноте. Так кричит смертельно раненное животное, прощаясь с жизнью.

Похолодев, я вошел в кабинет. Глаза моментально наткнулись на бурое пятно, разлитое по ковру. Чуть поодаль от страшной лужи стояла Лариса Викторовна с самым безумным видом. Волосы экономки, всегда аккуратно уложенные, топорщились дыбом, глаза вывалились из орбит, губы дрожали. Она тыкала пальцем в сторону, не переставая выть.

Я посмотрел туда и впервые испугался.

Не надо осуждать меня за такую реакцию и презрительно цедить сквозь зубы: «Ну и мужчина, хорош, однако, едва не завалился набок».

Интересно, как бы вы среагировали, увидев то же, что и я?

На портрете Глафиры, на шее, у самого основания, ярко краснело пятно.

Сами понимаете, что ночь превратилась в кошмар. Сначала я выволок в коридор визжащую Ларису и тщательно запер кабинет. Потом потащил экономку на кухню. Там я попытался влить в нее очередную порцию валерьянки, но она никак не хотела ее глотать, мотала головой и стонала.

Тогда я решился на крайнюю меру: взял кружку, наполнил ее холодной водой и вылил на Ларису. Она захлебнулась и замолчала. В ее глазах появились проблески разума.

— Зачем вы пошли в кабинет? — спросил я.

— Хотела окно закрыть, — прошептала экономка.

— Идите спать.

Лариса кивнула. Я помог ей добраться до спальни и перевел дух. Черт-те что творится в доме у Кузьминского! Кто же этот негодяй? Ни на секунду не поверю в существование проклятия Глафиры и в привидения. Так чья рука малюет пятно? Надо срочно звонить Максиму, плевать, что уже ночь. Я было двинулся к телефону, но потом решил сначала успокоиться и выпить чаю.

После чаепития на меня начал наваливаться сон, все-таки вторые сутки на ногах. Наверное, сейчас следует лечь спать, Максу позвоню утром. Да и что может случиться: кабинет заперт, ключ у меня в кармане, место происшествия будет нетронуто.

Я добрел до кровати и рухнул на подушку, не раздеваясь. Первый раз в жизни у меня не хватило сил на то, чтобы стащить с себя брюки...

— Спасите, — донеслось из коридора, — кто-нибудь! Скорей, помогите! О-о! Прогоните! Мамаааа!

Я рывком вскочил. Вся кровь кинулась в голову.

Крик нарастал.

Босой, я выскочил из спальни, плохо понимая, кто орет. В окно бил солнечный свет, наступило утро. Сообразив, что крики доносятся из спальни Клары, я ринулся туда. За мной бежали Анна и Белла.

Мы влетели в спальню, и я с огромным облегчением увидел вполне целую и на вид совершенно здоровую Клару, которая сидела на кровати.

— Что случилось? — рявкнул я, ощущая тупую, давящую боль в виске.

— Там Глафира, — дрожащим голосом сообщила девушка.

Вся моя жизнь проходит исключительно в женском обществе. Так случилось, что близкий друг у меня один, Макс, и встречаться нам доводится редко. Воронов, как вы знаете, следователь, свободного времени у него кот наплакал. На вопрос: «Как вы проводите досуг?» — Макс, ухмыляясь, отвечает: «На досуге я сплю».

Вращаясь среди баб постоянно, я приобрел стойкий иммунитет к истерикам и капризам. Очень хорошо знаю: если начать утешать рыдающую женщину, она проплачет на два часа больше. В тот момент, когда ваша спутница заходится в плаче, нужно ее спокойно остановить. Если начнете кричать, ей-богу, достигнете противоположного эффекта. Иногда помогает попытка воззвать к разуму рыдающей особи. В особенности это показано при немотивированных страхах. Поэтому сейчас, подавив острое желание отшлепать Клару, я спокойно произнес:

— Детка, давай разберемся без нервов, кого ты видела и где?

— Глафиру, — прозаикалась дурочка, — там, в саду...

— Хорошо, — кивнул я, — вернее, плохо, ну-ка глянь в окно.

— Боюсь.

— Ну, нас тут много, подними голову.

Клара послушалась.

— И что? — осведомился я. — Есть Глафира?

— Нет.

— Вот видишь! На улице утро, светит солнышко.

— Но она была, — настаивала Клара, — стояла там, в сером платье, с кружевами, оборочками и воланами. Лицо, правда, тряпкой закрыто, вроде тюля, в руке ножницы...

— А-а-а, — взвизгнула появившаяся Лариса, — она нас всех поубивает! Сначала Катю, потом Маргариту Михайловну...

— Так, — категорично заявил я, — привидений не существует!

— Весь мир знает, что они живут в астрале, — дрожащим голосом возразила Белла.

Вымолвив эту замечательную фразу, она подошла к кровати Клары и залезла к сестре под одеяло. Девочки обнялись и затряслись, словно зайцы, вымокшие в ледяной воде.

Я обрадовался. Даже в плохом есть что-то хорошее. Кажется, злейшие враги помирились. Вот и славно, худой мир лучше доброй ссоры, а с истерикой сейчас покончим.

С психопатками следует соглашаться.

— Будь по-вашему, привидения есть, но давайте рассуждать логически.

Девицы уставились на меня бараньими глазами. То, что женщины молчат, это уже успех, и он окрыляет.

— Ну-ка вспомните, когда обычно появляются призраки?

— В полночь, — ответил нестройный хор голосов.

— А когда исчезают?

— С криком петуха, — сказала Белла.

— В тот момент, когда первый луч солнца коснется крыши, — подхватила Клара.

— Вот-вот, — кивнул я, — а ты уверяешь, что видела Глафиру! Да утро давным-давно настало, привидения мирно почивают, они не шляются при свете, таковы законы астрального мира!

Анна прислонилась к стене.

— Фу! Кларка! Так нас напугать!

— Но я видела силуэт, — пробормотала дочь.

— Ты спросонья взглянула в окно, — объяснил я, — а там стоит голубая ель. Издали, да еще после тяжелого, нервного испытания твой мозг не сумел адекватно оценить ситуацию.

— Действительно, — протянула Анна, — похоже на тетку, вот те ветки словно юбка! Клара, ты дура!

— Вместо того чтобы орать на нее, — подскочила Белла, — лучше принесите сладкий кофе, меня он здорово успокаивает, а еще Кларке чего-нибудь вкусного дайте.

Дочь Анны судорожно вздохнула и прижалась к Белле.

— Честно говоря, мне до сих пор не по себе. Вдруг во дворе кто-то есть?

— Хорошо, — я кивнул, — сейчас схожу в сад и посмотрю.

Клара умоляюще глянула на меня.

— Спасибо!

— Но только потом вы все займетесь чем-нибудь, — тут же сказал я, — пойдете в душ или ляжете спать.

— Да, да, — воскликнули истерички.

Я вышел из спальни, пересек холл, толкнул входную дверь и ступил на вымощенную плиткой дорожку. Воздух был упоительно свеж, в кустах чирикали птички, солнце золотило верхушки деревьев. Все-таки зря большинство людей предпочитают крепко спать в утренние часы. Наслаждаясь чудесной погодой, я дошел до окна спальни Клары. Сами понимаете, никого в саду не было.

— Есть там кто? — поинтересовалась Белла, свешиваясь через подоконник.

— Ни одной души, — улыбнулся я, — лишь птички. Привидение улетучилось.

Белла исчезла. Я вытащил сигарету и начал чиркать зажигалкой. Солнце забежало за тучу, вокруг мгновенно потемнело. Я вдохнул дым и решил возвращаться в дом. И тут мой взгляд упал на ветку неизвестного кустарника, растущего под окном. На ней трепыхалась какая-то тряпочка. Я отцепил ее, сунул находку в карман и ушел.

В своей спальне я вытащил лоскут и внимательно изучил его. Он был серого цвета, похоже, шелковый, нежный на ощупь. Вероятно, он вырван из женского платья или мужской рубашки. Но у меня такой нет, впрочем, насколько знаю, у Сергея Петровича и Валерия тоже. Внезапно я подумал: а где Валерий и Павлик? Сергей Петрович повез Маргариту в больницу, а куда подевались остальные?

Я пошел в кухню. Лариса Викторовна, стоя спиной к двери, варила кофе.

— Скажите... — начал было я.

Экономка заорала и уронила джезву. Коричневая жидкость разлилась по полу.

— Как вы меня напугали! — в сердцах воскликнула Лариса.

— Простите, я не хотел.

— Ничего, — экономка взяла себя в руки, — думала, все спать пошли.

— Кстати, — бесцеремонно перебил ее я, — где Валерий?

— Спит.

— Спит?! Он не слышал криков?

Лариса Викторовна пожала плечами.

— Этот вопрос не ко мне, Валерий не выходил из своей спальни.

— А Павлик?

— Он еще вчера уехал.

— Куда?

Лариса пожала плечами.

— Знала, да забыла. Владимир или Воронеж, нет, кажется, Вологда. Они же с Маргаритой Михайловной эстрадные концерты организовывают, вот он и повез кого-то на гастроли. Молоденький мальчик, а вежливый. Интеллигентно так попрощался со мной.

Я вытащил из кармана лоскут и сунул экономке под нос.

— Скажите, у кого есть такое платье?

Лариса Викторовна помяла тряпочку.

— Шелк, натуральный, дорогая вещь. Точно не Беллочки, она такое терпеть не может. Недавно ей подарили комплект постельного белья из шелка, очень красивый, желтого цвета, но Белла его Катерине-покойнице отдала, сказала: «Противное такое, скользкое, фу, ненавижу шелк». У Анны с Кларой тоже ничего подобного нет. Где вы его взяли?

Ну не говорить же правду, учитывая, что Глафира, по всеобщему убеждению, носит платье из серого шелка!

— В прихожей на полу. Вы уверены, что ни в одном шкафу в доме нет ничего подобного?

— Конечно, — кивнула Лариса, — я же глажу после стирки и очень хорошо знаю, что у кого в гардеробе.

— Ладно, — вздохнул я, — пойду подремлю.

Лариса Викторовна открыла рот, потом закрыла...

— Вы хотите у меня что-то спросить? — улыбнулся я.

— Да... ну там, в кабинете, на полу, вернее, на ковре, лужа крови...

— Не надо ничего трогать до прихода милиции, я запер дверь.

— А свет потушили?

— Нет.

— Надо бы погасить, — вздохнула экономка, — да боязно одной туда заглядывать, может, вместе, а?

Я кивнул. Мы поднялись на второй этаж, я открыл дверь, в нос ударил неприятный специфический запах. Я попытался сообразить, что за «аромат» стоит в комнате, но тут Лариса Викторовна вскрикнула:

— Мама!

В связи с произошедшими событиями мои нервы были натянуты, словно гитарные струны.

— Что? — заорал я. — Где?

Экономка ткнула пальцем в портрет. Я посмотрел на изображение Глафиры и ахнул. Кровавое пятно с ее шеи исчезло.

И тут до меня дошло, чем так сильно пахнет в кабинете: растворителем для красок.

Глава 16

К Норе я явился около полудня, совершенно невыспавшийся. Хозяйка молча выслушала рассказ и заявила:

— С деньгами ясно, их стырил Валерий. Думаю, если обыщешь его комнату, найдешь то, что осталось от похищенной суммы. Такой человек ни за что не понесет купюры в банк, они ему постоянно нужны для оплаты «однорукого бандита».

— Вы предлагаете мне рыться в чужих вещах?

— Почему бы и нет?

— Но это в высшей степени неприлично!

— Мы частные детективы, — торжественно напомнила Нора.

— Это вы сыщик, а я секретарь.

— Ваня, — ледяным тоном заявила хозяйка, — изволь сделать то, что я приказала. Обыщи шкаф Валерия.

И как бы вы поступили на моем месте? С удовольствием посмотрю на человека, который решится возражать Норе.

— Значит, так, — чеканила хозяйка, — сначала деньги. Потом, отдав их Кузьминскому, займемся «шутником». Хотя, может, он не просто идиот, решивший попугать семью, а убийца. Надевает серое шелковое платье и изображает Глафиру.

— Нас нанимали лишь для поиска вора, — напомнил я.

— Неужели тебе не интересно, кто и почему убрал двух женщин?

— Маргарита пока жива, — напомнил я.

— Именно что пока, — хмыкнула Нора. — Так, ступай назад. Эй, стой, телефон купил? Говори номер, а лучше напиши на бумажке.

Я послушно нацарапал в лежащем на столе блокноте «722-77-70» и замялся.

— Что еще? — недовольным голосом поинтересовалась Нора.

Вы меня уже достаточно хорошо знаете, поэтому понимаете, с каким трудом я выдавил из себя:

— Нора, мне нужны деньги, в долг.

Хозяйка подкатила к письменному столу, вытащила ключ от сейфа и спокойно спросила:

— Сколько?

— Три тысячи, отдам через полгода, частями.

— Ладно, — отмахнулась Нора, открывая железный ящик, — возьми. Только имей в виду, у Николетты нет стоп-сигнала. Чем больше даешь, тем больше она недовольна. Что твоя маменька потребовала на этот раз? Кольцо в нос?

Я взял купюры.

— Это не для нее.

— Ваня, — назидательно сказала Нора, — таким людям, как ты, лучше даже не начинать врать. В конце концов, какое мое дело, куда пойдет запрошенная сумма? Только извини, твоя маменька — пиявка.

На секунду я заколебался. Может, рассказать Элеоноре, в чем суть дела? Но тут же подавил это желание в зародыше. Несмотря на мужской характер и яркую харизму, Нора — женщина, и ничто бабское ей не чуждо. Пусть уж лучше считает, что меня в очередной раз «доит» Николетта.

Получив деньги, я решил обрадовать Жанну и позвонил ей на мобильный.

— Привет, — раздался веселый, мелодичный голосок.

Похоже, бывшая пассия великолепно себя чувствует.

— Это Ваня.

— Погоди минутку, — так же радостно прощебетала отставная любовница, — музыку потише сделаю, мешает!

— Ладно, — ответил я и стал ждать.

Наконец из трубки раздалось:

— Подождал?

— Конечно.

— Не надоело?

— Нет, — удивленно сказал я.

Жанна захохотала:

— Работает автоответчик, оставьте сообщение после гудка.

Я обалдело слушал тишину, потом раздалось щелканье и полетели короткие гудки. Ничего не понимая, я вновь набрал хорошо знакомый номер.

— Привет... Погоди минутку, музыку потише сделаю, мешает... Подождал? ...Не надоело? Ха-ха-ха-ха. Работает автоответчик, оставьте сообщение после гудка...

Я очень сдержанный человек, умеющий владеть собой, но сейчас испытал острейшее желание надавать Жанне оплеух. Что за шутки? Просто поведение подростка, а не взрослой дамы! А я-то хорош, мирно беседовал с автоматом! «Ладно, подожду!»

Я опять набрал номер и сообщил:

— Жанна, проблема решена, позвони мне.

Потом сел в машину и поехал к Кузьминскому. По дороге я вспомнил, что не дал Жанне новый телефон, но потом сообразил, что у нее стоит определитель номера, и успокоился. Впрочем, мне все же пришлось припарковаться и воспользоваться сотовым — наступило время звонка Николетте.

— Ваня, — заверещала маменька, — почему ты вчера не пожелал мне спокойной ночи?

— Извини, закрутился.

— Ужасно! Чувствую себя ненужной, лишней в твоей жизни!

Так, понятно, маменька поругалась с Кокой.

Каждый раз, когда заклятые подружки наговорят друг другу гадостей, Николетта начинает отчитывать меня.

— Запиши номер моего нового мобильного.

— Сейчас, — прочирикала маменька. — Нюша! Дай ручку! Не эту, старая корова, нормальную. Могла бы догадаться и прихватить бумагу! О боже! Не газету, уродина! Книжку! Нюша!!! Что ты притащила?

— Так книжку просили, — послышался крик домработницы.

— Но ведь не Акунина же, — взвилась маменька, — а записную.

Я безропотно ждал, пока они разберутся между собой.

— Диктуй, — велела Николетта.

Я сосредоточился. Вот черт, забыл! Такой простой номер...

— Вава! Ты уснул?

Внезапно цифры всплыли в памяти.

— 277-77-70.

Николетта отсоединилась. Она всегда швыряет трубку, не попрощавшись.

В доме у Кузьминского стояла тишина. Во дворе шофер протирал тряпкой «Мерседес».

— Костя... — начал я.

— Костя был до меня, — ответил парень, — его уволили. Я Андрей.

— Ох, извините.

— Ничего.

— Где Сергей Петрович?

— В дом пошел.

— Как он?

— Да вроде ничего, только курит все время.

— А Маргарита Михайловна?

Андрей отложил тряпку.

— Сигареткой не угостите? Мои закончились.

— Да, конечно, берите всю пачку.

— Мне одну.

— Забирайте все.

— Не, не курю такие, — заявил юноша, брезгливо посмотрев на «Бонд», — предпочитаю «Парламент». Маргарита Михайловна жива, но плоха, мне медсестра наболтала, что шансов у нее ваще никаких, только на аппаратах лежать. В коме она.

И он снова принялся полировать бока «шестисотого».

Я вошел в дом, постучал в кабинет к хозяину, потом заглянул внутрь. Комната была пуста, ковер исчез. Со стены сурово смотрела Глафира. Мне стало не по себе. Где Сергей Петрович?

Кузьминский был в спальне, лежал на кровати прямо в ботинках и слегка похрапывал. Я подумал немного, потом стянул с него штиблеты и прикрыл его пледом.

— Спасибо, Олюся, — бормотнул он и снова захрапел.

Я пошел искать остальных членов семьи и с удивлением обнаружил, что дом пуст. Народ разбежался кто куда. Лучшего момента для обыска не найти.

Чувствуя себя весьма некомфортно, я вошел в комнату Валерия. Супруги спали в разных помещениях, соединенных между собой ванной. Я сначала ошибся и попал к Анне. Бардак у нее царил отменный, такой же, как у Клары. Очевидно, любовь к порядку передается генетически. Не знаю, как вас, а меня передергивает при виде скомканных колготок на столе, массажной щетки, из которой торчат волосы, и прокладок, разбросанных где ни попадя. Естественно, я знаю, что с женщинами каждый месяц случаются определенные неприятности, но предпочитаю не видеть гигиенические средства, которыми они пользуются.

У Валерия же в спальне был солдатский порядок. Кровать застелена покрывалом, подушка стоит, словно часовой у двери генерала, на письменном столе аккуратной стопкой громоздятся книги. Одежда висит в шкафу. Я посмотрел на пиджаки и брюки. Увы, я до сих пор никогда не лазил по чужим карманам и глубоко презирал тех, кто читает чужие письма, шарит в чужих сумках и заглядывает в замочные скважины. Но делать-то нечего!

Я в нерешительности маячил около шкафа. Нора, к сожалению, не первый раз ввязывается в расследования, и, судя по ее боевому настроению, она еще долго будет забавляться игрой в Ниро Вульфа. Мне, как вы понимаете, отведена роль Арчи. Я ноги Норы, которые бегают по разным адресам, добывая нужные сведения. Честно говоря, это меня очень раздражает. Во-первых, я никогда ранее не читал криминальных романов. Нет, во мне отсутствует снобизм человека, который, зевая, кое-как продрался сквозь Конфуция, а потом всю оставшуюся жизнь таскает в портфеле томик китайского философа, сообщая окружающим: «Читаю лишь серьезную литературу».

Нет, я слишком образован для подобных спесиво-снобистских заявлений. Ничего плохого ни в детективах, ни в фэнтези нет. Я с удовольствием перечитываю Толкиена, сагу о хоббитах, считаю эти книги гениальными, но криминальный жанр не по мне. И первое, что мне пришлось сделать, превращаясь в Арчи, это изучить более тридцати томов, принадлежащих перу Рекса Стаута.

Самое интересное, что с тех пор я иногда беру в руки детективы, но патологической страсти к ним по-прежнему не имею.

Будучи человеком подневольным, секретарем на окладе, я обязан подчиняться Норе, вернее, могу, конечно, взбунтоваться и сказать ей решительное «нет». Но тогда она преспокойненько выставит меня за дверь. Представляете, как трудно в наше время найти работу мужчине, справившему сорокалетие, у которого в кармане диплом Литературного института? Есть еще парочка обстоятельств, вынуждающих меня забавляться идиотской игрой «в сыщика». Если я окажусь без работы, исчезнет и оклад, кстати, очень неплохой, который платит мне Элеонора. А что устроит Николетта? И, наконец, последнее, из-за чего я скорей всего до смерти обречен быть Арчи, — это пресловутый квартирный вопрос. Став секретарем Норы, я переехал к ней и сейчас живу в собственной комнате. Лишившись службы, я, естественно, потеряю и площадь, придется возвращаться к маменьке...

Последний аргумент был решающим. Я глубоко вздохнул и приступил к несанкционированному обыску.

Обычно люди, твердо уверенные, что никто не полезет в их вещи, разбрасывают последние где ни попадя. Валерий же был так аккуратен, что это походило на манию. В одном отделении стопкой лежали футболки и майки, в другом нижнее белье, причем трусы были подобраны по цвету: темные справа, светлые слева, а носки аккуратно соединены парой и скручены вместе. Я осторожно рылся в вещах, но никаких следов денег не обнаружил. Ничего похожего на купюры не было в ящиках письменного стола и комоде, а на книжных полках стояли педантично выстроенные по цвету книги. Меня слегка удивил их подбор: «Граф Монте-Кристо», «Три мушкетера», «Оцеола — вождь семинолов», «Айвенго». Такое ощущение, что библиотека принадлежит подростку, а не взрослому мужчине.

Тяжело вздыхая, я поднял матрац, затем ковер, заглянул за батарею, постучал по стенам. Никакого намека на тайник. Нашел лишь энное количество пыли, что, учитывая отсутствие горничной, неудивительно. Ларисе Викторовне одной трудно управиться с огромным домом.

Убедившись, что в спальне денег нет, я перебрался в санузел. Осмотрел бачок унитаза и крохотный шкафчик, затем замер перед корзиной для грязного белья. Делать нечего, придется пройти и через это испытание. Я откинул крышку и двумя пальцами начал вытаскивать рубашки и трусы. Да, похоже, Лариса напрочь забыла про стирку!

Внезапно рука наткнулась на нечто мягкое, шелковистое, нежное, словно тельце новорожденной мыши. В полном недоумении я вытянул вещь наружу, встряхнул ее и вздрогнул.

Это оказалось серое шелковое сильно измятое платье, сшитое по моде начала XX века. Оно было обильно украшено оборочками и рюшами. В полном обалдении я расправил его и обнаружил, что на рукаве чернеет дырка. Очевидно, тот, кто надевал платье, зацепился за гвоздь и вырвал клок. Или это был куст?

В голове тут же выстроилась логическая цепочка. Женщины в доме боятся Глафиры, она уже являлась Ларисе Викторовне и Кларе. Они обе абсолютно одинаково описывали привидение: фигура с закрытым густой вуалью лицом, в сером платье с несчетным количеством оборок.

Значит, они и в самом деле видели Глафиру! Вернее, Валерия, который, обрядившись вот в это платье, бродил сначала под окном у Ларисы, а потом у Клары.

Я принялся рьяно потрошить корзину для белья и сразу нашел серый полупрозрачный платок, служивший «Глафире» вуалью.

Я быстро запихнул грязные шмотки в корзину, схватил платье и платок и выглянул в коридор: никого. Стараясь не топать, я перебрался в свою комнату, сунул находки в пакет и, позвонив Норе, помчался к машине.

Хозяйка, выслушав рассказ, повертела платье в руках.

— Интересно, однако, — задумчиво протянула она.

— Зачем он их пугает? — пробормотал я. — Какова цель? Просто издевается?

— Ну, исходя из того, что несчастная горничная Катя погибла, а Маргарита в коме, вряд ли этот маскарад можно считать обычным розыгрышем. И кто же эта дрянь?

— Вы о ком?

— О Глафире.

— Не понял.

— Интересно, кто разгуливает в платье, доводя людей до обморока?

— Но это же ясно, — воскликнул я, — Валерий! Одежду-то я нашел у него в корзине.

Нора хмыкнула:

— Ваня, задействуй логику. Ты только что мне рассказывал, какой невероятно аккуратный человек Валерий.

— И что?

— Разве он мог вот так скомкать платье?

Я вспомнил, что даже в корзине вещи лежали педантично сложенными, и возразил:

— Ну... всякое случается, ведь оно валялось среди предназначенного для стирки белья, хотя...

— Вот еще одно странное обстоятельство, — кивнула Нора. — Посуди сам: Валерий очень хитер, он профессиональный игрок, но в доме, насколько я поняла, никто и не догадывается о его страсти. Он сумел соблюсти полнейшую тайну в течение не одного года, он крайне осторожен и вдруг запихивает в корзину это платьишко. Не думаю, что Валерий жаждет разоблачения, как считаешь?

— Похоже, что так, — признал я ее правоту.

— То-то и оно, — кивнула Нора, — прятать платье в корзине очень глупо, Лариса Викторовна начнет собирать белье для стирки и тут же обнаружит его. Ну и каковы ее действия?

— Начнет кричать.

— Правильно. Уж, наверное, Валерий подумал

бы о таком исходе событий. И потом еще одно. Это что?

Задав последний вопрос, Нора принялась размахивать платком.

— Вуаль, которой он прикрывал лицо, чтобы остаться неузнанным.

— Ты ее внимательно осмотрел?

— Зачем? — пожал я плечами. — Карманов там нет, просто квадратная тряпка.

— А вот тут ты допустил ошибку! — радостно воскликнула Элеонора. — Эта штукенция прямо указывает, что Валерий не переодевался Глафирой.

Нора всегда ухитряется меня удивить.

— И каким же образом? — воскликнул я.

— Смотри сюда, — велела хозяйка, — что на этой стороне?

— Да ничего.

— Чистый платок?

— На первый взгляд да, — осторожно ответил я.

— На второй тоже, — ухмыльнулась хозяйка, — а теперь я его переверну. Ну как?

— Ничего не вижу.

— Ваня, открой глаза!

— Право же...

— С тобой иногда бывает невыносимо тяжело, — простонала Нора, — ну, смотри.

И она ткнула пальцем в небольшое, едва заметное пятно.

— Что это, по-твоему?

— Понятия не имею, вроде мел...

— Ваня! Это пудра.

— Какая? — Я окончательно перестал что-либо понимать.

— Вот марку не назову, — покачала головой Нора. — Понимаешь теперь?

— Не очень.

— Ваня! Лицо платком прикрывал человек, нос и щеки которого были сильно напудрены. Часть косметики осела на ткани. Очень часто макияж пачкает одежду, кофты, пуловеры, пиджаки. Некто, решивший прикинуться Глафирой, был женщиной. Я не встречала мужчин, кроме звезд шоу-бизнеса, которые бы пудрились. Негодяйка сначала исполнила свою роль, потом решила, что продолжать забаву опасно, и подсунула одеяние Валерию в надежде на то, что Лариса найдет его и устроит дикую истерику. Только про то, что макияж оставит на вуали следы, не сообразила. Вот так и ловят преступников, уликой может стать все, что угодно.

Довольная собой, она порулила к письменному столу. Я остался сидеть в кресле. Ну и Элеонора! В ее словах есть резон, и как только я сам не догадался? Впрочем, я никогда не пользовался пудрой и не знал, что она может «пометить» вещь.

Глава 17

Получив от Норы четкие указания, я вышел на улицу и глянул на часы. Так, надо быстро съездить к Жанне, отдать ей деньги, вернуть вещи бабушки Ване и забыть навсегда про эту историю. Хотя мне еще предстоит восстанавливать все документы. Это будет очень непросто, хорошо, что я езжу очень аккуратно и не вызываю никакого интереса у патрульно-постовой службы.

Я вытащил мобильный и набрал номер.

— Слушаю, — прощебетала Жанна.

Но я, наученный горьким опытом, решил подождать.

— Погодите-ка, телевизор выключу.

Ага, значит, снова автоответчик.

— Алло, говорите же, ну... вот идиоты! Эй, Костик, это ты?

Я возмутился до глубины души. Ошибся, это сама Жанна, но какой такой Костик может звонить ей и дышать в трубку? Вот ведь противная особа! Мы с ней только что расстались, и у нее уже появился Костик.

— Костя, — пела Жанна, — я знаю, что это ты!

— Это я.

— А-а-а, — поскучнела бывшая любовница, — и чего надо?

Сдерживая возмущение, я как можно более хладнокровно ответил:

— Деньги у меня.

— И что?

— Хочу отдать их тебе.

— Мне? Зачем?

— Как это? — вышел я из себя. — А шантажист?

— Он уже звонил, — огорошила меня Жанна, — только что, пяти минут не прошло. Я дала ему номер твоего мобильного и сообщила, что заплатишь. Разбирайся с ним сам. Извини, жду звонка.

И она бросила трубку.

Вы когда-нибудь сталкивались с подобной наглостью? Взяла и спихнула на меня неприятное, щекотливое дело! Дала номер моего мобильного человеку, который вымогает деньги!

От возмущения у меня пересохло в горле, я невольно посмотрел по сторонам, вспомнил, что в конце улицы есть кафе, и поехал туда.

Крохотный зальчик оказался почти весь заполнен, я с трудом отыскал свободное место, заказал себе кофе и, сняв пиджак, бросил его на соседний стул. Однако жарко. Ну почему нельзя провести жизнь, не связываясь с бабами? Отчего многие из них вздорны, истеричны и эгоистичны?

— Вы разрешите? — спросила официантка, снимая с подноса сахарницу.

Я машинально ей улыбнулся, убрал с крохотной столешницы руки, девушка взяла с подноса чашку с капуччино... И тут раздался дикий вой, хватающий за душу.

— Блин, — подскочила официантка и уронила чашку на столик.

Я моментально отодвинулся, чтобы горячая жидкость не ошпарила ноги.

— А-о-у-ы-а-о-у-ы!

— Мамочка, — прошептала девушка за соседним столиком, — это что?

— Не знаю, — ошарашенно пробормотала официантка.

— А-о-у-ы-а-о-у-ы!

Мне расхотелось пить кофе. Может, в подвале этого кафе находится пыточная и это кричит несчастный, которого вздергивают на дыбу?

— Под столиком нет случайно кошки, которой вы наступили на хвост? — нервно спросила дама, сидевшая слева.

— А-о-у-ы-а-о-у-ы!

— Нет, — быстро ответил я, — а почему вы у меня спрашиваете?

— Так звук оттуда идет, — дама ткнула пальцем в стул, на котором лежал мой пиджак. Я прислушался. Действительно.

— А-о-у-ы-а-о-у-ы! — неслось из-под одежды.

Официантка дрожащей рукой вытирала озеро капуччино.

— Прямо сердце останавливается, — прошептала она, — вчера по телеку триллер показывали, там так вампир орал, когда собирался на жертву напасть.

Абсолютно ничего не понимая, я потряс пиджак. На пол выпал мой новый мобильный.

Леденящий душу вопль издавал аппарат.

— Ну и не фига себе звоночек, — пришла в себя девушка за соседним столиком.

Я ткнул пальцем в зеленую кнопку.

— Да.

— Иван Павлович? — пропищал тоненький голосок. — Баксы приготовил?

— Да.

— Три тысячи?

— Именно.

— Поезжай на улицу Сайкова и встань у аптеки, к тебе подойдут.

— С негативами?

— Ага. Ехай сейчас, не задерживайся.

Я захлопнул крышку. Ничего, шантажист подождет, сначала выпью капуччино.

Официантка продолжала мусолить тряпкой по столику.

— Принесите кофе, пожалуйста, — попросил я.

— Сначала за этот расплатитесь, — заявила девица.

— Вы, милая, ума лишились? — рассердился я. — Сама разлила кофе и обязана принести новый!

— Так я из-за вас чашку уронила! — огрызнулась она. — Ну и звоночек!

— Безобразие, — возмутилась дама, — за такое следует наказывать!

— Вот именно, — подхватила девчонка за соседним столиком, — у меня просто сердце остановилось!

Понимая, что мне не победить эту троицу, я молча бросил на липкую столешницу купюру и, сказав: «Сдачи не надо», выскочил из кафе, натягивая на ходу пиджак.

Сев в машину, я слегка успокоился и вытащил мобильный. Так, теперь понятно, почему хитрый продавец отдал его мне меньше чем за половинную стоимость. Этот аппарат вместо простой мелодии издает ужасающий звук, вернее, вой. И что делать? Вернуть покупку? Но скорее всего ее не возьмут назад, а главное, мне нечего им предъявить. Мальчишка честно предупредил: телефон уценен из-за дефекта звонка, мелодию сменить нельзя. Я-то, наивный, словно Буратино, полагал, что сотовый станет играть Моцарта или на худой конец какую-нибудь эстрадную мелодию... Но выть, как чудовище? Впрочем, я сам виноват, следовало, прежде чем покупать аппарат, проверить его качество, заодно бы услышал «чарующий» звонок.

Очень недовольный собой, я покатил по адресу, данному шантажистом. Радовало только одно: улица Сайкова находится в пяти секундах от метро «Октябрьское Поле», сначала получу негативы, а потом поеду к Ване и отдам одежду.

Возле аптеки клубился народ. Я посмотрел на палящее солнце и решил оставить пиджак в машине. В конце концов, следует брать пример с нашего президента. Недавно все новостные программы показывали, как он сидел за столом заседаний в рубашке с короткими рукавами и без галстука. И ей-богу, был прав. В такую жару в пиджаке долго не выдержишь.

Я подошел к аптеке и встал у лестницы. В голову пришла простая мысль: а как этот мерзавец меня узнает? Потом до меня дошло. У него же есть мои фотографии, на них, наверное, отлично видно лицо!

— Дяденька, — кто-то дернул меня за рукав.

Я обернулся. Сбоку улыбалась маленькая девочка, лет десяти, не больше, со светлыми, аккуратно заплетенными косичками, украшенными пышными бантами. На ней было чистое платье нежно-зеленого цвета, белые гольфики и сандалии. Она напоминала ангела с рождественской открытки.

— Что ты хочешь, детка? — незамедлительно улыбнулся я.

Мой вид отчего-то всегда внушает малышам доверие. Иногда у меня спрашивают дорогу, порой просят деньги на мороженое.

Я никогда не отказываю детям, своими не обзавелся, но к чужим отношусь вполне по-дружески, в особенности если они не капризничают.

— В чем дело, мой ангел? — сказал я, ожидая, что она попросит несколько монеток.

Но малышка, продолжая улыбаться, тихо произнесла:

— Баксы принес?

От неожиданности я чуть не выронил из рук конверт с деньгами, но потом ответил:

— Да.

— Давай, — прищурился ангелочек.

Я машинально протянул ей пакет и хотел спросить: «А где негативы?», — но девчонка, схватив выкуп, незамедлительно растворилась в толпе.

На какие-то секунды я потерял голову: ожидал увидеть кого угодно, только не очаровательную девчушку с бантиками. Пару мгновений я стоял, вытаращив глаза, но потом способность мыслить вернулась, и мозг адекватно оценил ситуацию. Следовало признать, она складывалась для меня просто отвратительно. Деньги отданы, негативы не получены... Свалял же ты дурака, Иван Павлович!

Кляня себя на чем свет стоит, я поплелся к машине. Теперь предстоит выплачивать долг Норе и опять ждать звонков от мерзавцев. Естественно, им понравилась легкая добыча, и негодяи захотят ее увеличить.

Выкурив сигарету, я слегка успокоился. Что ж, судьба преподнесла мне очередной урок, незачем впадать в бабскую истерику.

В унылом настроении я выкурил еще две сигареты и поехал к Ване.

Мальчик распахнул дверь сразу, словно ждал звонка.

— Ну, принесла? — выкрикнул он.

Я, слегка удивившись, ответил:

— Да, все чистое, только слегка помялось в машине.

Ваня попятился.

— Это вы?

— Да, а ты кого-то ждешь? Извини, я приехал без предупреждения.

Мальчик растерянно кивнул.

— Ну... Петька должен прийти.

Внезапно я ощутил некий дискомфорт.

— Прости, дружок, ты один?

— Ага.

— Сделай любезность, разреши воспользоваться туалетом.

Ваня пробормотал:

— Только быстро, мне уходить надо.

Я шагнул в прихожую, взялся было за ручку двери туалета, но внутрь войти не успел, потому что с лестничной клетки донесся тоненький голосок:

— Ваньк, вот оно! У меня! Ваньк! Получилось! Я его сразу узнала! Ты его точно описал!

— Пшла отсюда, живо! — рявкнул подросток.

Я машинально повернул голову и увидел в проеме двери, ведущей на лестницу, очаровательную, ангелоподобную девочку с косичками. Зеленое платьице, белые гольфики и сандалии... Ноги опередили мысль. Я сделал большой прыжок и уцепил испуганно вскрикнувшую негодяйку за хрупкое плечико.

— Очень рад новой встрече, надеюсь, деньги при тебе?

Девочка молча пыталась вырваться, а Ваня налетел на меня сзади и принялся бить кулаками по спине. Но я втащил извивающуюся девицу в квартиру, мгновенно запер дверь, положил ключ себе в карман, достал мобильный и сурово сказал:

— Ну-ка, малолетние шантажисты, мигом рассказывайте, кто вас послал? И где мои деньги?

Ваня прижался к стене, девчонка зарыдала.

— Ой, дяденька, это все он, я только...

— Ага, — ринулся в бой мальчишка, — тебе треть была обещана!

— Ну... я не хотела... Ты заставил, у-у-у... Говорила же, попадемся.

— Хватит, — рявкнул я.

Ваня побледнел, а его сообщница, подавившись соплями, замолчала.

— Немедленно рассказывайте, в чем дело, — велел я и потащил девочку в комнату, — только откровенность избавит вас от привода в милицию.

Дети переглянулись.

— Нас посадят в тюрьму? — в полном ужасе воскликнула девочка.

Неужели им в школе не объясняли, что в нашей стране привлечь к уголовной ответственности можно только четырнадцатилетних подростков и старше? Но мне их юридическая безграмотность на руку, и я решил окончательно запугать малолетних пособников бандитов.

— Всенепременно, во Владимирский централ, в карцер, где бегают крысы размером с кошку, а есть дают один раз в три дня. Там вас обязательно будут бить, и просидите вы лет десять, не меньше! Поэтому быстро рассказывайте все. Иначе вызываю милицию. Нет, группу «Альфа», с дубинками!

Девочка заревела в голос. Я вздохнул — кажется, слегка переборщил, как бы они не испугались до потери сознания. Ваня судорожно вздохнул и сказал:

— Заткнись, Ленка.

Лена молча размазывала по лицу сопли и слезы.

— Ща все расскажу, — уныло пообещал мальчик.

Я кивнул:

— Правильное решение, начинай!

Глава 18

Ваня и Лена росли без отцов. Их мамы трудятся целыми днями, чтобы прокормить и одеть своих чадушек. Но получается у них плохо, никаких излишеств они позволить не могут. Еда на столе более чем простая, одежда у детей скромная. И Ване, и Лене хочется иметь компьютер, плеер, видеомагнитофон. Ванечка мечтает о конструкторе «Лего», а Лена спит и видит Барби, но только настоящую, от фирмы «Маттел», в роскошном розовом платье с блестками. Однако мечты так и остаются мечтами. Конструктор «Лего», средний набор, замок, который Ваня мысленно уже давно построил, стоит ровно столько, сколько его мать получает в месяц. У Лены, правда, есть кукла, сделанная ловкими китайцами. Волосы у нее свалялись, руки-ноги не гнутся, а пла-ть[illegible]й Леночка шьет сама. Все девчонки в классе презрительно морщат носы, когда она достает из портфеля свою Синди, и не хотят брать Леночку в игру.

Даже на Новый год им не досталось заветное, получили по паре кроссовок и кулек с конфетами. У детей часто возникает вопрос: где взять денег? На работу их по малолетству не примут, да и мамы не разрешат бросить школу.

И тут Ване пришла в голову замечательная идея. То, что около них, на одной лестничной клетке живут богатые люди, мальчик очень хорошо знал. Был осведомлен и о том, что Жанна изменяет мужу. Увидав меня на балконе голого, паренек мгновенно просек ситуацию и помог мне бежать. Но, сделав добрый поступок, он на следующий день понял, где они с Леной раздобудут деньги на все.

Вы уже сообразили, в чем дело? Лена позвонила Жанне и потребовала мзду.

— Три тысячи долларов ей отдать, как мне плюнуть, — гудел Ваня, — даже не заметит!

— Ага, — поддакнула Лена, сопя распухшим носиком, — я-то боялась, говорила, что поймают.

— Как тебе не стыдно! — воскликнул я. — Ты же мне помог, поступил, как благородный человек, и вдруг решил заняться шантажом! Отвратительно! Мне показалось, что мы подружились.

Ваня зашмыгал носом, а Лена снова зарыдала.

— И когда только ты успел сделать снимки! — недоумевал я. — Ведь я не заметил фотоаппарата!

Ваня скривился:

— Не делал я ничего, просто так пугал.

— Мы кино видели, — пропищала Лена, — там дядька всех снимал, а потом деньги за негативы требовал. К нему на квартиру один пришел, стал пленку искать, все перерыл, посуду поколотил, мебель разломал и не нашел.

— А кассета в игрушке была зашита, — закончил Ваня, — в плюшевом мишке.

Они замолчали и уставились на меня испуганными глазками.

— Где деньги? — спросил я, ощущая странное беспокойство.

Лена сунула ручонку в карман, вытащила сначала куклу, потом конверт. Я взял его, пересчитал купюры и облегченно вздохнул. Вся сумма на месте, а ситуация напоминает глупый фарс. Двое детей, решивших накупить игрушек, незадачливый любовник и три тысячи долларов.

Внезапно мой взгляд упал на куклу, которую Лена прижимала к своей груди. Вообще говоря, я ничего не понимаю в детских игрушках, но у меня есть знакомые, в семьях которых подрастают девочки. Приходить в гости с пустыми руками не принято. Поэтому всегда перед визитом я захожу в игрушечный магазин и покупаю какую-нибудь «Катю». Сейчас полно красивых, даже роскошных кукол. Но та, что была зажата в кулачке Лены, выглядела отвратительно.

На голове у пластмассового монстра топорщился ежик неровно подстриженных волос, гнутые ручки были покрыты темными пятнами, на личике почти стерлись краски, одного глаза у «красавицы» не было... Но совсем доконало меня платьишко, в которое была обряжена лялька. Сшито оно, похоже, из старой наволочки неровными, крупными стежками, и украшает его стеклянная пуговичка, похожая на кусок слюды.

— Что же она у тебя почти лысая? — невольно спросил я.

— Так волосья перепутались, — со вздохом ответила Леночка, — вот и пришлось подстричь. Я ее чесала, а колтунов только больше делается. Ведь настоящую Барби можно мыть, с шампунью, а эту, оказывается, нет! Кто ж знал, что так получится, скомкались косички.

Внезапно будто кто-то сжал мне сердце. Леночка смотрела на нас с Ваней широко распахнутыми глазами, на дне которых плескался страх. Только сейчас я разглядел, что ее аккуратно выглаженное платьишко слегка мало хозяйке, а сандалии сильно стоптаны. Очевидно, мама приложила много усилий, чтобы дочка смотрелась пристойно.

В Ваниной комнате бедность била из всех щелей. Мальчик молча стоял у продавленного дивана, покрытого вытертым до дыр пледом. Джинсы Вани были ловко зашиты на коленях. Да, дела... Ну почему дети всегда расплачиваются за ошибки старших? Чем Ваня и Лена провинились перед господом? Почему их отцы бросили детей, взвалив на плечи жен все тяготы, связанные с воспитанием? Может, они алкоголики? Тогда почему женщины решились обзавестись потомством, имея столь ненадежных спутников жизни? Или они вообще ни о чем не думали? Кто виноват, что эти неокрепшие морально дети страдают от зависти, проходя мимо ярких витрин? И почему криминальные фильмы идут по телевизору в то время, когда около экранов сидят тысячи Вань и Лен? Они прибегают из школы, хватают остывшую отварную картошку и смотрят очередной сериал с кровью и стрельбой. А потом, поздно вечером, явится с работы измочаленная мать, найдет в мойке грязную тарелку, в портфеле дневник с двойкой, тетрадь с невыполненным домашним заданием и устроит скандал. Какие радости у этих детей? Кто виноват? Что делать?

Задав себе сакраментальные российские вопросы, я глубоко вздохнул и сказал:

— Собирайтесь.

— В милицию!!! — закричала Лена. — Нет!!! Дяденька!!!

— Не пойду, — уперся Ваня, — хоть убейте.

— Да не собираюсь я вести вас в отделение.

— А куда? — прошептала Лена. — В школу? К директору?

— Нет. Где здесь поблизости универмаг?

— Возле метро, — слегка оживился Ваня, — а вам зачем?

— Мне надо выбрать подарки, я иду на день рождения. Помогите, я плохо разбираюсь в игрушках!

— Конечно, — засуетились дети.

Мы доехали до магазина, прошли в торговый зал и встали у прилавка.

— Лена, — строго сказал я, — выбирай самую лучшую Барби.

— А на какие деньги? — полюбопытствовала девочка.

— На цену не смотри. Ваня, ищи «Лего».

Спустя полчаса я держал в руках две яркие коробки.

— Эх, и повезло же кому-то, — вырвалось у мальчика.

Я протянул детям подарки:

— Берите.

— Чегой-то? — шарахнулась Лена. — Нет...

— Это вам.

— Почему? — испугался Ваня.

— Просто так.

— Не, — забормотал мальчик, — нельзя, мы плохо поступили.

— Хорошо, что ты это понял, — кивнул я, — дай

честное слово, что больше никогда не станешь получать деньги таким путем.

— Ни за что! — воскликнула Лена. — Никогда! Это мы сдуру, ей-богу!

— Не возьму, — дрожащим голосом прошептал Ваня, — ни за какие...

— Ваня, — прервал я его, — ты мне помог, а я тебя отблагодарил. Ну должен же я сделать подарок. Посуди сам, как ни крути, а ты спас мне жизнь!

— Мамке-то чего сказать? — прошептал Ваня.

Я помолчал немного и сказал:

— Правду, про соседку, балкон и голого мужчину.

— Так она не поверит!

— А ты дай ей мой телефон, — улыбнулся я, — вот два номера, пусть звонит вечером.

Паренек прижал к себе «Лего».

— А про деньги? — прошептал он. — Ну про то, что мы...

— Это наш маленький секрет, но имейте в виду, еще раз что-нибудь подобное сделаете, я обязательно узнаю и вот тогда уж точно всем расскажу, как вы решили стать шантажистами.

— Мы больше никогда, — хором заверили дети.

— Это все кино, — добавила Лена. — Вон мишка какой сидит около поросенка!

Я поднял глаза, увидел плюшевого Хрюшу, выглядевшего точь-в-точь, как разорванный Чуня Кла-ры, и обрадованно обратился к продавщице:

— Дайте мне еще и свинку.

Она мигом сняла Чуню с полки, я вновь достал кошелек.

— Там не свинка была, — схватила меня за руку Лена.

— Ты о чем, детка? — не понял я.

— Я про кино, — ответила девочка, тыча пальцем в прилавок, — помните, после которого мы вас обворовать надумали? Там дядечка всех фотографировал, а кассету зашил в плюшевого мишку, вон тот дико похож, а другой дядька всю его комнату перерыл, а игрушку разорвать не догадался. В конце первый дядя мишку на кусочки дерет, мне его так жалко было! Не дядьку, а мишку!

И тут внезапно меня осенило. Господи, Сергей Петрович обманул нас с Норой, никакие деньги у него не пропадали, исчезло нечто маленькое, очень для него важное, иначе почему он, взбесившись, разломал все в спальне Клары, а главное, с какой стати искромсал в лапшу несчастного Чуню? Кузьминский великолепно умеет держать себя в руках, следовательно, он предполагал, что внутри плюшевой свинки что-то спрятано.

В кабинет Норы я ворвался, размахивая плюшевой игрушкой. Хозяйка усмехнулась:

— Ваня, ты начинаешь пугать меня. Очень не хочется сейчас услышать, что ты приобрел это велюровое уродство, чтобы украсить собственную спальню.

Но мне было не до ее ехидства.

— Нас развели как лохов!

— Ваня! — подскочила Нора. — Какие выражансы!

Я осекся. Действительно, ужасно! Никогда не позволяю себе ничего подобного, даже не предполагал, что знаю такие слова! Вот Нора, та способна послать вас по конкретному адресу.

— Что случилось, Иван Павлович? — вытаращила глаза хозяйка. — Отчего ты дрожишь, словно описавшийся кот?

Пропустив мимо ушей поэтическое сравнение, я шлепнулся в кресло и заявил:

— Кузьминский все наврал!

— Что именно? — вздернула вверх брови Нора. — А ну, успокойся и говори.

Выслушав мою сбивчивую речь, она вытащила папиросу, постучала мундштуком по подлокотнику кресла и протянула:

— Да, Ваня, иногда тебе в голову приходят нетривиальные мысли. Впрочем, и у меня самой крутилось нечто этакое... Ну скажи, какой смысл селить у себя дома постороннего человека? Неужели Сергей Петрович — более чем обеспеченный бизнесмен — не мог купить специальную аппаратуру? Ей-богу, подобный расход не разорил бы его. И волынки никакой: установил нужный режим и любуйся на вора. Нет, он хотел найти нечто иное, не доллары. Но что?

— Не знаю, — откровенно ответил я, — что-то совсем маленькое. Может, драгоценные камни? Давайте спросим у него?

— Э, нет! — Нора стукнула кулаком по креслу. — Знаешь, я очень не люблю, когда люди считают меня дурой. Погоди, Сергей Петрович, я не позволю себя водить за нос! Вот что, Ваня, будем теперь играть в свою игру. Значит, так! Кузьминскому не говорим ни слова о том, что догадались об обмане. Наоборот, усиленно изображая дурачков, делаем вид, что поглощены поиском купюр. Вообще говоря, у него в доме творится черт-те что! Платье, как договаривались, сунешь на место, в корзину для белья, а там поглядим! И смотри, держи себя в руках! Кстати, ты звонил Николетте?

— Сегодня нет, — ответил я.

— А она тебе?

— Тоже нет.

— Ну-ка, достань мобильный.

Я вытащил аппарат. Нора схватила трубку своего домашнего телефона и потыкала в кнопки. Мой сотовый не подавал никаких признаков жизни.

— Алло, — сказала хозяйка, — простите, я не туда попала. Ваня, какой номер у твоего нового приобретения?

— 722-77-70.

— Нет, неверно, — сердито воскликнула Нора, — ни я, ни Николетта, которой ты сообщил те же цифры, не можем дозвониться.

— Ну... кажется, перепутал. 777-22-20.

— Ничего себе! — воскликнула Нора и снова набрала номер. — Склад? Простите, ошибка. Ваня! Какой у тебя номер?

— 770-72-22, — безнадежно сказал я.

Нора предприняла еще одну попытку соединиться со мной, но опять безрезультатно.

— Может, 720-77-77? — предположил я.

— Ваня!!! — гаркнула Нора. — Изволь немедля сообщить правильный номер!

— Не помню, — признался я. — Кстати, вот три тысячи долларов, спасибо, не понадобились.

Элеонора взяла конверт, швырнула его в сейф и отрывисто приказала:

— Езжай к Кузьминскому, не спускай глаз с членов его семьи, сдается мне, двумя жертвами дело не ограничится, и отыщи контракт на СИМ-карту, там указан номер.

В дом к Кузьминскому я заявился к ужину, предварительно выслушав гневную отповедь от маменьки.

— Ваня! — злилась Николетта. — Как ты мог дать мне не тот номер телефона?

— Извини, спутал.

— Ты нарочно!

— Ни в коем случае.

— Я звонила целый день и постоянно натыкалась на какого-то хама. Я ему: «Вава!» — а он мне... нет, уволь, я не способна повторить его речи! Отвратительно! Быть столь невнимательным, небрежным. Имей в виду, я сильно обижена.

— Хорошо, — не подумавши, ляпнул я.

— Ах, хорошо! — взвилась Николетта. — Значит, я полдня потратила на набор ненужного номера, а тебе хорошо.

Я улыбнулся. Представляю, с какой головной болью сейчас лежит несчастный мужик, которому с упорством звонила маменька. Десять человек из десяти уже на четвертой попытке сообразили бы, что просто записали не те цифры. Кто угодно, но не Николетта. Голову даю на отсечение, она методично трезвонила через каждые десять минут, нервно вскрикивая: «Вава? Как не он? Немедленно позовите его!»

Хорошо еще, что тот мужик не знает моего адреса, а то мог бы приехать и устроить скандал.

— Значит, хорошо, — словно разбуженная не вовремя змея, шипела Николетта, — вот оно как, понятненько! Имей в виду, Ваня, за это не расскажу очень интересную тебе информацию! Я хочу тебя наказать!

Ехидный голос маменьки сменили частые гудки. Я въехал в тоннель и очутился в пробке. Интересно, что за информацию, по словам Николетты, нужную мне, она не хочет сообщить? Маменька в последние дни находится в состоянии хронической обиды. Честно говоря, это стало меня раздражать.

Когда я приехал к Кузьминскому, семья сидела за столом. Я быстро скользнул наверх, якобы вымыть руки, и вернул платье на место. Когда я сел за стол, все было как обычно. Клара рылась вилкой в еде, Белла, без остановки болтая, откусывала огромные куски от булки. Сергей Петрович молча пил чай, Валерий тоже беззвучно доедал мясо. Мне пришло в голову, что за все время пребывания в доме я слышал его голос всего пару раз. Анна ворчала, наливая чай:

— Просто безобразие! Лариса опять заварила одну щепотку, сколько раз ей можно повторять, что следует класть ложку на чашку! Это же невозможно пить!

На первый взгляд все вели себя как всегда, но имелось одно отличие: Клара и Белла не ругались. Двоюродные сестры абсолютно мирно трапезничали.

— Лариса, — крикнула Анна, — принеси Ивану Павловичу ужин. Вы едите свинину?

Я кивнул:

— Да, с удовольствием.

— Это не свинина, а поросятина, — уточнила Клара.

— Ой, поросенок! — подхватила Белла и убежала.

— Ты куда? — крикнула ей вдогонку Анна. — Вот оглашенная! Господи, как она топает, лестница сейчас обвалится!

Грохот усилился, и Беллочка возвратилась в столовую, сжимая в руке плюшевого нежно-розового поросенка, точь-в-точь такого, как купил я.

— Вот, — запыхавшись, пробормотала она и сунула Кларе игрушку.

— Это что? — ошарашенно спросила двоюродная сестра.

— Тебе, вместо Чуни, — пояснила Беллочка, — можешь назвать его Чуня Второй.

— Ты мне его купила? — тихо спросила Клара.

— Ага.

Глаза Клары внезапно наполнились слезами, она резко отодвинула тарелку и убежала.

— Что такого я сделала? — недоумевала Беллочка. — Ей поросенок не понравился?

Анна завела длинную речь о воспитании, но я не стал ее слушать, а пошел к Кларе в комнату.

Девушка рыдала на кровати, уткнув лицо в подушку.

Я вытащил из кармана своего поросенка и, погладив ее по голове, сказал:

— Понимаю, что ты очень любила ту игрушку, но теперь у тебя будет две такие: Чуня и Чуница, муж с женой или брат с сестрой, как хочешь.

Клара оторвала лицо от подушки, глянула на подсунутую мной игрушку и зарыдала еще пуще.

— Дрянь, — повторяла она, — дрянь... Ах, какая дрянь!

— Тебе не нравятся поросята? Так мы их выкинем!

Клара схватила плюшевого уродца.

— Нет, то есть да, они очень хорошие! А я дрянь!

— Зачем ты так о себе, дружочек!

— Дрянь, дрянь, дрянь, — причитала Клара. — Позови сюда Беллочку, немедленно, мне надо признаться! Скорей!

Видя, что она находится в крайнем возбуждении, я вышел в коридор и крикнул:

— Белла!

— Чего? — высунулась из столовой девочка.

— Зайди к Кларе, она тебя зовет.

— И ты иди сюда, — воскликнула Клара. — Ваня, не уходи.

Мне пришлось вернуться в ее спальню.

— Сядьте! — торжественно велела Клара.

Я опустился на диван, Беллочка плюхнулась рядом, от нее нежно пахло какими-то фруктами, скорей всего это были неизвестные мне духи.

— Слушайте, — возвестила Клара, — я — дрянь! Подлое существо.

— Может, она перегрелась на солнце? — повернулась ко мне Белла.

— Дрянь! — перешла в верхний регистр Клара. — Сейчас все объясню и покончу с собой.

Глава 19

Услыхав истерическое заявление девушки, я слегка испугался. Учитывая ряд последних событий в доме Кузьминского, оно звучало зловеще. Беллочка тоже насторожилась.

— Не говори глупости, — выпалила она.

— Отравлюсь, — с мрачным огнем в глазах сказала Клара, — но сначала признаюсь. Вот прямо сейчас!

Вымолвив последнюю фразу, девчонка вскочила, а потом, упав на колени, протянула руки к Белле и воззвала:

— Простишь ли ты меня?

Подобную сцену я видел примерно месяц назад, когда Николетте взбрело в голову пойти на спектакль «Медея», который привез в Москву не ведомый никому театр из Украины. Репертуар труппы поражал разнообразием, в афише значились «Молодая гвардия», «Медея» и «Утиная охота» А. Вампилова. Хорошо, что маменька выбрала древнегреческую трагедию, потому как все актеры отчего-то произносили свои роли нараспев, постоянно воздевая вверх руки и закатывая глаза. Согласитесь, в «Медее» это, в общем, оправданно, а в «Молодой гвардии» и «Утиной охоте» могло бы покоробить. И еще, лицедеи говорили с достаточно сильным акцентом, произнося вместо звука «г» мягкое «х». Кока, которую понесло на «Молодую гвардию», потом жаловалась в гостиной:

— Я так неприлично проявила себя на спектакле!

Я удивился и спросил:

— Что же вы сделали? Заснули во время действия?

Зять Коки, присутствовавший при этом разговоре, захихикал:

— Если бы! В самый трагический момент, когда гестаповцы являются, чтобы арестовать Олега Кошевого, Кока захохотала так ужасно... ей пришлось засунуть в рот платок...

— Да? — изумился я. — Но, по-моему, в этой сцене нет ничего забавного. Хотя я очень не люблю «Молодую гвардию», мне жаль подростков, которые погибли из-за того, что решили расклеивать листовки.

— Ты бы тоже не удержался от хохота, — фыркнула Кока, — ну представь: полная тишина в зале, по сцене мечутся лучи прожекторов, потом звучат барабанная дробь и стук в дверь. Актриса, играющая мать Кошевого, заламывает руки и начинает причитать: «Ой, чует мое сердце, ой, плачет сердечко, ой, горе! Кто там?» А из-за двери отвечают: «Да не убивайтеся вы так, то ХЕСТАПО!» Ну представляешь? «То!» «ХЕСТАПО!» «Не убивайтеся так!»

Я хмыкнул, действительно, трагичность момента была «сбита» провинциальным акцентом. Хорошо хоть в «Медее» все звучало более или менее нормально, хотя меня раздражали актрисы, беспрестанно падающие на колени и воздевающие руки к небу. Но еще меньше мне нравится, когда дамы начинают проделывать нечто подобное в жизни!

— Белла, — трагическим голосом вещала Клара, — я дрянь, я виновата, я негодяйка...

Мое терпение кончилось.

— Послушай, скажи наконец, в чем дело!

Клара набрала полную грудь воздуха.

— Хорошо. Я взяла у дяди десять тысяч долларов, пачку из стола.

— Зачем? — подскочила Белла.

— Ты украла деньги? — воскликнул я.

— Нет!

— Но сама же только что сказала: унесла пачку.

— Да.

— Значит, украла!

— Нет.

Я разозлился.

— Послушай, ангел мой, время позднее, лично мне давно хочется лечь в кровать. Реши, пожалуйста, брала ты деньги или нет.

— Да, вытащила, но не украла. Положила их себе под подушку.

— Зачем? — недоуменно повторила Белла.

— На очень видное место, — затараторила Клара, — Лариса каждый день перестилает постель и должна была обнаружить баксы. Она бы точно понесла их Сергею Петровичу. Вот так!

И девушка обвела нас торжествующим взглядом.

— Извини, — вздохнул я, — честно говоря, не понимаю смысла задуманного. Взять деньги и положить так, чтобы их нашли? Чего ты хотела добиться?

— Дядя позвал бы меня... Я сказала бы, что ничего не знаю, что глупо прятать украденные деньги под свою же подушку, ведь идиотство, да?

— Ага, — кивнула Белла, — глупее и не придумаешь!

— Вот! Я хотела внушить дяде, что доллары взяла Белла!

— И сунула тебе в постель? — хмыкнул я.

— Да!

— Зачем?

— Чтобы меня оболгать и опорочить! Дядя должен был обозлиться и наказать ее! — закричала Клара, вновь рушась на колени. — Но вышло-то иначе! Он меня даже слушать не захотел, все изорвал...

— И тогда ты озвучила мне мысль про Беллу, — покачал я головой.

— Да!!! О-о-о, какая я дрянь! Прости, Беллочка, прости.

Дочь Кузьминского широко распахнула глаза. Честно говоря, зная ее взрывной темперамент, я перепугался. Сейчас Белла кинется на Клару, и от последней полетят клочки по закоулочкам...

Но неожиданно ничего подобного не произошло. Белла шлепнулась рядом с Кларой.

— Это ты меня прости! Я издевалась над тобой постоянно.

— Ты святая, а я дрянь!

— Нет, наоборот, это я довела тебя до такого поступка!

— Беллочка!

— Кларочка!!!

Одновременно заревев, девчонки бросились друг другу на шею. Я вздохнул с облегчением и спросил:

— Ну что, пойдем объясняться к Сергею Петровичу?

— Нет, — хором ответили капризницы.

Потом Белла добавила:

— Мы сами, без тебя.

— Ладно, — кивнул я, — только скажи, Клара, ты когда брала пачку, в столе еще лежали деньги?

— Ага, — кивнула она, — много, точно не знаю сколько.

Я пошел к себе и лег в кровать. Тело налилось свинцовой тяжестью, глаза начали слипаться. Больше всего я устал от женских истерик и от выяснения отношений. По мне, так легче вырыть канаву или протопать пешком пятьдесят километров, чем разбираться с дамами, выслушивая, кто кому что сказал! Вот поэтому я и не женился до сих пор, хотя пару раз чуть было не сморозил глупость.

Внезапно дверь в мою комнату распахнулась.

— Иван Павлович! — взвизгнула Лариса.

Я вынырнул из объятий Морфея и сел.

— Что тебе?

— Там...

— Где?

— В гостиной... на люстре...

— Что?

— Висит...

Я нашарил тапки.

— Лариса! Умоляю, иди спать.

— Я только вас разбудила, — шепотом заявила экономка, — вы лишь гляньте... Может, мне кажется, может, я сошла с ума, а?

Пришлось надеть халат и идти за прислугой.

— Я убрала в столовой, — тихонько объясняла Лариса, — и решила посмотреть, все ли в гостиной в порядке, открыла дверь... а там... висит... Вот и не знаю, вдруг это глюки, а?

Нора платит мне отличный оклад и зимой предоставляет две недели отдыха. До сих пор я был доволен условиями труда, но сейчас в голову закралась мысль: может, попросить еще один отпуск? Летом? Честно говоря, живя в доме у Кузьминского, я устал, словно охотничий пес. Ни одной ночи не удалось поспать спокойно.

Я открыл дверь гостиной и вздрогнул. В большой комнате никогда не задергивают занавески. Дом Сергея Петровича стоит на участке размером с гектар, соседей поблизости нет, стесняться некого. Лунный свет бил в окно. В его серых лучах мебель: диваны, кресла, маленькие столики, ковер — казалась черной. Мизансцена напоминала кадр из триллера, а особенно ужасной ее делало нечто, очень похожее на женскую фигуру, свисавшую с большой люстры.

На секунду мне показалось, что я и впрямь вижу висельницу. В голову ударил жар. Потом я сообразил, что у «тела» нет ног. Лариса Викторовна тихонечко поскуливала сзади. Зрелище было таким страшным, что я с трудом сдержал крик ужаса.

Огромным усилием воли я взял себя в руки и догадался зажечь свет. Люстра вспыхнула десятком веселых огней, призрачная темнота исчезла. Диваны и кресла обрели обычный цвет, ковер заиграл красками... Я уставился на «труп» и сразу понял, что передо мной... серое платье с воланами и кружавчиками. То самое, которое я сначала, найдя в корзине для белья у Валерия, отвез Норе, а потом, по ее приказу, вернул назад.

Кто-то повесил платье на вешалку и прицепил ее к люстре.

— Оно настоящее? — прошептала Лариса.

Я кивнул. И тут экономка завыла, словно паровозная сирена:

— Глафираааа! Глафирааааа!!!

Я попытался закрыть ей рот рукой, но обезумевшая баба довольно больно укусила меня за пальцы и добавила мощности в крик.

— А-а-а-а...

Естественно, тут же захлопали двери, заскрипели ступени, и в гостиную влетели Сергей Петрович, Белла и Клара.

— Это что? — гневно спросил Кузьминский.

— Вау! — взвизгнули девицы.

— Платье, — быстро ответил я, — всего лишь простой кусок шелка!

— Это Глафирино, — залепетала Лариса, — о-о-о... узнала его! Значит, она и впрямь сюда приходит!

Белла и Клара заорали и бросились в коридор.

— Немедленно замолчи, — прошипел Сергей Петрович.

Но Ларису было не так просто заткнуть.

— Сняла платье, — вопила она, — а сама ушла, но вернется за ним! Обязательно! Вот увидите! Она всех тут убьет, всех!!!

Побледневший Сергей Петрович смотрел на экономку. Внезапно Лариса перестала кликушествовать и спокойно спросила:

— Знаете, почему привидение начинает преследовать семью? Знаете?

— Нет, — машинально ответил я.

— Это значит, что тут живет убийца, — словно вещий ворон, закаркала Лариса, — призрак дает понять: он все знает! О... тут было преступление! О... о... о!

Сергей Петрович рухнул в кресло. Я пожалел хозяина — похоже, бабы его тоже доконали.

— Немедленно снимите платье, — велел Кузьминский, — и дайте его мне.

Я выполнил приказ. Сергей Петрович скомкал одеяние и погрозил люстре кулаком.

— Обязательно найду шутника и надеру ему задницу.

— Это Глафира, — не унималась Лариса.

— Все в постель!!! — заорал Кузьминский, теряя человеческий облик. — Вон!!! По кроватям!!!

На лбу Сергея Петровича вздулись вены, лицо

сильно покраснело. Я забеспокоился, как бы ему не стало плохо, и заботливо предложил:

— Сейчас принесу вам валокордин.

— На... тебя с твоими каплями, — заорал Кузьминский, мгновенно из бордового делаясь синюшно-бледным. — Все вон! Уволю! Девок в Лондон, в школу, в колледж, остальных на... Вон! Вон! Вон!!!

Мы с Ларисой, словно на реактивной тяге, вылетели в коридор. В гостиной воцарилась тишина.

— Во как! — выдохнула экономка. — Никогда он до сих пор так не орал. Еще паралич разобьет!

Я покосился на Ларису. Мне показалось или в ее словах действительно прозвучало злорадство?

Утром дом словно вымер. Я пошел на кухню за кофе и не нашел там никого. Часы показывали всего девять, но домашние предпочли разбежаться. Белла и Клара, очевидно, отправились на занятия. Валерий, вероятно, вновь уехал пытать счастье у автоматов, Сергей Петрович отбыл на службу...

Не успел я включить чайник, как появилась Анна.

— Это правда, про платье? — спросила она. — Я вчера так заснула, что ничего не слышала! Утром Клара стала рассказывать, прямо не верится! Кто же этот шутник, а?

«Да твой муж», — чуть было не ляпнул я, но удержался и спросил:

— А где Валерий?

— На работе, естественно, — пожала плечами Анна и пошла к шкафчику, в котором хранится заварка.

Мне стало интересно: неужели она на самом деле ничего не знает о «службе» муженька? Может, просто прикидывается?

Помолчав немного, я с фальшивой тревогой воскликнул:

— Вам не кажется, что Валерий слишком много работает?

— Мой муж, — торжественно заявила Анна, — ученый. Он в шаге от всемирно великого открытия.

— Но он практически не бывает дома, — гнул я свою линию, — неужели вам не хочется проводить досуг рядом с любимым супругом? По-моему, это просто ужасно: утром ушел, вечером, вернее, ночью, прикатил. Хотя, может, я не в курсе, вероятно, вы встречаетесь в городе, ходите вместе обедать?

— Моему мужу, — вскинулась Анна, — некогда отвлекаться на ерунду, а я не из тех жен, которые мешают мужчине самореализоваться. Валерий занят наукой! Впрочем, вам этого не понять! Кстати, сами-то вы куда собрались? Вот вы очень странный секретарь, никогда на месте не сидите. Вроде Сергей нанимал вас для разбора архива?

— Приходится ездить в библиотеку, — выкрутился я, — проверять данные.

— И вы сейчас в читальный зал? — поинтересовалась Анна, прихлебывая кофе.

— Нет, — честно признался я, — в милицию.

— Зачем? — вытаращилась Анна.

— Паспорт потерял.

— А... а... — протянула она. — Это хорошо.

— Вы полагаете?

— Ну да, сейчас я останусь совсем одна, очень люблю быть одна в доме, — воскликнула Анна, — спокойно приму ванну, отдохну. Никого нет! Это же роскошно!!!

— А где Лариса?

— У нее сегодня выходной, — зевнула Анна, — он у нее раз в месяц случается, поэтому ужина не будет. Все об этом знают и поедят в городе.

— А вы?

— Ну мне и йогуртов хватит, — ухмыльнулась она, — вполне наемся и покайфую в одиночестве!

Глава 20

В милицию я прибыл к полудню и обнаружил в коридорчике со стенами синего цвета несметное количество народа. Втайне надеясь, что они все явились сюда по другим делам, я робко спросил:

— Не знаете, заявление об утере паспорта куда нести?

— За мной станавыс, дарагой, — вымолвило лицо кавказской национальности.

— А перед вами много людей?

— Так все.

— Неужели столько народа документы потеряло?

— Зачем говорыш, — возмутился кавказец, — регистрацию получить стоим.

— Но я москвич!

— И чэго? Очэрэд одна!

— За регистрацией и за паспортом?

— Да.

Я пригорюнился. Ну и ну, просижу тут неделю.

Первый час пришлось провести на ногах, потом я уселся на освободившийся стул. За это время в кабинете побывали всего два человека. Неведомый милиционер никуда не спешил. От тоски я изучал стенды. «Родителям надо помнить: спички в руках плохая забава», — предупреждал первый. Второй был приспособлен для объявлений. «Сотрудники агентства «Щит» с удовольствием займутся кражами, разбоем и изнасилованиями», — было написано на одном листке. Я хмыкнул: интересно, только мне видна двусмысленность этой корявой фразы? У людей что, совсем нет чувства языка? Хотя чего ждать от бывших сотрудников правоохранительных органов, которые скорей всего и создали агентство «Щит». Увы, наши милиционеры не слишком грамотны.

Впрочем, иногда творят чудеса и работники печати. На днях мне попался в газете перл: «От «Спартака» присутствовал его президент, который по окончании конференции уехал на двух «Мерседесах». А когда я, включив в недобрый час телевизор, попал на какое-то шоу, ведущий, высокий мужчина с радостным лицом идиота, громко воскликнул: «Летчик — тот же подводник, только летает».

Я не удержался от смеха, а ведущий продолжил: «Женщина — тот же мужчина, только лучше и добрее».

Мне стало совсем интересно, и я уткнулся в экран, а мужик просто сыпал афоризмами: «Мы сегодня меньше берем оттуда и больше туда», «У нас в гостях не шалава, она проститутка», «Никогда не испытывал ничего подобного к женщине противоположного пола».

Я нажал на кнопку пульта, увидел ведущую и незамедлительно услышал: «В жизни нашего россиянина есть три праздника: Пасха и Хеллоуин».

Так что незачем высмеивать сотрудников «Щита», и потом, может, они и впрямь с удовольствием занимаются кражами, разбоем и изнасилованиями. В конце концов, у каждого свое хобби.

В кабинет я попал в четыре часа дня. Угрюмый мент молча выслушал меня и буркнул:

— Фотографии, выписку из домовой книги и квитанцию на рубль сорок две копейки.

— Сколько? — изумился я.

— Рубль сорок две, — уныло повторил милиционер.

— И все?

— Да, принесете сюда.

— Но зачем же я столько часов провел в очереди?

— Ишь, цаца какая, — скривился капитан, — без очереди-то никак, не один явился, людям тоже надо.

— Повесили бы список документов!

— Зачем?

— Чтобы народ зря времени не терял! — возмутился я. — Пришли, посмотрели на доску, и все.

— Раз сюда явился, то стой! — гаркнул капитан.

— И мне потом опять к вам, с фото и квитанцией?

— Да.

Я выпал из кабинета. Ну и порядки! Ладно, тут по дороге есть сберкасса, оплачу сначала квитанцию.

Естественно, к окошку змеилась очередь, потом я потратил больше часа, сначала разбираясь, какая мне нужна форма для заполнения, затем сто раз ошибся, переписывая бесконечные цифры и буквы. Ей-богу, сумму, не превышающую двух рублей, можно доверить получить на месте сотрудникам милиции.

Неужели они настолько вороваты, что польстятся даже на копейки?

Когда я, потный от напряжения и красный от злости, наконец-то добрался до окошка, завыл мой мобильный.

Я, успев забыть, какой звонок у аппарата, подскочил на месте и больно ударился локтем о прилавок. Стоящая сзади старушка перекрестилась:

— Свят, свят, сыночек, зачем ты так кричишь? Никак заболел?

Внезапно мне отчаянно захотелось пнуть милую бабусю. Испугавшись такого абсолютно не свойственного мне желания, я выхватил мобильный.

— Да!!!

— Вава! Я знаю твой номер, — заорала Николетта, — вычислила его, все утро звонила по разным людям!

— Давайте квитанцию, — потребовала кассирша.

— Перезвони мне, — попросил я и протянул девушке десятку.

Мобильный опять взвыл. Кассирша заорала:

— Граждане, кто собаку привел? А ну уберите!

Я схватил телефон.

— Вава, запиши номер.

— Сейчас не могу!

— Это как? — заверещала Николетта. — Я потратила целый день, а ты...

— Сдачи нет, — рявкнула кассирша.

— Не надо, — быстро сказал я.

— Как не надо, — завопила маменька, — вот она, сыновняя благодарность!

— Это я не тебе!

— А кому?

— Я в сберкассе.

— И что? Запиши телефон.

— Молодой человек, — зашумела очередь, — потом поболтаете, платите скорей.

— Сдачи нет, — ныла кассирша.

— Пиши телефон, — орала маменька.

Я сунул мобильный в карман, бросил на тарелочку двухрублевую монету, получил квитанцию и вышел на улицу. Телефон вновь издал предсмертный вой. Пришлось выудить его из кармана.

— Вава! Что ты делаешь в сберкассе?

— Плачу за новый паспорт.

— Да? Послушай, что скажу...

— Мужчина, — заорала, высунувшись в окно, кассирша, — вы сдачу забыли, пятьдесят восемь копеек.

— Оставьте себе!

— Вава, ты мне?

— Нет!!!

— Как это? — возмущалась кассирша. — Немедленно заберите, я не могу людей отпускать!

— Вава, послушай...

— Потом!

— Вава!!!

Я снова засунул трубку в карман и вернулся в сберкассу. Очередь встретила меня сердитыми возгласами:

— Явился!

— Видать, богатый больно, деньги ему не нужны!

И тут опять взвыл телефон.

— Господи, — подскочила одна из женщин, — мой ребенок плачет.

— Вава, выслушай мать!!!

Я быстро нажал на красную кнопку, схватил мелочь, вылетел на улицу и сел в «Жигули», чувствуя, как колотится сердце. Слегка успокоившись, набрал номер маменьки.

— Але, — ответила Нюша, — это хто?

— Позови Николетту.

— А она велела передать, что больше с тобой говорить не хочет и ничего не расскажет!

Я тяжело вздохнул: может, оно и к лучшему. Хватит с меня истерик.

— Ты знаешь, как работает наш ЖЭК?

— А вам чего, водопроводчика вызвать? — спросила Нюша.

Я постарался справиться с собой, на домработницу просто нельзя сердиться, она недалекая баба, так и не научившаяся писать.

— Какая разница, что мне надо, скажи часы приема.

— Очень даже большая, — загундосила Нюша, — если коммунальные услуги, то одно расписание, если к бухгалтеру — другое...

— Мне взять выписку из домовой книги!

— Это к паспортистке, ща гляну.

Напевая, она ушла, я тупо смотрел на улицу. Нет, я совершенно не приспособлен для собирания бумажек. Как только люди ходят по кабинетам, добиваясь решения своих проблем?

— Ваняша, пиши, — провозгласила домработница, — Демьяненко Ригонда Филипповна.

— Как?!

— Ригонда Филипповна, — повторила Нюша, — ну и имечко какое, дикое, право слово, а справки она выдает по четвергам с без пятнадцати восемь до половины девятого.

— Чего, — насторожился я, — надеюсь, вечера?

— Да ты че, Ваняша, — мигом разубедила меня Нюша, — ясное дело, утра, они только до трех работают, особо-то не перетруждаются. Вот завтрева и езжай, да смотри не опоздай, а то цельную неделю потом ждать.

Я поскучнел. Чтобы явиться к паспортистке в восемь утра, мне нужно проснуться в шесть. Страшно не люблю рано пробуждаться, мне легче уснуть в три ночи и проснуться в час дня, чем рано лечь и встать в шесть. В первом случае я буду бодр, весел и активен, а во втором стану ползать, словно осенняя муха.

Из трубки послышались гневные вопли маменьки.

— Николетта велит передать тебе, — сообщила Нюша, — что ничего не расскажет.

Я поехал к Норе. Буквально в двух шагах от нашего дома расположена фотостудия.

Сами понимаете, что в крохотном зальчике клубилось невероятное количество народа! Все хотели сфотографироваться!

Я покорился обстоятельствам. Значит, так тому и быть. Сегодня проведу весь день в очередях. Один раз отмучаюсь!

Но потом я неожиданно сообразил: одним разом не обойтись. Еще придется сидеть в милиции, а потом предстоят следующие этапы: восстановление документов на «Жигули» и добыча водительских прав!

Я едва дождался, когда дряхлый старик, еле держась за треногу, сделает снимок.

Ужасный день!

Нора, выслушав мой рассказ про платье на люстре, воскликнула:

— Вот хитрый мерзавец!

— Кто?

— Да Валерий, — ответила хозяйка, — небось нашел платье в корзине и решил от него избавиться. Ладно, езжай к Кузьминскому и сиди тихо. Не нравится мне все это, ох не нравится.

Я абсолютно солидарен с хозяйкой. Мне тоже не по вкусу то, что я делаю. Лучше нам отказаться от этой затеи и заняться чем-нибудь более достойным.

— Давай, Ваня, — поторопила Нора, — мне тут идейка в голову пришла, надо проверить.

Я поехал в поселок, понимая, что просто не способен ни на какие активные действия. Дом оказался заперт. Значит, ни Белла, ни Клара, ни Сергей Петрович еще не вернулись, Валерия тоже нет, а Анна, как она выразилась, кайфует в одиночестве. Я позвонил. Тишина. Потом просто вжал кнопку в стену. Никакой реакции. Наверное, Анна лежит в ванне, слушает музыку. Ладно, попытаюсь войти через террасу. Но и эти двери были закрыты. Я вытащил мобильный, но Анна не подошла к телефону.

В полной тоске я потыкался в окна, но и они были тщательно законопачены. Ситуация казалась безвыходной. Отвратительный день заканчивался совсем уж мерзко.

Я влез в машину и включил радио. Ну должна же она когда-нибудь вылезти из ванны? Через каждые десять минут я звонил в дом и слушал размеренное: ту-ту-ту-ту.

Где-то через час во двор въехал «Мерседес», и из него выбрался Сергей Петрович.

— Езжай за девочками, в кафе «Рояль», — велел он шоферу, потом увидел меня и удивился: — Ваня? Чего в машине сидишь?

Я хотел было объяснить ситуацию, но Кузьминский быстро продолжил:

— Ты извини за вчерашнее, я наорал, нахамил...

— Ерунда, вы просто устали.

— Все равно, не держи на меня зла.

— И в мыслях не было.

— Вот и славно, — кивнул Сергей Петрович, — пошли в дом.

— Он заперт, и парадный вход, и с террасы.

— Да ну? Почему?

— Похоже, в здании никого нет, у Ларисы Викторовны выходной, остальные в городе, а Анна, очевидно, моется или тоже ушла.

— Ясно, — бормотнул хозяин, вытаскивая связку ключей.

Через мгновение он пробормотал:

— Она дома, еще и на крючок заперлась, пошли через сад. Авось там только на замок закрыто.

Но и со стороны террасы нас ждала неудача. Анна проявила похвальную осторожность. Она тщательно закрыла все входы в дом, причем накинула изнутри большие латунные крючки.

Около часа мы с хозяином тщетно пытались проникнуть в помещение. Изо всей силы дергали ручки, колотили ногами в филенки из цельного массива дуба, жали на звонок и безуспешно пытались соединиться с Анной по телефону. Я очень хорошо представлял себе, что происходит. Она лежит в джакузи, намазала лицо какой-нибудь липкой дрянью, включила плеер или радио и наслаждается музыкой, забыв о времени.

— Вот черт, — зло проговорил Сергей Петрович, — делать нечего, отойди-ка, Ваня.

Я не успел спросить, что он собирается делать, как Кузьминский подошел к альпийской горке, схватил круглый темно-серый булыжник и со всего размаха запустил его в одно из окон гостиной. Дождь осколков рухнул вниз.

— Ты можешь влезть внутрь и открыть дверь? — спросил Сергей Петрович.

Я кивнул. Это совсем не трудно, подоконник находится примерно на уровне моего пояса, я могу просто перешагнуть его.

Без особых усилий я оказался в доме, выскочил в холл, поднял крючок и впустил Сергея Петровича. Хозяин, шумно дыша, вошел в дом и покачал головой.

— Просто беда, когда вокруг одни бабы, как считаешь, Иван Павлович?

Я предпочел промолчать и почти бегом отправился в свою комнату. Как это ни странно, но толкание по очередям для меня намного более утомительно, чем самая напряженная работа.

Предвкушая мирный отдых, я вымыл руки, переоделся, сел в кресло и потянулся за книгой, но тут дверь в мою комнату распахнулась и на пороге возник Сергей Петрович.

— Ваня, — с тревогой произнес он, — иди немедленно со мной!

Слегка удивившись, я проследовал за Кузьминским до дверей его кабинета.

— Что она там делает? — отчего-то шепотом поинтересовался Сергей Петрович и толкнул створку. — Иди глянь, у меня сильно болит голова!

Ощущая необъяснимое беспокойство, я шагнул в кабинет и увидел Анну, сидевшую за огромным письменным столом. Одетая в темно-синий велюровый халат, она, казалось, спала. Растрепанную голову положила на руки. Я хотел бы поверить тому, что Анна внезапно заснула, но этому мешала мысль: за каким чертом она решила отдохнуть в кабинете Сергея Петровича, да еще в столь неудобной позе, скрючившись? В доме полно диванов, кроватей и на худой конец мягких кресел.

Я медленно приблизился к ней и увидел, что перед Анной лежит опрокинутая чашка, в которой был кофе. Темно-коричневая лужица растекалась по зеленой кожаной столешнице. Я удивился. Надо же, как много кофе! Чашечка выглядит небольшой, примерно на сто миллилитров. Но внезапно сообразил: лужа — это не любимый напиток инков, а застывшая, подернувшаяся пленкой кровь, кофе там совсем мало. А спустя мгновение взгляд остановился на блестящих колечках, торчащих из шеи несчастной. Ножницы!

Надеюсь, вы меня не осудите, если признаюсь, что с огромным трудом я устоял на ногах.

Отец в детстве мне внушал:

— Ваня, мужчина всегда должен сохранять трезвую голову, в любой момент, в самой экстремальной ситуации. Учись владеть собой, это умение может сохранить тебе жизнь. Ну представь, что оказался в толпе, среди потерявших рассудок людей. Человеческая масса несется, давя упавших. Никогда нельзя поддаваться стадному чувству, уйди в сторону, остановись, оглянись и постарайся трезво оценить ситуацию: может, следует бежать совсем в противоположном направлении?

Но сейчас все навыки стремительно покинули меня. Я отступил назад, споткнулся о ковер и чуть не упал.

— Что с ней? — абсолютно спокойным голосом поинтересовался Кузьминский.

— У Анны в шее ножницы, — пробормотал я и поднял глаза на портрет Глафиры.

И едва сдержал крик. На картине сияло пятно, отчего-то синее. Сергей Петрович сделал шаг вперед, покачнулся, вытянул одну руку, вторую приложил к затылку и медленно сделал второй шаг. Я стоял, окаменев, словно жена Лота, молча наблюдая за происходящим и не имея никакой возможности пошевелиться. Ноги стали словно каменные, тело налилось свинцом.

Кузьминский, шатаясь, прошел по кабинету пару метров, потом, коротко всхлипнув, широко открыл глаза и осторожно, словно нехотя, сполз на ковер. Меня отпустил столбняк, и я кинулся к Сергею Петровичу. Он лежал на спине, изо рта стекала струйка слюны. Я совсем растерялся — не знал, что делать, но тут неожиданно из холла донесся веселый голос Беллы:

— А почему у нас окно в гостиной разбито? Эй, папа, ты где? Мы приехали!

Я выбежал в коридор, плотно закрыл дверь и схватил телефон. Сначала следует позвонить в «Скорую». Анне уже не помочь, а Сергей Петрович еще жив и нуждается в помощи.

Проводить ночь без сна стало моим хобби. Сначала в дом приехал доктор. Предварительный диагноз не утешал — инсульт. Кузьминского со всеми предосторожностями поместили на носилки и увезли. Затем явилась милиция. Белле и Кларе врач вкатил по успокоительному уколу, и одурманенные девочки крепко спали в мансарде на огромной кровати Беллочки. Я же, наглотавшись валокордина, тупо отвечал на вопросы Макса, радуясь, что рядом ближайший друг, а не посторонний мент.

— Значит, дом был закрыт? — вопрошал Воронов.

— Да.

— Все двери? На ключ?

— Да. Поэтому Кузьминский разбил стекло.

— Зачем? Разве он не мог отпереть замок снаружи?

— Мог, — бормотал я, — конечно, мог.

— И почему разбил окно?

— Анна закрылась изнутри на крючки.

Макс взъерошил и без того лохматые волосы.

— Когда вы вошли, в доме никого не было?

— Не знаю, я сразу отправился к себе в спальню, но думаю, что нет.

— Почему? Вдруг убийца прятался в комнатах или кладовках? Тут же до черта укромных уголков.

Внезапно ко мне вернулась способность мыслить логически.

— Понимаешь, участок Сергея Петровича обнесен кирпичным забором, по верху которого натянута колючая проволока. Через нее пропущен ток.

Макс поднял брови.

— Вот оно как!

— А через равные промежутки по периметру забора встроены видеокамеры, транслирующие изображение на пульт охраны. Охранники великолепно знают всех живущих в поселке, посторонних они ни за что не пропустят.

— Слышь, Максим, — сунулся в столовую незнакомый мне мужик, — глянь, записка!

Приятель молча уставился на смятый клочок бумаги.

— Ну-ну, — пробормотал он наконец.

— Что там, — занервничал я, — что?

— «Я приняла это решение сама», — озвучил текст Воронов, — и подпись: «Анна».

— Самоубийство, — выдохнул я, — так я и думал.

— Да? — скривился Макс. — Позволь узнать ход твоих мыслей.

— Даже если предположить, что ее убили, — ответил я, — хотя, честно говоря, я не понимаю мотива. Анна была бедной...

— Живя в таком доме? — ухмыльнулся Макс. — Нищенка в бриллиантовом ожерелье!

— Именно так! Анна была у Кузьминского в приживалках, личных средств она не имела, никакого корыстного расчета у убийцы быть не могло.

— Любовник? — отрывисто поинтересовался Макс. — Иногда бабы надоедают мужикам, и те принимают экстремальные решения.

— Не знаю, — растерялся я, — она не походила на женщину, менявшую мужчин. Казалась влюбленной в своего мужа, постоянно говорила о его гениальности... Но даже если и предположить, что у Анны имелся еще один мужик, то каким образом он отсюда удрал? Нет, она покончила с собой. Заперла двери, опустила крючки, и все!

— Зачем нарисовала пятно на портрете? Почему синее?

— Думаю, это не она.

— А кто?

— Понятия не имею, — в сердцах воскликнул я, — тот, кто бродил по дому в платье Глафиры. И правда — отчего оно синее?

— Просто натуральная чертовщина, — протянул Макс.

Глава 21

Разрешите мне не описывать здесь свой визит к паспортистке! Ей-богу, после треволнений вчерашнего дня и полубессонной ночи у меня просто нет на это сил. Сжимая в руке справку, добытую ценой почти нечеловеческих усилий, я порулил к Норе.

— Просто натуральная чертовщина, — заявила она, выслушав мой рассказ.

— Макс того же мнения, — вздохнул я.

Элеонора развернула кресло, подкатила к столику, налила себе рюмку коньяка и сердито сказала:

— Итак, что мы имеем? Кузьминский нанимает детективов якобы для поисков денег, но мы, учитывая разорванного в клочья игрушечного поросенка, знаем, что милейший Сергей Петрович обманул нас. Дело не в долларах, а в какой-то маленькой штучке, которую он либо не мог, либо не хотел отыскать сам. Так, едем дальше...

Не успел ты попасть в дом, как там началась череда совершенно невероятных событий. Знаешь, эта история с пятном, то появляющимся на картине, то исчезающим, могла бы выглядеть смешной, кабы не три жертвы: Катя, Маргарита и Анна.

— Рита пока жива, — напомнил я.

— Именно что пока, — хмыкнула Нора, — она в коме, подключена «к розетке». Конечно, случается, что подобные больные приходят в себя, но чаще всего они погибают. От неподвижности начинается воспаление легких, отек... Право, не знаю, что лучше: существовать растением или умереть. Я бы предпочла первое.

Я посмотрел на хозяйку. Очень хорошо знаю, что больше всего на свете Элеонора боится собственной беспомощности и зависимости от других людей. Она потратила огромные деньги, оснастив дом всевозможными новомодными приспособлениями, чтобы, будучи полупарализованным инвалидом, самостоятельно пользоваться ванной и туалетом. А еще она в состоянии одеться без посторонней помощи. Тот, у кого дома имеется родственник с параличом нижней части тела, знает, какой это подвиг.

— Первой покончила с собой Катя, — Нора продолжала размышлять вслух, — и вроде все объяснимо: девочка с нестабильной психикой, почти олигофрен. Первая любовь, первое предательство. И вот результат! Но знаешь, что странно?

— Ну? — спросил я.

— Помнишь, ты рассказывал мне, что ее тело лежало в кабинете перед портретом?

— Да.

— Пальцы правой руки Кати были испачканы краской. Почему?

— Ну она решила намалевать пятно на портрете.

Немотивированный поступок психически неуравновешенного человека.

— А теперь вспомни другой свой рассказ!

— Какой?

— Ты пришел к Кузьминским и впервые попал за стол.

Я кивнул:

— Да.

— Хорошо, идем дальше. Изучим трапезу в деталях.

— Я сел к столу, и они мигом начали ругаться.

— Нет, подробнее. Итак, ты устроился, взял прибор...

— Тут появилась Катя с блюдом, на котором лежали котлеты.

— Впечатление, которое произвела на тебя девица?

Я пожал плечами.

— Показалась неумелой горничной.

— Почему?

— Ну... она неправильно подавала на стол.

— Объяснись.

Я тяжело вздохнул. Нора хочет проверить мои знания этикета? Ладно, пусть слушает.

— Лакей или горничная, прислуживающие за столом, ведут себя одинаково. Подходят к каждому гостю с правой стороны и, держа в левой руке блюдо, предлагают: «Пожалуйста, горячее».

Вы выбираете кусок и...

— Дальше!

Я пожал плечами.

— Все! Вам кладут еду на тарелку...

— Какой рукой?

— Правой, конечно, — я удивился идиотскому вопросу, — в левой официант держит блюдо.

— А Катя?

— Она все сделала не так, — покачал я головой, — подходила ко всем слева, держа поднос на правой руке, мясо раскладывала левой, очень неловко. Мой кусок упал на скатерть. Минуточку!!!

— Дошло наконец, — ухмыльнулась Нора, — доехало, словно до жирафа! Катерина-то была левша, поэтому и обносила гостей не по правилам!

— Но тогда она никак не могла рисовать пятно правой рукой!

— Вот! О чем и речь! Меня, кстати, сразу «зацепил» твой рассказ про неловкую горничную. Но лишь сегодня ночью я сообразила, что насторожило меня в этой истории. Катю убили. Потом убийца нарисовал пятно и испачкал девушке пальцы краской. Но он от волнения то ли забыл, то ли вообще никогда не обращал внимания, что девушка левша. И кто, а главное, зачем убирает женщин?

— Анна покончила с собой.

— Нет.

— Но она оставила записку!

— Интуиция мне подсказывает: дело нечисто.

Да уж, женская интуиция — такая штука, с которой не поспоришь. Самый веский аргумент Элеоноры: «Мне так кажется. Внутренний голос подсказал».

— Нора, — я постарался воззвать к ее уму, — но на дверях были опущены крючки! Это можно сделать лишь изнутри.

Хозяйка отмахнулась:

— Ерунда! Знаешь, что мне кажется?

— Что? — безнадежно поинтересовался я.

Ну какая еще славная идея пришла в ее набитую фантазиями голову?

— Всех троих убил один человек, — стукнула кулаком по подлокотнику кресла Нора.

— Зачем?

— Пока не знаю, хотя вопрос поставлен неправильно, следует спросить: «Почему?»

— Почему? — эхом повторил я.

— Очевидно, они все знали нечто... этакое... пугавшее данную личность! Ты не догадываешься, кто она?

— Нет.

— Либо Валерий, либо Кузьминский, — вздохнула Нора, — и я склонна думать, что автор затеи Сергей Петрович... Пришла мне в голову одна идейка...

— Какая?

— Знаешь, зачем он поселил тебя к себе? Теперь есть ответ на вопрос. Только давай сразу условимся: денег у него никто не крал! Сергей Петрович решил использовать нас, вернее, тебя как болвана.

Внезапно мне стало обидно.

— Конечно, может, я и не отличаюсь особым умом, но и на идиота не похожу.

— Болван — это не кретин, — радостно пояснила Нора. — Иногда охотники ставят в лесу что-то типа чучела, привлекая таким образом кабана. Увидит дикая свинья якобы своего сородича, полюбопытствует, подойдет поближе и... ба-бах! Вот Сергей Петрович и решил поохотиться с болваном. Ты должен был выполнять роль свидетеля, говорить милиции о его алиби, понял? Он убил Анну и приволок тебя в кабинет с одной целью, чтобы ты потом сообщил следователю: «Кузьминский от ужаса упал в обморок. Он вместе со мной колотился в дом и не мог попасть туда». Сергей Петрович обвел тебя вокруг пальца.

Я окончательно растерялся.

— Но у Кузьминского инсульт!

— И откуда это известно? — прищурилась Нора.

— Доктор вчера высказал такое предположение.

Элеонора ядовито прошипела:

— Да уж, на «Скорой помощи» сплошь работают гениальные диагносты! Да они умеют лишь давление мерить! Когда у человека инсульт, его парализует и речь пропадает, а я сегодня звонила в клинику и узнала интересные подробности: у Сергея Петровича речь в порядке и руки-ноги великолепно работают! Его лечащий врач говорит лишь о гипертоническом кризе.

Я не нашел нужных слов, а Нора продолжала нестись дальше, закусив удила:

— Что было известно этим трем, а? Какой информацией они владели? Думается, Анна и Маргарита, две сестры, знали нечто из прошлого Кузьминского. А Катя случайно подслушала их разговор. Так! Ваня, срочно меняем все планы! Ты начинаешь копаться в жизни Анны и Риты. Начинай с первой, разрой все: где училась, каких любовников имела, что у нее на работе... Потом такие же сведения придется собрать о Рите. Где-нибудь мы найдем узелки. У них имеется общая тайна. Думаешь, почему Анна, Валерий и Клара живут вместе с Сергеем Петровичем?

— Он пригрел бедных родственников, которые

погибали от голода, — напомнил я, — совершил благородный поступок.

Нора скривилась:

— Любезнейший Иван Павлович, ты существуешь в собственном мире по своим законам, а вокруг волчья стая. Имей в виду, такой успешный, удачливый бизнесмен, как Сергей Петрович, не может быть жалостлив. Бизнес — жестокая штука, нужно уметь недрогнувшей рукой утопить конкурента, даже если он приходится тебе братом, сватом или сыном.

— Как хорошо, что у меня нет собственного дела, — ляпнул я.

— Просто отлично, — кивнула Нора, — ты бы и пятнадцати минут на рынке не продержался, а Кузьминский варится в ведьмином котле давно. Он один раз пережил разорение, вновь взлетел... Кстати, где он взял денег на раскрутку дела? Ведь первый раз прогорел вчистую!

— Вроде он продал недвижимость.

— Вот с этого момента и начинай поиски, — велела Нора, — сдается мне, там собака зарыта. Держи телефончик, позвони дядечке.

— Кто он такой? — удивился я.

— Шаркин Леонид, — пояснила Нора, — корреспондент журнала «Столп бизнеса». Леня знает о мало-мальски успешных людях все. С ним очень просто, он живет за счет торговли информацией. Назовешь ему фамилию и получишь за определенную мзду бездну сведений об интересующем тебя лице.

Я взял бумажку и набрал номер.

Нора оказалась права. Неизвестный мне Леонид, обладатель густого баса, пророкотал:

— Кто стучится в дверь мою?

— Разрешите представиться, — вежливо сказал я, — Иван Павлович Подушкин, секретарь Элеоноры... Мы с вами незнакомы, но...

— А вот тут ошибаетесь, дражайший Иван Павлович, — перебил меня Леонид. — Впрочем, скорей всего мы лично не встречались, но мне про вас многое известно.

— Что, например? — изумился я.

Леня хохотнул:

— Так, общая информация. Вы — сын известного советского писателя Павла Подушкина, сами закончили Литературный институт и пописывали стишата. Имеете на руках престарелую маменьку и работаете у глубоко мною уважаемой Элеоноры. Кстати, она недавно открыла частное детективное агентство «Ниро», Нора богатая женщина и может позволить себе выбрасывать деньги на ветер. Так какую информацию вы хотите? О ком?

— Меня интересует Сергей Петрович Кузьминский.

— А-а-а... есть такой, — протянул Леонид, — и что надо?

— Все.

— Все так все, — не удивился парень. — Значитца, так, сейчас по сусекам поскребу, по амбарам помету, найду, что имею. А вы извольте прибыть в двадцать три ноль-ноль в ресторан «Глобо», там и потолкуем. Надеюсь, знаете, где расположено сие сакральное место?

— Да, — вздохнул я.

«Глобо» больше клуб, чем ресторан, впрочем, поужинать вы там вполне можете. Но в основном туда ходят, чтобы попить кофе, поесть пирожных и посмотреть стриптиз. Только не подумайте, что я являюсь почитателем танцев у шеста. Мне зрелище медленно раздевающейся девицы внушает зевоту.

Во-первых, простите, милые дамы, но вы все одинаковы. Лично мне ни разу не попалась особь, ну, допустим, с квадратной грудью или одной ногой, растущей из середины «мадам Сижу». В свои сорок лет я великолепно знаю, что скрывается под переливающимся купальником.

Во-вторых, к сожалению, все стриптизерки, которых я видел, обладали каким-нибудь дефектом. У одной чернело родимое пятно, у другой имелся шрам, третья пыталась запудрить прыщи на спине.

Любой мужчина скажет вам банальную истину: совершенной красоты нет. Женщина, облаченная в вечернее платье и при полном макияже, выглядит, как правило, превосходно. Но, очутившись с красоткой наедине, когда она умоется и разденется, вы можете жестоко разочароваться.

Отчего я бываю в «Глобо», если не люблю стриптиз? Хороший вопрос. Здесь обожала проводить время Жанна. Номера с раздеванием в клубе чередуются: две девушки, потом два юноши, следом вновь девицы, а за ними опять те, кого мой язык с трудом называет мужчинами. Жанна же заводится при виде очередного «мачо» в трусах, у которых вместо задней части натянута нитка. Пару раз, когда любовница тащила меня в «Глобо», я пытался сопротивляться, но, увы, безрезультатно!

Посмотрев на часы, я решил использовать свободное время с толком и отправился в милицию.

Наверное, не следует рассказывать, что я снова оказался в хвосте длиннющей очереди. Но на этот раз я был готов к такой ситуации и припас книгу, криминальный роман Дороти Сейдерс. Мне нравится ее главный герой, сыщик-любитель лорд Питер Уимзи. Ну вот, скажете вы, опять детектив! Всему свое место, господа. В криминальном чтиве нет ничего плохого, просто не следует читать только одни детективы. Но в метро, в самолете, поезде вы же не станете читать произведения тех, кто вошел в шорт-лист Букеровской премии. Да и не надо этого!

И еще я сделал для себя одно открытие: некоторые дамы талантливы, к примеру, Татьяна Устинова. Впрочем, у меня есть некоторые сомнения по поводу того, кто автор книг, на обложках которых стоит простая русская фамилия «Устинова». Отчего-то мне кажется, что это псевдоним мужчины. Уж очень хорошо написаны книги, без всяких ляпов и нелогичностей.

Сейдерс не разочаровала, я спокойно провел перед дверью три часа и вновь очутился перед угрюмым капитаном.

Он оглядел гору бумажек и мрачно осведомился:

— И где квитанция? На пошлину?

— Вы мне ничего не говорили о ней! — возмутился я.

— Ага, — мент нахмурился еще больше, — а то я идиот! По сто раз на дню людям одно и то же твержу. Вы просто забыли.

— Да нет же! Вы ничего не сказали о пошлине.

— Я идиот, да?

— Ну, не знаю...

Капитан разинул рот, помолчал, потом рявкнул:

— Следующий!

В кабинет мигом влетела потная тетка и заголосила:

— Степан Аркадьевич, у нас...

— А со мной что будет? — возмутился я.

— Несите квитанцию, — ответил Степан Аркадьевич и потерял ко мне всякий интерес.

Я вышел из кабинета, взбешенный до крайности. Видали? Это опять ехать в сберкассу, затем снова терять несколько часов в очереди! Ну отчего нельзя вывесить на стене список необходимых документов!

Глава 22

Не успел я войти в «Глобо», как ко мне подошла хорошенькая официанточка в розовой мини-юбочке.

— Вы Иван Павлович?

— Как вы догадались? — удивился я.

Девчонка захихикала:

— Я ваще волшебница! Еще не то могу!

Ее быстрые глазки пробежались по моему пиджаку, брюкам, потом задержались на ботинках.

У каждого человека есть слабости, моя — обувь. Если к костюму я предъявляю самые простые требования, то обуваюсь только в высококлассные штиблеты. Понимаю, что это суетность и даже некоторый нарциссизм, но ничего поделать с собой не могу. Ботинки у меня исключительно из натуральной кожи, самого модного вида. И еще я терпеть не могу, если на них попадает грязь, поэтому всегда имею при себе маленькую губку. Очень удобно — перед тем как собрались позвонить в чужую квартиру, быстренько смахиваете с носов «следы города» и появляетесь в приличном виде.

К слову сказать, хорошие ботинки стоят очень недешево. Я — человек разумный, отнюдь не транжира, но во мне все-таки есть кое-что от Николетты. Наверное, поэтому, не поморщившись, я отдал за свои летние туфли четыреста долларов. Впрочем, может, маменька тут и ни при чем. Мой отец к каждому костюму имел отдельные штиблеты. Это в советские-то времена, когда у подавляющего большинства мужчин были лишь сандалии, осенние и зимние «скороходы». Очень хорошо помню, как отец перед выходом из дома начинал чистить обувь. Это было настоящее священнодействие. Самый громкий скандал между родителями произошел, когда Николетта увидела, что муж, приехавший из Лондона, вынимает из чемодана банки с кремом для обуви.

— Тебе не подходит обычный гуталин! — орала маменька. — Вон, у метро, у чистильщика в будке его полно! Додумался! Везти из Лондона! На такую дрянь валюту потратил!

Я молча шел за девицей в мини-юбочке. Кокетка, очевидно решив, что новый посетитель сражен наповал ее неземной красотой, прошептала:

— Если хотите, могу для вас приватный танец исполнить, в отдельном кабинете!

Я улыбнулся дурочке, а она, поняв, что ошиблась, надулась и сердито произнесла, ткнув пальчиком в столик, спрятавшийся между двумя колоннами:

— Вас там ждут. — И исчезла.

Высокий полный мужчина встал, протянул руку и пробасил:

— Леонид.

— Иван, — ответил я, опустив отчество.

Посчитав церемонию знакомства законченной, Леонид отрывисто бросил:

— Деньги?

Я подал ему конверт. Он заглянул внутрь, потом, совершенно не стесняясь, пересчитал ассигнации и кивнул:

— Все в порядке.

— Вы ожидали обмана? — не утерпел я.

— Всякое случается, — хмыкнул Леня, — лады. Значит, Кузьминский — мальчик из обеспеченной семьи. Мать была психически больна, шизофрения, она рано умерла, сыну тогда едва исполнилось двенадцать. Отец, доктор наук, женился во второй раз, но, бывает же такое, вновь на шизофреничке. Вторая жена Петра Фадеевича, Варвара, покончила с собой перед портретом первой, отсюда родилась легенда...

— Знаю про пятно, Глафиру и Варвару, — перебил его я.

Леня вскинул брови, потом кивнул:

— Хорошо! От второго брака у Петра Кузьминского осталась дочь.

— Как? — подскочил я. — Насколько помню, девочка по имени Лисочка была не родным ребенком Петра Фадеевича.

— Да, — подтвердил Леонид, — но он ее официально удочерил, а после трагической кончины Варвары, второй супруги, сдал девочку в детский дом. Не слишком благородный поступок, но, в общем-то, понятный. Девчонка была родной лишь на бумаге, а дома есть собственная кровиночка, сын Сережа. Больше Кузьминский так и не женился, прожил вдовцом. Умер он давно, оставив сыну квартиру и собрание редких книг.

До перестройки сын, Сергей Петрович, мирно прозябал в «КосмосНИИпромлетмаше».

— Где? — удивился я.

— В «КосмосНИИпромлетмаше», — повторил Леонид, — а что вас так поразило? Многие из нынешних богатых людей при коммунистах были скромными научными работниками с окладами в полторы копейки.

— Нет, нет, — быстро сказал я, — ничего странного тут нет.

Кроме одного, о чем не знает Леонид. Валерий-то, пока не украл «елочные» деньги, просиживал брюки именно в «КосмосНИИпромлетмаше».

— Значит, — спокойно продолжал дальше Леонид, — до определенного времени Кузьминский живет как все, но потом в стране начались стихийные перемены, и Сергей не захотел остаться в стороне. Он продал раритеты из отцовской библиотеки, обрел таким образом стартовый капитал и, как многие, начал торговать куриными лапами, однако безуспешно. Поняв, что сделать на окорочках богатство не получится, схватился за хозтовары, затем попытался ввозить из Польши мебель. Два года Сергей Петрович кувыркался в болоте, но в результате прогорел дотла.

Леонид отпил из бокала минеральную воду и продолжил:

— Всех современных успешных бизнесменов отличает одно общее качество: упав ниже плинтуса и разбив себе морды в кровь, они утерлись и начали заново карабкаться вверх. Те, кто испугался, отступил, остались ни с чем, но Кузьминский был не из таких. Он продал квартиру, машину, въехал в коммуналку и основал риэлторское агентство. И вот тут ему попер фарт, Сергей Петрович едва успевал снимать толстую пенку, как она набегала вновь. Ныне он — владелец огромного холдинга, очень богатый, успешный, уважаемый человек.

Леня снова остановился, приложился к фужеру и приступил к следующей части повествования:

— С личной жизнью у него не так хорошо. Кузьминский давно женился на Маргарите Головиной, своей соседке. После смерти второй супруги, Варвары, его отец Петр Фадеевич поменял «несчастливую» квартиру, в которой умерли обе его жены, на новую, въехал в не самый лучший дом в непрестижном районе. Он, очевидно, поторопился избавиться от тягостных воспоминаний и вселился в первую попавшуюся «фатеру». Головины, семья из четырех человек: мать, две дочери и тетка, — оказались его соседями по лестничной клетке. Сережа старше Риты на два года, Анна на два года младше сестры. Вот с тех пор и началась у них с Ритой любовь, впрочем, она была омрачена всякими неприятностями. Году эдак в... ну точно не скажу, в начале восьмидесятых, Анна и Рита, до тех пор неразлучные, поругались. Да так, что перестали встречаться и разговаривать. Анна вскоре после ссоры благополучно вышла замуж, родила дочь, но злые языки, в том числе и Ванда Львовна, утверждали, что Анна просто вешалась на шею мужу своей сестры. Наверное, охота удалась, и Рита застала любовников. К сожалению, более точных сведений не приведу, но, думается, дыма без огня не бывает!

— Кто такая Ванда Львовна? — удивился я.

Леня вытащил сигареты, чиркнул дорогой золотой зажигалкой и объяснил:

— Женщина, которая вела хозяйство у Кузьминских.

Петр Фадеевич, человек не бедный, имел прислугу. Одна, простая баба, была нанята для грязной работы, полы помыть, белье постирать, картошки купить. А Ванда Львовна вела хозяйство, вот уж кто может о Кузьминских все рассказать!

— Она жива? — изумился я.

— Почему бы нет? — усмехнулся Леонид.

— Но Петр Фадеевич давным-давно умер, столько лет прошло!

— Эй, дорогуша, — собеседник позвал одну из девиц, бегавших с подносами, — ну-ка притащи нам капуччино.

— Мне лучше простой эспрессо, — попросил я официантку.

Леонид снова закурил и менторским тоном заявил:

— Одна из ошибок людей, не занимающихся так, как я, профессионально сбором информации, состоит в том, что вы говорите себе: «Ну нет! Никаких свидетелей не осталось, давно дело было, все умерли». В большинстве случаев подобная позиция не верна. Сергею Петровичу едва за шестьдесят, а Ванде Львовне нет еще и восьмидесяти. Она бодра, активна, в полном разуме, могу за отдельную плату дать все ее координаты.

Я вновь достал кошелек. Для подобных случаев Нора приказывает мне всегда иметь при себе запас денег.

Спрятав очередную мзду, Шаркин продолжил:

— Тогда супруги помирились, но Анна и Маргарита больше не встречались. После разорения Сергея Петровича его жена проявила себя крайне благородно, она не протестовала, когда муж продавал нажитое, чтобы начать подъем к новым высотам бизнеса. Но Кузьминский не оценил благородства жены и... завел любовницу — Иру Реутову, смазливенькую девицу. Маргарита уехала в командировку, а муженек привел пассию в их нищую обитель. Тысячам неверных мужей подобное поведение сходит с рук, но Сергею Петровичу фатально не везло. Едва он с Ирочкой устроился на скрипучей софе, служащей им с женой супружеским ложем, как в комнату вошла Маргарита, поторопившаяся выполнить в командировке всю работу не за неделю, а за пять дней. Дурочка думала обрадовать мужа, а что вышло!..

Леонид усмехнулся и занялся капуччино. Я положил в эспрессо сахар и осторожно попробовал напиток — вроде ничего. Милые дамы, никогда не старайтесь преподнести сюрприз мужу, даже если абсолютно убеждены в его верности. Во-первых, уж поверьте мне, совершенно безгрешные мужчины встречаются столь же редко, как зеленые вороны. Во-вторых... Нужны вам лишние волнения? О чем не знаете, о том душа не болит. Поэтому, собираясь раньше намеченного времени заявиться домой, не поленитесь позвонить и предупредите мужика о приезде.

Вот Маргарита не соблюла сие простое правило, и каков результат? Пришлось взять вещи, дочку и уйти от супруга.

Официально Маргарита и Сергей Петрович считаются женатыми, развод они не оформляли. Более того, похоже, что Кузьминский до сих пор лелеет надежду воссоединиться с супругой, несмотря на то что Рита, очевидно, чтобы отомстить, пустилась во все тяжкие: начала заводить любовников намного моложе себя. Последний — Павел — вообще годится ей в сыновья. Кузьминский же ведет почти праведный образ жизни, лишь изредка запуская в свою постель баб. Потом, непонятно почему, он поселил у себя в доме Анну, ее мужа Валерия и их дочь Клару. Языки замололи с новой силой, люди тут же припомнили, что Анна якобы была любовницей Сергея Петровича...

Кстати, Маргарита, убежав от мужа, весьма преуспела в бизнесе. У нее теперь агентство, организующее концерты эстрадных знаменитостей. Но поговаривают, что встать на ноги оскорбленной супруге помог Кузьминский.

— Откуда вы столько о нем знаете? — удивился я.

Леонид осторожно поставил на блюдечко чашку.

— Это мой бизнес — все обо всех знать. Иногда на такие тайны наткнешься! Лишь диву даюсь, у людей столько секретов, больших и маленьких, мне еще ни разу не встретилась личность, не имеющая в прошлом неблаговидных поступков. Главное, докопаться до них.

Внезапно мне стало противно. Подавив желание

мгновенно покинуть клуб, я посидел еще несколько минут, потом откланялся и ушел.

Уже в машине, включая радио, я призадумался. Может, и лучше, что я не женился? Во всяком случае, делаю что хочу и не должен постоянно врать женщине, живущей со мной. Дети... Ну, в конце концов, сына или дочь можно заиметь и без оформления отношений, хотя, на мой взгляд, ребенок — это очень большая ответственность. Если с постылой женой можно худо-бедно разбежаться, то куда деться от собственного отпрыска? Да и дети страдают, оставшись без полноценной семьи. Лично я в детстве очень боялся, что отец когда-нибудь, доведенный до бешенства, крикнет Николетте: «Все, развод» — и уедет.

Хотя нынешние дети другие. Недавно Коля Шангалов рассказал замечательную историю. Он поздно женился, родилась девочка, Машенька, и Шангалов был счастлив безмерно. В отличие от меня он ежедневно ходит в присутствие, утром ему следует быть в конторе в девять. Так вот, у него сломался будильник, и Николай, вместо того чтобы вскочить в семь, мирно почивал до десяти, пока в квартире не раздался телефонный звонок обозленного начальника.

Николай вскочил и в страшной спешке начал одеваться. Как всегда в подобных случаях, бесследно испарились нужные вещи: галстук, зажигалка, записная книжка, ключи от машины. Супруга летала по квартире, собирая мужа, а маленькая пятилетняя дочка спросила:

— Папа, почему ты так сердишься? Зачем кричишь на маму?

Николай осекся, проглотил очередной вопль и ответил:

— Меня сейчас на работе убьют!

— Да, — покачала прелестной кудрявой головой малютка, — плохо! Вот что, мама, когда папа уедет, ты иди в соседнюю квартиру, там дядя Паша живет! Нам-то без папы плохо будет, кто мне игрушки покупать станет? Надо тебе с новым папой познакомиться!

Николай с женой замерли и потом долго не знали, как поступить. Дать дочери подзатыльник? Провести с ней беседу о любви к родителям? Лишить сладкого?

После того как друг рассказал эту историю, мое и без того шаткое желание иметь любящих деточек окончательно улетучилось. Хотя, может, это только с Николаем случилась незадача? Он вообще человек «исторический», как Ноздрев[1], все время попадает в истории.

Очень хорошо помню, как много лет тому назад к Николетте в слезах прибежала Ираида Семеновна, матушка Николя, и запричитала:

— Сын страшно заболел!

Мы с мамой ужасно испугались. Здесь стоит упомянуть, что Николай в тот год служил в армии, он закончил школу чуть ли не с двойками, и обозленный отец палец о палец не ударил, чтобы пристроить сыночка-балбеса в вуз.

---

[1] Ноздрев — один из героев произведения Н.В. Гоголя «Мертвые души».

Естественно, Ираида Семеновна полетела в далекий город Мары, куда упекли сына. Оттуда она вернулась злая до невозможности. Ситуация прояснилась, Николя чувствовал себя прекрасно, если это можно сказать об избалованном мальчике, вынужденном чистить картошку в точке под названием Мары. Просто он напрочь забыл о родной матери, а когда вспомнил, то сообразил, что не писал домой уже месяца три.

Коля, которому из-за хронически плохого поведения практически никогда не давали увольнительную в город, поймал у ворот своего однополчанина узбека Тахира Узарова и попросил:

— Будь другом, отправь моим телеграмму.

Плохо говорящий по-русски Тахир кивнул:

— Чего писать-то?

— Ну, — велел Николай, — очень просто. Сообщи им, что я пока жив, а подробности сообщу в письме.

Старательный Тахир дотошно выполнил просьбу, отправил депешу: «Николай Шангалов пока жив. Подробности письмом».

Неожиданно я улыбнулся: боже, как это давно было, целая жизнь прошла. Ну отчего наш век столь быстротечен? Из раздумий меня вытащил телефонный звонок. Когда аппарат взвыл, словно голодный волк, я от неожиданности боднул головой ветровое стекло. Господи, никак не привыкну к этому жуткому звуку.

— Ну! — воскликнула Нора. — И что?

Я вкратце изложил ей ситуацию.

— Замечательно, — одобрила хозяйка, — едешь к этой Ванде Львовне.

Глава 23

Набрав номер, я услышал бойкий девичий голосок:

— Алле.

— Позовите Ванду Львовну, — попросил я и приготовился к тому, что девочка заорет: «Бабуся, тебя».

Но совершенно неожиданно из трубки донеслось:

— Слушаю.

Я закашлялся и повторил просьбу:

— Мне нужна Ванда Львовна!

— Говорите! — звенел дискантом бодрый, молодой голос.

— Э... разрешите представиться, Иван Павлович Подушкин, представитель издательства «Миг».

— Ах, ах, ах, — запричитал голосок, — слушаю.

— Верна ли дошедшая до нас информация о том, что вы собираетесь написать книгу воспоминаний? Если да, то мы хотим купить права.

— Ох, — захлебнулась Ванда Львовна, — конечно, приезжайте.

— Можно сейчас?

— Лучше к девяти, — понизила голос старушка, — никого не будет дома.

Я сунул ключ в замок зажигания и повернул его. Мотор ровно заурчал. Понимаю, как вы удивлены и теряетесь в догадках: ну отчего мне в голову пришла мысль про издательство?

Когда, простившись с Леонидом, я уже направился было к машине, информатор бросил мне в спину:

— Ванда Львовна вздорная старуха, она не захочет общаться с вами.

Я притормозил и обернулся.

— Вы полагаете?

— Абсолютно точно знаю, — ухмыльнулся Леонид, — даже и не пытайтесь к ней подъехать. Впрочем, если не пожалеете денег, могу научить, как ее обаять.

Я спросил:

— Сколько?

— Двести баксов, — алчно воскликнул Леонид.

Любовно разгладив зеленые бумажки, он убрал их в портмоне и рассмеялся.

— Ванда Львовна мнит себя писательницей, кропает рассказики, переводит зря бумагу, сейчас пишет мемуары. Если назоветесь представителем издательства, готового купить ее труд, узнаете о Кузьминском все. Разговор следует построить так: запишите несколько вопросов, а дальше станете действовать по обстоятельствам...

Честно говоря, я не очень-то рассчитывал на благосклонность Ванды Львовны, но послушался Леонида и сейчас был вынужден признать: он свое дело знает. Старуха с голосом двадцатилетней девушки невероятно оживилась, услыхав о покупке прав. Ну что ж, издательский работник — это вполне привычная для меня роль, я ведь работал редактором в «толстом» журнале.

Я уже выруливал на проспект, когда телефон снова завыл. Я резко подал влево и чуть не столкнулся с «десяткой». Тонированное стекло опустилось, высунулась девица лет пятнадцати и рявкнула:

— Слышь, дедуля, ты козел! Поворотник-то есть?!

Вымолвив «ласковую фразу», она унеслась под рев неисправного глушителя своей тачки.

Я нервно рулил, слушая надрывный вопль сотового. Всегда исправно включаю «мигалки», но сегодня, вновь услышав звонок, напрочь забыл о предусмотрительности. Этот телефон просто с ума меня сведет своим воем, может, выбросить его, пока не заработал нервное расстройство?

Мобильник выл. Судя по настойчивости, это Николетта. И точно!

— Ваня, — заорала маменька, — быстро приезжай.

— Зачем? — осторожно осведомился я, поглядывая на часы — до девяти была масса времени.

— У меня сидит Антоша, — радостно тараторила Николетта, — он мечтает с тобой пообщаться! Скорей приезжай! Тут такой сюрприз!

Я поморщился. У моего отца была сестра Ксения. Антоша — это ее сын, мы с парнем одногодки, впрочем, не совсем так, он младше меня на одиннадцать месяцев. Если я кого и не люблю, так это его. Все мое детство прошло под завывания тетушки и маменьки:

— Антоша маленький, ты должен ему уступать.

А двоюродный брат беззастенчиво пользовался привилегированным положением младшего в семье и вел себя просто мерзко. Он расшвыривал мои игрушки, ломал поделки, исчеркивал ручкой книжки. А когда я пытался в честном кулачном бою выяснить отношения, тут же валился на пол и начинал рыдать.

Тетушка кидалась к сыночку, а маменька ставила меня в угол.

Когда мы пошли в школу, Николетта беспрестанно приводила мне в пример братца. «Антон не имеет троек. Он великолепно успевает по всем предметам. Тоша постоянно помогает маме. Антона обожают одноклассники, он талант, пишет картины. Ах, Тончик гениален! Ван Гог, Рубенс, Левитан — все вместе». В мой же адрес сыпались иные «комплименты»: «Вава! Ты опять принес двойку по математике, вот Антоша... Иван! Вновь раскидал вещи в комнате, посмотри на Тошу... Вава! Нельзя постоянно сидеть с мрачным видом в углу, у тебя совсем нет друзей, вон наш Антошик...»

Сами понимаете, почему к девятому классу я начал испытывать к двоюродному брату настоящую ненависть.

С возрастом острота ощущений пропала. Естественно, Антон не стал талантливым живописцем, он не выучился даже на простого художника. Наш подающий огромные надежды талант сидит на каком-то складе, короче говоря, работает кладовщиком. Деньги на похороны Ксении дал я. У родного сыночка не нашлось для погребения мамы ни рубля. Но все равно до сих пор мать постоянно ставит Антона мне в пример. Самую гениальную фразу Николетта произнесла несколько лет назад, когда никчемный племянничек разбежался с четвертой по счету супругой.

— Вот видишь! — назидательно заявила маменька. — Тоша уже в который раз разводится, просто молодец, а ты еще ни разу не женился.

Вы бы сообразили, как отреагировать на подобную филиппику? Я не сумел найти нужных слов!

— Немедленно приезжай, — стрекотала маменька, потом, понизив голос, добавила: — Знаю, что ты вредный, но Антоша, святая простота, расстроится, не увидев тебя! И потом, тут такое!..

К сожалению, я любопытен. Мне стало интересно, ну что еще выкинул милейший Антоша? И потом, если я сейчас откажу Николетте, она обозлится и до следующего визита противного братца будет меня шпынять.

Только не надо считать моего братца утонченным хлюпиком, умильно всхлипывающим при виде раненой птички. Я понимаю, что воображение уже нарисовало вам хрупкого белокурого юношу «со взором горящим». Увы, в действительности Антон при росте примерно метр семьдесят пять имеет вес более ста двадцати килограммов. Он не болен, просто, как все тучники, обожает поесть, в особенности то, что строго-настрого запрещает парню злой доктор: мучное, жирное, сладкое.

На мой взгляд, он выглядит чудовищно, но Николетта, которая каждый раз заявляет мне: «Вава, ты полнеешь, садись на диету», при виде Антоши умильно восклицает: «Ах, Тошенька, мужчина приятен, когда он корпулентный!»

При этом учтите, что я без малого ростом два метра и не набрал девяноста килограммов. Иногда мне кажется, что Антону следовало родиться у Николетты, а мне у Ксении. Тетка всегда хорошо ко мне относилась. Впрочем, тогда моим отцом был бы не Павел Подушкин, а Роман Кнышев, спившийся до полной потери личности полковник. Муж моей тетушки был хроническим алкоголиком — это одна из наших страшных семейных тайн. Роман рано умер и не успел, по выражению Николетты, «опозорить нас перед всеми друзьями». Я его практически не помню. В детстве мне вдолбили в голову, что Антон — несчастный мальчик, отец которого погиб на службе, выполняя очень важное задание. Правду уже в студенческие годы открыл мне отец после очередного скандала с маменькой. Кстати, отец содержал Ксению с Антоном, и многие годы подряд тетка с сыном проводила лето на нашей даче.

Прежде чем отправиться к маменьке, я зарулил в супермаркет и купил коробку дорогого шоколада «Линдт». Николетта обожает эти конфеты и, получив их, делается любезной. Для Нюши я приготовил шоколадку «Вдохновение».

Держа в руках шоколад, я позвонил и приготовился поднести его Нюше, но тут дверь распахнулась и на пороге возникла Николетта.

— Ваня! — взвизгнула она. — Антоша хочет познакомить нас со своей невестой... Что это у тебя? Я не ем такой шоколад!

Я протянул маменьке упаковку «Линдт» за восемьсот рублей, а «Вдохновение» положил на столик у зеркала. Интересно, куда подевалась Нюша? Обычно Николетта никогда сама не открывает входную дверь.

— Такая девушка, — тараторила маменька, пока я надевал тапки, — красавица, умница, богатая! Отец — академик!

Я молча возился со шнурками. Что ж, все правильно, дражайший Антон на своем складе зарабатывает копейки, придется тестю-академику, если он, конечно, не хочет, чтобы любимая дочурка окочурилась с голоду, содержать ее и зятя.

— Вот какой молодец, — размахивала наманикюренными пальцами Николетта, — а я даже умереть спокойно не могу. Да, уже пора позаботиться о душе, но только очередная смертельная болячка схватит меня за горло, как я тут же думаю: а кто же останется с Вавой? Вот и приходится дальше жить! Ну почему у тебя нет приличной, обеспеченной девушки? Отчего воротишь нос от всех, с кем я пытаюсь тебя знакомить?

Моя память услужливо перелистнула воспоминания о «невестах», и я брякнул:

— Вполне способен сам о себе позаботиться!

— А вот и нет! — топнула ножкой маменька. — Ты вечно попадаешь в идиотские ситуации.

Продолжая бурно возмущаться, она втолкнула меня в гостиную и, швырнув коробку «Линдт» нераспечатанной на журнальный столик, закатила глаза.

— Ах, смотри, что принес Тоша! Мои любимые!

Я заметил коробочку мармелада в шоколаде. И когда это Николетта успела полюбить глазированный мармелад российского производства? Спору нет, этот продукт, когда он не просрочен, весьма вкусен, только до нынешнего дня маменька отказывалась даже смотреть в его сторону.

— Здравствуй, Ваня, — прогудел Антон.

Я посмотрел на гору сала, возвышающуюся на диване. Похоже, братец еще больше растолстел, что никак не вяжется с его постоянными заявлениями о хроническом безденежье. Хотя, может, он пухнет с голода?

Помня слова отца о том, что светский человек никогда не позволит себе хамства, я с открытой улыбкой протянул руку двоюродному братцу:

— Рад встрече.

— Не лги, — отмахнулся Антон, — ты меня терпеть не можешь, уж не знаю почему. Но ничего, я не злобив и надеюсь, что рано или поздно и ты сменишь гнев на милость. Знакомься, Анжелика.

Тщедушное существо в балахоне из розового льна пропищало:

— Для своих просто Лика, какие церемонии между родственниками.

Я осторожно пожал ее вялую, бледную, влажную лапку.

Однако господь иногда бывает справедлив. В отношении Анжелики он проявил похвальное благодушие. У девушки нет, как говорится, ни кожи, ни рожи, зато имеется папа-академик, что уравнивает ее шансы на ярмарке невест с нищими красавицами. Впрочем, кое для кого богатая уродка-жена намного привлекательнее красотки, не имеющей ничего. Во всяком случае, Антона всегда манили толстые кошельки папаш его многочисленных жен. Правда, все его браки разваливались по одной причине. Папенька через какое-то время соображал, что содержать одну дочурку намного проще, чем кормить ее вместе с мужем-балбесом, и ничтоже сумняшеся Антошу выставляли за дверь.

— Анжеликочка работает с книгами, — тарахтела маман, — она человек искусства, посвятила жизнь литературе.

Я решил поддержать разговор и спросил:

— Вы редактор?

— Нет. — Девица кокетливо сложила бледные губки бантиком.

— Сами пишете? Наверное, стихи?

— Ну... пока нет, — изогнулась Анжелика и одернула сарафан. На мгновение перед моими глазами мелькнула плоская, покрытая веснушками грудь.

— А... а... — протянул я. — Вы издатель? Угадал?

— Я работаю в библиотеке, — сообщила Анжелика.

— Не в простой! — поднял вверх толстый, похожий на сардельку палец Антон. — А в научной. Ликуся трудится в НИИ.

Внезапно на меня снизошло озарение.

— А директором института является ее папа! Правильно?

Лика удивленно воскликнула:

— Как вы догадались?

Девица, очевидно, просто светоч знаний, раз папенька-начальник сумел пристроить ее в подведомственном ему учреждении лишь на должность библиотекаря. Похоже, так глупа, что даже не способна предстать на ученом совете в качестве диссертантки. Я очень хорошо знаю, что многие «генералы» от науки, изо всех сил стараясь помочь собственным детушкам, платят талантливым аспирантам, которые за три года успевают написать две работы: одну для себя, другую для «Митрофана». Основная сложность — это процедура защиты. Но и тут можно избежать мышеловок. Естественно, члены совета в курсе того, чье дитятко сейчас взберется на кафедру, «каверзные» вопросы, которые ему задают, «ребеночек» знает заранее, ответы на них он вызубрил дома.

Впрочем, не надо думать, что все «старейшины» куплены. Члены ученого совета, как правило, не берут денег, здесь иные расчеты. Иногда руководитель вуза собирает всех и говорит:

— Нам нужно новое оборудование для аудиторий. Защищаем сына Петрова и имеем столы, стулья и доски.

В такой ситуации профессора только молча кивают головами. Всем же понятно, что бюджетникам негде взять пиастры на ремонт здания, вот и приходится изгибаться в разные стороны.

Случается, что начальство действует по-другому. Приглашает к себе в кабинет профессора N и спрашивает:

— У тебя вроде внучка к нам поступает? Можешь не нанимать репетиторов, совсем обнаглели, сволочи, по пятьдесят долларов за занятие дерут, и никаких гарантий. Не переживай, своих детей всегда возьмем. Кстати, во вторник защищается сын Петрова, хороший мальчик, ты бы проголосовал «за». А насчет внучки не сомневайся. Друзьям помогать надо: ты мне, я тебе...

Но, видно, Анжелика настолько тупа, что ее папенька не решился на подобные разговоры.

— У меня есть клубника, — оживилась маменька, — сейчас Вава подаст нам ее!

— Со сливками! — плотоядно воскликнул Антон. — Взбитыми!

Я хмыкнул. На мой взгляд, двоюродному братцу нельзя даже смотреть на этот гиперкалорийный продукт.

— Конечно, со сливками, — мигом подхватила

Николетта, — ну-ка, Ваня, приготовь, только не забудь «хвостики» удалить.

Интересное дело! В комнате находятся две женщины, а на кухню отправляют меня.

— Где Нюша? — спросил я. — Пусть подаст клубнику!

Николетта скривилась:

— Эта дура зуб сломала, передний, теперь выглядит словно баба-яга. Я ее отправила к врачу. Давай, Ваня, поторопись, мы клубники хотим.

Глава 24

Делать нечего, пришлось идти на кухню. Там на столике лежал пакет с ягодами. Я вытряхнул их в дуршлаг и сунул под струю воды.

— Что вы делаете! — воскликнула Анжелика, входя в кухню.

— Ягоды мою, — ответил я.

— Нет, на такое способен лишь мужчина, — захихикала девица. — Зачем включили воду на полную мощность? Гляньте, как брызги летят!

С этими словами она уменьшила напор и стала отщипывать плодоножки. Я с благодарностью посмотрел на нее. Не сочтите меня лентяем, но я ненавижу все связанное с приготовлением пищи. Не спорю, встречаются мужчины, которые великолепно жарят мясо и филигранно готовят суп, но я не из их когорты.

Анжелика, заметив мой взгляд, кокетливо прищурилась.

— Ваня, вы женаты?

— Нет.

— А были?

— Нет.

— Да? — игриво протянула Лика. — И почему?

— Проблемы со здоровьем, — брякнул я.

Когда мужчина моих лет заявляет такое, девушки, как правило, теряют к нему всякий интерес. Никому неохота ухаживать за недужным супругом, подавая ему в кровать куриный бульон. Вообще говоря, девицы сами предпочитают быть объектами ухаживаний.

Но Лику мое заявление не смутило.

— Это ерунда, — сказала она, — хотите, познакомлю вас с папой? У него в клинике лечат все!

— Ваш отец медик?

— А вы не знали?

— Откуда бы!

— И я не знала, что у Антона такой красивый холостой двоюродный брат, — прошептала Лика и словно невзначай прижалась ко мне костлявым боком.

Сообразив, что она решила поохотиться, я выглянул в коридор и крикнул:

— Где сливки?

— Конечно же, в холодильнике, — раздраженно ответила маменька, — на дверце, сбоку.

Я распахнул рефрижератор. Лика решила не упустить свое. Она швырнула последнюю клубничку в тарелку, подошла ко мне, снова прижалась и прошептала:

— Здесь два баллончика, который из них? Ваня, прочтите, я не владею иностранными языками.

Нет бы сказать: «Я тоже!» — но часто ли вам попадался мужчина, способный признать, что он чего-то не умеет? Один из вторичных мужских половых признаков — это твердая уверенность в том, что ты знаешь все. Я взял баллончик в руки. Сейчас разберемся!

Честно говоря, читать инструкцию, написанную мелкими буковками, мне было не нужно, она оказалась на английском. А я в школе пытался учить немецкий, имел по нему твердую тройку и в случае крайней необходимости могу выговорить:

— Ищь хайсе Ваня, ищь воне им Москау. Москау ист шен[1].

В институте меня отчего-то отправили во французскую группу, и я за пять лет выучил текст «Моя комната», даже сейчас помню, что стол на языке Гюго «табль». Больше в памяти ничего не осело. А уж английский для меня вообще темный лес. Но мне совершенно не хочется выглядеть кретином в присутствии дамы, пусть даже такой, как Анжелика, поэтому я храбро схватил баллончики.

Слава богу, западные производители считают, что любой покупатель идиот, поэтому помещают на упаковках картинки. Зеленый спрей украшало изображение пирога, стоящего на столе, красный имел другую иллюстрацию: молодая девушка с неправдоподобно тонкой талией, в цветастом фартуке и перчатках держит в правой руке баллончик с обильно лезущей из него белой пеной. В ее левой длани зажата лопаточка, похожая на мастерок.

— Сливки здесь, — радостно сказал я и потряс красный баллончик.

---

[1] Меня зовут Ваня, я живу в Москве, Москва красивая. *(Искаженный немецкий.)*

Впрочем, вполне вероятно, что и в зеленом — калорийный молочный продукт, но, учитывая тот факт, что нарисован только пирог... Бог знает, что там на самом деле: сахарная пудра, дрожжи, корица... А на красном четко видна белая горка пены.

— Ах, Ваня, — всплеснула руками Лика, — вы такой умный, такой образованный!

Я улыбнулся. Девица не так уж дурна собой, тощевата малость, но мне никогда не нравились толстухи.

— Давайте разложим ягоды, — блестела глазами Анжелика, — потом напшикаем сливок, а сверху украсим веточкой мяты. Там, в холодильнике, есть пучок, я только что видела.

Спустя десять минут «икебана» была готова. Лика последний раз прижалась ко мне и прошептала:

— Положу тебе в карман свою визитку, позвони, не пожалеешь!

Я сделал вид, что не услышал заявления, и выскочил в коридор с такой скоростью, словно за мной гнались Али-баба и сорок разбойников.

Лет десять назад — у меня еще тогда не было машины — я увидел в метро прехорошенькую девочку, просто куколку: облако кудрявых волос и наивно распахнутые небесно-голубые очи.

Я никогда не знакомлюсь на улице, но тут не выдержал, подошел и задал традиционный вопрос:

— Девушка, что вы делаете сегодня вечером?

Нимфа обозрела меня, открыла прелестный ротик и хриплым, совсем не нежным голоском сообщила:

— Все!

Честно говоря, я стушевался, а девица хихикнула и уточнила:

— За золотую цепочку даже больше...

Пронесясь по коридору, я влетел в гостиную.

— Боже, как долго! — возмутилась Николетта. — Чем вы там занимались?

— Целовались, — заржал Антон, — обнимались у стола, ха-ха-ха!

Интересно, было бы ему так весело, узнай он, как откровенно приставала ко мне Анжелика?

— Мне вот эту, — заявил Антон и, схватив миску с самым большим количеством сливок, моментально сунул в жадный рот ложку.

— Вкусно? — спросила Николетта.

Антоша выпучил глаза и промычал:

— М-м-м.

— Так здорово, что язык проглотил? — усмехнулся я и сел в кресло.

Маменька решила кокетничать и, закатив глаза, сказала:

— О... так хочется клубники, но я вчера встала на весы и поняла: кошмар, ужас, катастрофа. Антоша, ты почему не ешь?

Двоюродный братец молча сидел на диване. «Небось подавился от жадности», — подумал я, но через мгновение сообразил, что с Антоном творится неладное.

На лбу братца выступила испарина, глаза почти выкатились из орбит.

— Тебе плохо? — испугался я.

— М-м-м, — простонал Антон.

Маменька кинулась к любимцу:

— Дорогой, скажи скорей, где болит?

По-прежнему молча, Антон делал какие-то странные движения руками, он то разводил их в разные стороны, то сводил вместе.

— Послушай, — рассердился я, — хватит идиотничать, немедленно объясни, в чем дело?

— Да, Тошенька, скажи скорей, дружочек, — засюсюкала маменька.

Антон перестал изображать ветряную мельницу. Он ткнул пальцем сначала в меня, а потом в остатки клубники со сливками, по его красным щекам неожиданно потекли слезы.

— Так, — голосом, не предвещающим ничего хорошего, процедила маменька, поворачиваясь ко мне, — ты опять за свое!

— Я?! Что я сделал?

— Снова подсунул Антоше вместо сахара соль, — она затопала ногами, — ты сто раз проделывал с ним такие штуки!

Правильно, а сверхумный Антон каждый раз попадался на одну и ту же уловку. Кстати, когда он решил отомстить мне той же монетой и во время очередного воскресного сборища любезно подал солонку, я, смущенный его приветливостью, сначала осторожно попробовал белую пыль и, сообразив, что передо мной сода, мигом вывернул всю емкость в суп негоднику. Только все это происходило более трех десятилетий назад.

— Николетта, мне же не семь лет, чтобы веселиться подобным образом, — возмутился я.

— Ну не знаю, — скривилась маменька, — видишь, он молчит и ясно дает понять: сливки невкусные.

Я обозлился:

— Нормальный продукт, попробуй сама.

— Ладно, — неожиданно прищурилась Николетта, — сейчас съем ложечку, только из креманки Антоши! И если там окажется соль... Имей в виду, Вава, накажу тебя.

Я пожал плечами: ну не смешно ли! Николетта собралась поставить сына в угол. Маменька схватила ложку, зачерпнула белую пену, подергала носиком и заявила:

— Запах чисто химический, не похоже на натуральный продукт, и консистенция странная, очень вязкая, как пластилин!

Я промолчал. Какой же наивной надо быть, чтобы ожидать от сливок из баллончика аромата, вкуса и качества подлинного молочного лакомства.

Николетта открыла накрашенный ротик, сунула в него ложечку и уставилась на меня.

— Ну что? — поинтересовался я. — Убедилась? Никакой соли или соды!

— М-м-м, — простонала маменька.

— М-м-м, — подхватил Антон.

— Ой, — заверещала, входя в комнату Лика. — Что это с ними, а?

— Не знаю, — совершенно искренне ответил я, — съели клубнику и завыли.

— Да? — изумилась Лика. — А я попробовала ягоды, когда мыла, и ничего.

Внезапно Антон вскочил и выбежал из комнаты.

— Куда он? — вопрошала Лика.

— Может, его тошнит? — предположил я.

В то же мгновение Николетта рухнула на диван и забила ногами по ковру.

— Тебе плохо? — всполошился я.

Было от чего испугаться. Обычно маменька орет в любой ситуации так, что вылетают оконные стекла, а сейчас молчит.

Я налил воды и протянул Николетте.

— Выпей.

— М-м-м, — затрясла головой она.

— Не хочешь пить, тогда ляг!

— М-м-м.

Да что случилось?! В гостиную вернулся Антон и ткнул мне под нос листок бумаги. Я уставился на текст:

«У меня не открывается рот».

Совсем растерявшись, я выхватил из его пальцев ручку и нацарапал:

«Почему?»

«Не знаю, наверное, паралич».

«Отчего?»

«Не знаю!!!»

На этой фразе я сообразил, что у Антона не расцепляются челюсти, но уши-то у него хорошо слышат! Можно же его спрашивать, а не писать на листке.

— У тебя что-нибудь болит?

«Нет», — появилась запись.

— Сейчас позову доктора.

«Что было в клубнике?»

— Сливки.

«И все? Ничего туда не засовывал? Они у меня зубы склеили, намертво, я даже проглотить не успел ничего!»

— Я, по-твоему, идиот?

«Да», — написал Антон с такой злостью, что сломал ручку.

Я повернулся к Николетте:

— У тебя не раскрывается рот?

Маменька судорожно закивала.

— Совсем?

Николетта покраснела, глаза ее расширились, стало понятно, что матушка пытается разъединить челюсти.

— Сядьте на диван, — велел я, — и ждите врача.

— Может, это вирус, — испуганно прошептала вернувшаяся Лика, — вроде чумы, сейчас и нас прихватит.

Мне было очень не по себе, с подобной ситуацией я столкнулся впервые, но хорошо знаю: в случае форсмажора никогда не следует поддаваться панике, надо сохранить по мере возможности холодную голову. Если сейчас засуечусь и заахаю, Николетта мигом упадет в обморок, Анжелика устроит истерику, а Антон начнет метаться по квартире, сшибая мебель. Нет уж, надо изображать полнейшее спокойствие. И потом, похоже, им не так уж и плохо, просто по непонятной причине рот заклинило. Впрочем, иногда такое случается, зевнет человек от души, а челюсти потом не сходятся...

— Во, гляди-ка, — донеслось из коридора, и в комнату вошла страшно довольная Нюша. — Здрасте вам, — продолжила она, — зуб сделали, теперича как новый, хочешь покажу, Ваня?

— Нет, — быстро ответил я, — ступай на кухню и завари нам с Ликой чай.

Нюша шумно вздохнула и с грацией бегемота

удалилась. Из кухни незамедлительно полетело ворчание:

— Ктой-то дуршлаг на месте не повесил? Зачем брали? И воды на пол надрызгали, мяту разодрали! Ну чудаки прямо! Чаво хозяйничали!

Я набрал воздуха в грудь, чтобы крикнуть: «Нюша, замолчи!»

Но следующая фраза домработницы заставила меня насторожиться:

— Расшвыряли, разбросали! За каким лешим отвердитель выдавили? Ну, умники!

— Нюша, — заорал я, — ты о чем? Какой отвердитель?

Раздалось шарканье, и домработница вновь появилась в гостиной.

— Во, — сунула она мне пустой красный баллончик из-под сливок, — ктой-то весь упшикал и в помойку зашвырнул! Ну народ! Ну не хозяйственный! Сказано же! Чуть-чуть надо! И стену намочить, в мокром моментом схватывается!

Чувствуя, что земля уходит из-под ног, я постарался сохранить самообладание и твердо произнес:

— Нюша! В этом баллончике были взбитые сливки!

— Да никогда! — подскочила она. — Отвердитель!

— Это что такое? — дрожащим голосом осведомилась Лика.

— Муравьи к нам пришли, — словоохотливо объясняла прислуга, — а позавчера я таракана поймала. Ну, думаю, хозяйка меня со свету сживет, она прусаков до усеру боится.

Я, оцепенев, слушал бесхитростный рассказ Нюши.

Обнаружив на пищеблоке непрошеных гостей, она решила предпринять адекватные ответные действия и отправилась на строительный рынок, там ей в момент посоветовали купить то, что она упорно называет сейчас «отвердитель». Суперсильный, мгновенно схватывающийся герметик.

«Только немного бери, — предупредил продавец, — выдавишь чуток и лопаткой по всем дыркам размажь, да не тормози, он быстро схватывается, потом не сковырнешь! Стену намочи, на мокром в полсекунды действует, а на сухом минут пять-семь подождать надо».

— Так на баллончике тетка со взбитыми сливками, — забормотал я, — и с лопаточкой для торта.

— Вона, — фыркнула Нюша, — это у ей герметик, а в лапе мастерок! Ну сам посуди, за каким фигом ей резиновые перчатки для сливок?

По моей спине потек пот. Лика завизжала и кинулась к Антону. Двоюродный брат рухнул в кресло. Я машинально подошел к креманке, которая предназначалась Николетте. Из нее торчала белая масса, похожая на снег. Я попытался нажать на массу. Куда там, она была совершенно каменной!

— Ваня, — простонала Лика, — мы убили их!

— Спокойствие, только спокойствие, — пробормотал я и схватил телефон.

— «Скорая», двадцать пятая, слушаю.

— Что делать, если человек засунул в рот герметик?

— Что? — не поняла диспетчер.

Я как мог попытался объяснить ситуацию. Лика

тряслась около меня. Николетта лежала на диване, Антон стек в кресло.

— Сейчас приедет медицина, — пообещал я, — и расцепит вам зубы.

В ответ — тишина. Следующие полчаса мы провели молча, изредка Антон подскакивал на подушке, а потом опять обваливался вниз. Нюша бубнила на кухне:

— Во! Удумали! Отвердитель жевать! Ясное дело — зубы сцепит!

Наконец явился доктор. Чтобы въехать в ситуацию, ему понадобилось энное время?

— Герметик? Зачем они его жевали? — недоумевал «гиппократ».

— С клубникой, вместо сливок, — пояснил я.

— Во, блин, — запричитал врач, — совсем люди того!

— Перепутали случайно баллончики! — тихо сказал я. — С каждым может произойти.

— Да где они его взяли!

— В холодильнике.

— Кто же бытовую химию в нем держит!

Я приободрился. Правильный вопрос! Стой баллончик в шкафчике, в туалете, я ни за что бы не принял его за дозатор со сливками!

Нюша, услыхав возмущение врача, притопала в гостиную и заявила:

— И чаво? На ем написано: хранить в прохладе!

— Но ведь не с продуктами, — справедливо возмутился я, — кто же на полки к сыру и колбасе такое сует. В крайнем случае вынеси на балкон.

— Ну ты даешь! — вытаращилась Нюша. — Июнь стоит, жарища! Для сохранности я его в холод сунула, дорогая вещь, двести рубликов отстегнула. Кто ж знал, что вы ее жрать станете!

— Откройте рот, — велел доктор Николетте.

Маменька покачала головой.

— Губы поднимите, — вздохнул врач.

Глава 25

Я отвернулся к окну. Да уж! Положение хуже губернаторского. Вдруг за спиной раздался странный, шамкающий звук:

— Вава! Ушашно! Кошмар! Бешобрашие!

Я обернулся и отступил к стене.

Николетта, размахивая руками, надвигалась на меня.

— Ты нарошно, шпешиально! Нашшло!

— Вы расцепили ей зубы! — обрадовался я. — Но почему она шепелявит?

Врач протянул руку, я уставился на его ладонь, не очень понимая, что за предмет находится передо мной.

— У этой женщины съемные протезы, — пояснил врач, — я их просто вытащил. А вот с молодым человеком труднее будет... Может, в НИИ стоматологии его отвезти? Дайте-ка баллончик! Прочитаю состав.

Я находился в полном ступоре. Надо же, у Николетты протезы! Мне такое и в голову не приходило. Впрочем, маменька, постоянно жалуясь на здоровье, ни разу не упомянула о зубной боли, мог бы и раньше догадаться!

— Ясно! — воскликнул доктор. — Ну-ка, несите кипяток!

Я погалопировал на кухню за чайником. Не прошло и получаса, как Антон сумел проговорить:

— Ты нарочно! Всегда ненавидел меня!

Сами понимаете, что любые оправдания в подобной ситуации бессмысленны.

— Все хорошо, что хорошо кончается, — обрадованно воскликнул доктор, тряся Антона за плечо, — завтра отправляйтесь к стоматологу, вам лазером все остатки счистят. Если опять почувствуете, что зубы склеивает, мигом горячей водой рот прополоскайте. Вот тут написано, видите: «Можно легко удалить с помощью кипятка».

— Ваня, — простонала, стараясь не артикулировать, Николетта, — принеси нам шай!

— Что? — не понял я.

Маменька посерела.

— Шай ш шахаром. Шиво, шкорей!

— Ни в коем случае! — ожил Антон. — Он принесет нам либо отбеливатель, либо шампунь, либо средство для чистки унитазов. Посмотрит на коробочку, увидит нарисованный лимон и решит, что очень даже вкусно!

— Но... — забормотал я.

— Сам-то не ел, — накинулся на меня Антон, — шутник! Все детство мне соль в кефир сыпал.

— Но...

— Ты нарошно, — шипела Николетта, — я так и шнала!

— Послушайте...

Но маменька и Антон не дали мне вымолвить и слова.

Доктор, старательно сдерживая смех, писал что-то на листе бумаги. Я ретировался в прихожую.

— Эй, Ваняша, — высунулась из кухни Нюша, — ну ты и дал стране угля! Таперича тебя Николетта со света сживет! Она тебе зубы не простит!

— Можно новые заказать, — огрызнулся я, — не так уж трудно.

Нюша захихикала:

— Да я уж эти отскребла! Не в том дело!

— А в чем?

— Так ее тайну все узнали, — веселилась Нюша, — про зубья, они у ей лет пятнадцать! А никому не говорит! Молодой казаться хочет! Я-то знаю! Эх, чаво порассказать могу! Только язык на замке держу. Ни разу покойному хозяину ни о ком не проговорилась! Только он на дачу, а сюда... И козел, и баран, и свинья...

— Ты о ком? — Я перестал понимать хоть что-либо.

Нюша продолжала веселиться.

— Так любовники ейныя! Козел, который на пианине бренчал, баран с книжками, свинья с картинами... Ни разу, ни слова! Порядочная я, другие о своих хозяевах такое натрепят, уши вянут! А я ни-ни! И сейчас молчу! Чего там зубья, с каждым случиться могет, вон у Петьки из пятой квартиры все клыки в двадцать лет повыпали! Ты бы поглядел, как мать в корсет утягивается, чтобы талия тонкой была! А колготки из резины? Ну, дела! Такая дрянь жаркая, но натянешь — и жопа не висит! Убегай, Ваняша, пока цел!

Я отступил к лифту, пытаясь переварить полученную информацию. До сего момента Нюша ни разу со мной не откровенничала. Долгие годы она была моей няней и получила статус домработницы, когда я пошел в десятый класс. Девять лет она водила меня в школу, таскала ранец, утешала и тайком покупала мороженое. Если сказать честно, Нюша всегда заботилась обо мне больше, чем Николетта, та только впархивала в детскую, чтобы поцеловать меня перед отъездом на очередную тусовку. Все мое детство прошло под шепоток Нюши:

— Тише, мама спит!

Утром, когда нянька отводила меня в школу, Николетта спала, когда я в районе двух появлялся дома, она еще почивала. Потом она принимала ванну, одевалась, красилась и... отбывала в гости. Назад Николетта являлась, когда я уже крепко спал! Иногда на матушку нападают воспоминания, и она, закатив глаза, начинает вздыхать:

— Ах, как тяжело воспитать ребенка! Нужно полное самоотречение! Ну представьте себе: раннее воскресное утро, всего двенадцать часов дня, а ты тащишь мальчика в зоопарк! Да уж, тяжел камень материнства.

То, что многие мамы встают каждый день в шесть, чтобы приготовить деткам завтрак, а потом повести их в школу, ей просто не приходило в голову. Впрочем, она не делала со мной уроки, не писала за меня доклады и сочинения, не сидела на родительских собраниях, не шила маскарадные костюмы, не мыла полы в классе, и никогда я не залезал к ней в кровать, чтобы посекретничать. Для всех этих целей имелась грубоватая Нюша.

Я сел в машину и поехал к Ванде Львовне. Козел с пианино — это Олег Ростиславович Курзаков, баран с книжками, очевидно, Леонид Маркович Забельский, а свинья с картинами — Владислав Андреевич Моор. Интересно, неужели отец ничего не знал? Даже не догадывался? А если все же понимал, откуда у Николетты каждый день появляются новые букеты в спальне, то почему терпел?

И что интересного расскажет мне Ванда Львовна? Только сейчас мне пришло в голову, что самый лучший информатор — это живущая в доме прислуга.

Старушка сама открыла дверь и засуетилась:

— Добрый вечер... э...

— Иван Павлович, — напомнил я, вручил коробку шоколадных конфет, снял ботинки, получил засаленные тапки, преодолевая брезгливость, надел их и был препровожден на кухню, где получил чашку отвратительного пойла под названием чай.

Ванда Львовна села напротив и сложила на столе сухонькие ручки, похожие на паучьи лапки. Я сделал вид, что отпил глоток, и приступил к разговору:

— Наше издательство выпускает исключительно мемуарную литературу. Воспоминания — это свидетели эпохи...

— Да, да, — закивала хозяйка.

Минут пять я заливался соловьем и, когда понял, что Ванда Львовна окончательно растеклась, задал первый вопрос:

— Вы понимаете, что мемуары должны быть интересными?

— Конечно!

— Лучше, если в них будет нечто этакое, налет «желтизны»!

— Обязательно! Я столько могу рассказать! Всякого!

— Ну, например?

Ванда Львовна зачастила:

— Вот композитор Сбарский бил свою жену!

Я поморщился:

— Ну об этом все знают, никакой сенсации нет!

— Профессор Реутов спал с аспирантками.

— Эка невидаль, это все начальники делают.

— Быков, директор сталелитейного завода, выгнал на улицу жену голой, когда поймал ее с любовником.

— Уже интересней, — кивнул я, — но все равно без изюминки. Мы не можем заключить договор на книгу, если в ней нет, ну... такого... Необычного поворота сюжета. Эх, если бы какая-нибудь история в духе Оскара Уальда. Читали «Кентервильское привидение»?

Ванда Львовна кивнула:

— Конечно, обожаю Уальда!

— Значит, понимаете, что я имею в виду: призраки, исчезающие пятна крови, семейные проклятия — вот это привлечет массу читателей. Извините, пока я не вижу в вашей книге ничего особенного, будь в ней загадочная история, вот тогда...

Старушка не дала мне договорить.

— Есть, — воскликнула она своим тонюсеньким детским голосом, — о, такая новелла! Диккенс! Настоящий английский роман! Вот послушайте! Довелось мне очень давно служить в доме Петра Фадеевича Кузьминского... Я ведь из интеллигентной семьи, имею образование, но жизнь повернулась ко мне темной стороной, пришлось у людей работать...

Я перевел дух. Так, первая часть беседы прошла просто отлично. Я привел Ванду Львовну на нужное место и слегка подтолкнул бабку, дальше она покатится без моей помощи.

— Петр Фадеевич был святой человек, — пищала старушка, — теперь такого благородства у мужчин и в помине нет. Да сто из ста сдадут жену-шизофреничку в сумасшедший дом, а Кузьминский пытался лечить несчастную. Как он радовался, когда Глафира стала писать картины, надеялся на лучшее, но нет...

Я молча слушал ее рассказ. Пока что Ванда Львовна не сообщила ничего нового. Вот она разболтала про пятно, потом про самоубийство Глафиры и добралась до второй женитьбы Петра Фадеевича.

Со слов Ванды выходило, что старший Кузьминский продолжал любить Глафиру, во второй брак он вступил просто по необходимости, потому что на руках остался сын Сережа, болезненный, нервный мальчик.

Наука генетика в те годы была в зачаточном состоянии, но Петр Фадеевич справедливо полагал, что безумие может передаться по наследству, и тщательно следил за мальчиком. Но Сережа особых поводов для беспокойства не подавал, рос тихим, хорошим ребенком, без странностей и закидонов. Имелась у него только одна особенность: мальчик был маниакально обидчив, причем оскорбления он помнил годами.

Ванда Львовна очень удивилась, когда один раз, на день рождения Петра Фадеевича, Сережа, как все дети обожавший гостей, сказался больным и не вышел из своей комнаты.

Ванда Львовна принесла ему в спальню тарелку с угощением и нашла ребенка играющим в солдатики.

— Тебе лучше? — спросила прислуга. — Что же ты не выходишь?

Сереженька скривился:

— Анфиса пришла.

— И что? — не поняла Ванда Львовна.

— Она мне на позапрошлый Новый год гадостей наговорила! Не хочу ее видеть.

— Да ну! — удивилась Ванда. — Ты не путаешь?

— Нет, — отрезал он, — пришла и сказала: «Ты, Сережа, очень толстый, надо спортом заниматься, бегать и прыгать».

— Она же хотела лучше сделать, — Ванда попыталась оправдать Анфису, — о твоем здоровье заботилась!

— Нет, — зло заявил Сережа, — обидеть решила, а мне это не нравится!

Потом Ванда поняла, что мальчик никого не прощает и ничего не забывает.

Новую маму и сестричку Лисочку он встретил равнодушно. Петр Фадеевич не мог нарадоваться.

— Вот и хорошо! Хозяйка в доме появилась, Сереженька просто расцвел, да и с девочкой ему веселей будет.

Ванда сначала тоже так думала, но потом поняла: все не просто. А спустя полгода ей стало ясно — Сережа ненавидит и мачеху, и Лисочку, постоянно, исподтишка делает им гадости.

Варвара оказалась большой любительницей красивых вещей. Но что странно — с ее платьями и бельем вечно происходила беда: то на них невесть почему появлялись дырки, то они оказывались испачканными несмывающимися чернилами. Жемчужное ожерелье рассыпалось, лопнула нитка, у броши с изумрудами отвалилась «лапка», и постоянно ломались черепаховые гребни для волос. Один раз Ванда

Львовна увидела, как Сережа тихой тенью выскальзывает из гардеробной Варвары, вошла в темное помещение, обнаружила отломанные каблуки у новых туфель и поняла, кто «автор» неприятностей.

Петру Фадеевичу она ничего не сказала, пожалела мальчишку, решившего извести мачеху. Может, в конце концов Сережа и смирился бы с новым семейным положением, но тут произошла неприятность.

Началось с пустяка. Во время воскресного обеда подали желе. Три вазочки молочного и одну шоколадного. У Ванды Львовны под рукой оказалось какао лишь на одну порцию. Знай она, чем закончится трапеза, не поленилась бы сгонять в магазин.

Увидав креманки, Сережа воскликнул:

— Мне шоколадное.

— Нет, — капризно протянула Лисочка, — я хочу!

Варвара поставила плошечку перед дочкой.

— Ешь, дорогая.

Сережа прищурился.

— Нет, это мое желе!

— Серж! — воскликнул Петр Фадеевич. — Ты как себя ведешь? Во-первых, Лисочка младше тебя, во-вторых, она девочка, ей следует уступать. Возьми молочное!

Сережа побледнел.

— Я люблю шоколадное!

Петр Фадеевич разозлился:

— Ничего слышать не хочу!

— Какой ты жадный, Сережа, — покачала головой Варвара, — вот уж не предполагала! Пожалел для сестрички!

Пока шел спор, Лисочка быстро съела желе и торжествующе воскликнула:

— Уже все!

После этого она исподтишка показала Сергею язык. Подросток не стерпел и кинулся на нахалку. Вечер закончился плохо. Сереже удалось вырвать у обидчицы прядь волос. Лисочка мигом закатилась в рыданиях. Варвара, отвесив пасынку подзатыльник, воскликнула:

— Петр! Прекрати это безобразие.

Отец отволок сына в чулан и запер. До ночи Сергей сидел в темноте, выпустили его, только когда пришло время укладываться спать.

Спустя год после этой истории Варвара покончила с собой. Лисочку сдали в детский дом.

Ванда Львовна приумолкла, потом обвела меня торжествующим взглядом.

— И как вам эта история?

Я пожал плечами:

— Сущая ерунда. Что в ней особенного? Те, кто имеет в доме больше одного ребенка, хорошо знают: между детьми постоянно вспыхивают ссоры. Умные родители всегда покупают одинаковые гостинцы для всех отпрысков. Мы с моим двоюродным братом тоже затевали драки из-за куска торта. Ему досталась красная кремовая розочка, мне зеленая, и пошло-поехало!

— Может, оно и так, — кивнула Ванда Львовна, — только дальше послушайте!

Недели через две после скандала, когда все давным-давно и думать забыли о произошедшем, Варвара с воплем прибежала в комнату к мужу.

— Что случилось, дорогая? — удивился тот.

— Глафира, — застучала зубами супруга.

Кузьминский нахмурился:

— Ты о чем?

— Около меня сейчас стояла Глафира, — затряслась Варвара, — в сером платье! Точь-в-точь как на портрете, такая жуткая, лицо под вуалью! Руки вытянула и завыла: «Уходи отсюда, здесь я хозяйка!»

Петр Фадеевич покачал головой.

— Иди, ложись, тебе привиделась ерунда во сне. Моя первая жена давно в раю.

— Нет, — дрожала Варвара, — она тут, бродит по квартире, давай уедем отсюда, умоляю!

Петр Фадеевич только вздохнул. Покидать отличную, обжитую квартиру из-за бабских истерик? Право же, этого делать не стоит.

Через три месяца Кузьминский был вынужден вновь позвать в дом психиатра. Варвара все больше походила на сумасшедшую, беспрестанно повторяя:

— Она ко мне постоянно приходит!

В ход пошли лекарства, сначала слабые, потом другие, посильней. Варвара бродила как сомнамбула, перестала следить за собой, опустилась, по неделям не заглядывала в ванную, как все завершилось — знаете сами.

Петр Фадеевич мгновенно переехал в другой дом. Теперь и ему не хотелось оставаться в «несчастливой» квартире. Он не стал долго выбирать жилплощадь, просто поехал в первое попавшееся под руку место. Ванда Львовна отправилась с хозяином.

— Не могла я его бросить, — объясняла сейчас домработница, — жалко было! Но дальше — больше! Ужас приключился.

— Что? — напрягся я.

— А вы слушайте, — загадочно улыбнулась Ванда.

На новом месте Петр Фадеевич обзавелся еще одной прислугой, простой такой теткой Степанидой. Ванде было велено готовить и заниматься Сережей. Напуганный двумя женами-шизофреничками, Петр Фадеевич твердо решил больше не связывать себя узами брака. Но он все-таки был мужчиной, причем совсем не старым, и природа взяла свое. Спустя энное количество времени в доме появилась крепко сбитая Сонечка, девушка совсем иной породы, чем Глафира и Варвара, дитя народа, а не вырождающейся интеллигенции. Петр Фадеевич полагал, что спутница жизни с рабоче-крестьянскими корнями должна обладать крепким психическим здоровьем.

Но спустя полгода Соня спросила у Ванды:

— Что это за история с пятном и портретом?

Прислуга рассказала семейную легенду.

— Понятно, — протянула Соня, — ясненько. Ну-ну, поглядим!

Спустя некоторое время она собрала чемоданы и, несмотря на протесты Петра Фадеевича, ушла. Ванде она сказала:

— Привидение ко мне приходило, убить пообещало.

— Ерунда, — попыталась успокоить будущую хозяйку Ванда.

Соня ухмыльнулась:

— А то! Я сразу поняла, в чем дело! Только он псих, еще пырнет ножиком.

— Кто? — обомлела Ванда.

— А то ты не знаешь? — скривилась Соня. — Будто не догадываешься?

— Нет, — абсолютно честно ответила домработница, — и на ум не идет.

— Уж прямо, — сморщилась Соня. — Сережа блажит, ходит в платье по квартире, привидением прикидывается, небось в маменьку сумасшедшую пошел, я с такими людьми дела иметь не хочу, на мой век нормальных хватит.

Глава 26

Ванда обомлела, подобного поворота событий она просто не ожидала. Ничего не сказав Петру Фадеевичу, она полезла в чулан. Хозяин все никак не решался выбросить вещи Глафиры. Платья были сложены в сундук, который перебрался вместе с Кузьминскими на новую квартиру. Ванда Львовна, притворно охая: «Моль полетела, надо одежду нафталином пересыпать», вывернула содержимое кованого короба.

Глафира родила Сережу поздно, в тридцать пять лет. В кофре лежало много ее одежды, по которой было видно, как менялась мода: пара пышных бальных платьев, потом крепдешиновые вещи начала сороковых... Увлекшись живописью, Глафира часто писала портреты, наряжая натурщицу в одежду прошлых лет. Но себя, на том самом, «кровавом» полотне, она изобразила в старинном платье, жемчужно-сером, с воланами, доставшемся ей от матери. Когда-то именно в нем матушка Глафиры была представлена ко двору. Ванда Львовна развесила наряды на вешалки, чтобы проветрить, и сразу поняла, что Соня говорила правду. Все костюмы были слежавшимися, они имели характерный запах белья, которое годами не вынимается из сундуков. Серое же платье, оказавшееся на самом верху, выглядело свежим. И еще от него исходил запах мужского одеколона «Шипр». Не так давно Сергей начал бриться, и отец подарил ему первый парфюм. Впрочем, особого выбора у мужчин в то время не было: «Шипр», «Тройной», «Гигиенический» и «Полет». Петр Фадеевич приобрел сыну «Шипр», сам он вообще не пользовался кельнской водой.

Ванда Львовна прозрела. Память стала услужливо подсовывать детали. В свое время, сразу после смерти Варвары, она нашла у Сережи под тумбочкой кисточку, испачканную красной краской. На вопрос: «Это откуда?» — мальчик спокойно ответил: «Лисочка потеряла, вечно все разбрасывает».

Дрожащими руками Ванда Львовна разгладила платье. Вот оно что! Сергей, как всегда, затаил обиду и отомстил мачехе! Пугал ее, нарядившись Глафирой, рисовал на портрете пятно. Варвара не была сумасшедшей, психически неуравновешенной ее сделали горы таблеток, которые запихивал в супругу обеспокоенный Петр Фадеевич. Психотропные средства не следует принимать здоровым людям, тем более это было вредно делать в начале пятидесятых годов, когда фармакология еще была невысокого уровня. Сергей планомерно довел мачеху до самоубийства.

Потом в голову Ванде Львовне пришла такая страшная мысль, что она чуть не упала в обморок. Господи, вдруг Варвара не сама воткнула ножницы себе в шею? Такой дикий способ ухода из жизни избрала Глафира, но она-то была настоящей сумасшедшей! Вдруг Варвару сгубила чужая рука?

У Ванды Львовны задрожали ноги. Стараясь казаться, как всегда, приветливой, она проработала у Петра Фадеевича еще месяц, а потом уволилась под предлогом плохого здоровья. Кузьминский не хотел отпускать Ванду, но она, договорившись с приятельницей-медсестрой, легла к ней в больницу. Пришлось Петру Фадеевичу вновь звать уволенную за болтливость Степаниду. В пятидесятых годах было очень трудно найти домработницу, молодые женщины предпочитали идти работать на производство, там можно было выбиться в люди, получить квартиру, путевку в дом отдыха, найти мужа.

— Я точно знаю, — уверяла Ванда Львовна, — Сережа убил мачеху, и Соню он пугал. Так-то вот! Ну и чем не «Кентервильское привидение»?.. А дальше с ним вообще анекдот вышел.

— Вы о чем? — насторожился я.

Ванда усмехнулась:

— Бог шельму метит! Степанида в соседней квартире жила, вместе с дочерьми Ритой и Анечкой. Уж как девочкам Сергей нравился! Они вокруг него вьюном вились! Только Петр Фадеевич все делал, чтобы сын глаз на них не положил, не желал родниться с кухаркиными детьми! Впрочем, Сереже они тоже нравились, в особенности Маргарита, она ему по возрасту тогда подходила, Анечка была намного младше! Ну как? Годится такая история для книги? Между прочим, я каждый день работаю, уже сорок страниц написала!

Поболтав с Вандой Львовной еще около получаса, я поехал к Норе. Меня одолевали тяжелые мысли. Значит, Нора, вместе с ее пресловутой женской интуицией, абсолютно права, разгадка всего происходящего в доме Сергея Петровича лежит в его прошлом. Вот почему он убрал Риту и Анну, наверное, сестры знали о том, что он убил Варвару, и начали его шантажировать. Насколько я помню, дела об убийствах не имеют срока давности, привлечь Сергея Петровича к ответственности можно и сейчас.

Значит, он избрал прежний план действий, бродил по дому, переодетый Глафирой. Бедная дурочка, горничная Катя, небось испугалась до потери пульса... Зачем он убил эту девушку? Где найти улики?

Внезапно я сообразил: платье. То самое, шелковое, серое. Я держал его в руках, и мне одежда не показалась старинной, но, право слово, я плохо разбираюсь в дамских нарядах. Однако знаю точно: наука криминалистика пошла далеко вперед. Если принести платье в лабораторию, эксперт быстро определит, кто надевал его в последний раз. Человек может очень аккуратно носить одежду, но он всегда оставляет на ней следы: частицы кожи, волоски, капельки пота. Этого вполне достаточно, чтобы сделать выводы. Значит, надо отыскать платье и вручить его специалистам!

Элеонора, выслушав мой рассказ, пришла к тому же мнению.

— Обязательно отрой тряпку и привези ко мне, — велела она.

— Я уже один раз доставлял его сюда, а вы приказали опять засунуть платье в корзину к Валерию, — не преминул заметить я.

— Тогда были другие обстоятельства, — рявкнула Нора. — Рысью к Кузьминскому и ищи наряд.

— Полночь пробило. — Я попытался опустить ее на землю.

— И что? — обозлилась хозяйка. — Самое время по кладовкам шарить!

— Платье забрал Кузьминский, — напомнил я.

— Не выбросил же он его, — парировала Нора, — и, думается, не у себя повесил. В доме есть общая гардеробная?

Я растерялся:

— Не знаю.

— Так поищи, причем сразу, как явишься в коттедж, — железным тоном вымолвила Нора.

Когда я подкатил к особняку, во всех окнах плескалась темнота. Аккуратно втиснув машину в гараж для гостей, я прошел в дом и удостоверился, что все крепко спят. Для этого мне пришлось нагло открывать чужие спальни и заглядывать внутрь. Сначала я испугался, увидав пустую кровать Клары, но потом обнаружил ее в мансарде у Беллы. Лариса Викторовна тоже путешествовала в стране Морфея, спал и Валерий. У него на тумбочке мерцал ночник.

Я прошел на кухню, с наслаждением выпил крепко заваренный чай и задумался. При каждом покое имеется гардеробная. Но, думается, Нора права. Вряд ли Сергей Петрович повесил платье среди своих костюмов. Наверное, по многим причинам ему не хотелось иметь его рядом. Может, в доме есть еще и общий «склад» вещей?

Проведя в особняке Кузьминского довольно долгое время, я ни разу не заглянул в хозяйственные помещения. Мне не было нужды изучать кладовки, я слишком хорошо воспитан для того, чтобы в отсутствие хозяина рыться в его вещах. Но ремесло детектива порой требует отнюдь не светского поведения...

Поуговаривав себя минут пять, я встал и пошел по длинному коридору, тянувшемуся за кухней. За первой попавшейся на пути дверью была кладовка: банки, бутылки, пакеты, мешочки. Следующее помещение оказалось прачечной. Целых три стиральные машины, куча подставок с развешанным на них бельем, гладильная доска и утюг. Напротив располагалось хранилище вина. В особых ячейках лежали бутылки, покрытые пылью. Кузьминский объяснил прислуге, что протирать емкости нельзя, вино, как правило, плохо переносит тряску. Именно поэтому в наших магазинах торгуют поголовно «убитым» вином. Настоящее «Божоле», «Бордо» и иже с ними путешествуют только лежа и в торговой точке никогда не принимают стоячего положения. Хотите полакомиться настоящим вином, поищите магазин, где оно уложено в подставку.

Следующая комната оказалась гардеробной, но тут, в месте, где было достаточно холодно, висела в специальных антимолевых мешках лишь теплая одежда: пальто, шубы, дубленки, куртки, плащи. На одной стене на полках покоились шапки, шарфы, перчатки, шерстяные носки. Лариса Викторовна дотошно следила за порядком. Все было вычищено и аккуратнейшим образом сложено. Естественно, никакого платья тут не нашлось.

Я постоял в прохладном, сильно пахнущем апельсинами помещении и пошел в покои Сергея Петровича.

Его личная гардеробная представляла собой двадцатиметровую комнату, а набору одежды могла позавидовать любая кинозвезда. Костюмы висели в идеальном порядке, обувь хранилась на специальных распорках, галстуков было столько, что я даже растерялся, а еще куча белья, рубашки всевозможных расцветок, носовые платки, майки, футболки, спортивные брюки и куртки... Но платья, серо-жемчужного, с воланами и кружевами, не было.

Я вышел в сад и закурил. Куда подевался наряд? Я облазил весь дом! Но тут взгляд упал на длинное окошко подвала, и я мигом сообразил, что не посетил цокольный этаж.

Вниз вела узкая лестница. Осторожно ступая, я спустился в ярко освещенное помещение. Так, что мы тут имеем? Во-первых, бассейн, затем комната с выключенным летом отопительным котлом, потом каморка, забитая всякими непонятными мне трубами, вентилями и никелированными штуками. Следующей шла баня, вернее, их было две: сауна и так называемая турецкая; зал для отдыха, бильярдная... Ни на что не надеясь, я толкнул последнюю дверь и увидел очередную кладовку, забитую всяким хламом: тут лежали, по-видимому, абсолютно ненужные вещи, которые у хозяина рука не поднималась выбросить.

У стены громоздился ящик, из которого торчали куклы, которыми в свое время, очевидно, играла Беллочка. Здесь же стоял сильно поцарапанный детский велосипедик, лежали какие-то помятые кастрюли с отбитой эмалью. И уж совсем удивило меня огромное цинковое корыто, совершенно не нужное в нынешнее время. Зачем Кузьминский хранит его? В доме стоят три стиральные машины. Хотя бывшему советскому человеку свойственна запасливость, он в любой ситуации, даже самой благоприятной и сытой, скопидомничает. В наших людях твердо живет уверенность: спички, соль, масло — все может исчезнуть, как уже бывало не раз.

Одна из моих знакомых, Регина Кутепова вышла замуж за иностранца и отбыла в маленький городок, расположенный в горах Швейцарии. Войны и голода в этой стране не знали несколько столетий, и население стало посмеиваться над русской, которая велела пристроить к своему дому кладовку, где хранила свечи, стратегический запас консервов, муки, растительного масла, чая, кофе и сахара.

— Регина, — увещевали ее соседки, — не занимайся глупостями, это в вашей Москве может начаться голод, а у нас никогда.

Но Кутепова только пожимала плечами.

— Запас карман не тянет, — отвечала она.

Естественно, на нее посматривали как на сумасшедшую и жалели бедную.

А потом произошло совершенно непредвиденное событие. С гор сошла мощная лавина и полностью отрезала крохотный городок от окружающего мира на три недели! В связи с сильным снегопадом к населенному пункту не могли пробиться спасатели, невозможно было и сбросить продукты с вертолета: над домиками с красными крышами плотно стояли тучи. Местный супермаркет, продукты в который каждое утро доставляли трейлеры, мигом опустел, в селении бы точно начался голод, но тут наступил звездный час Регины. Все население, от мала до велика, превознося ее хозяйственность, ело припасенные ею харчи и жгло свечи: электростанция у них тоже вырубилась. Нашлись у Регины и нужные лекарства, а когда она, вспомнив уроки гражданской обороны, лихо сделала укол соседу, у которого заболело сердце, то просто стала национальной героиней.

Так что не спешите расставаться со старыми привычками, вступая в новую жизнь, всякое может случиться, и в благословенной Швейцарии пригодится запас керосина со спичками.

Я молча бродил среди хлама и в самом темном углу наткнулся на кованый сундук. Сверху было окошко, в нем желтела бумажка, на которой выцветшими от времени фиолетовыми чернилами было выведено: «Вещи моей бедной жены Глафиры». Очевидно, Сергей Петрович, как и Петр Фадеевич, не смог вынести на помойку одежду несчастной сумасшедшей. Я осторожно поднял тяжелый «язык», сундук оказался незапертым. Крышка со скрипом подалась вверх, в лицо мне пахнуло тлением, и я увидел тряпье.

Сказать, что я не хотел в нем копаться, — это не сказать ничего. С огромным трудом я заставил себя дотронуться до хлама и начал перебирать старье. Спустя некоторое время мне стало понятно, что здесь сложены еще и вещи Варвары. Одна часть платьев была сшита на женщину высокого роста, худощавую, с плоским бюстом, другая — на невысокую, полную даму с пышной грудью. Бог знает, почему Сергей Петрович не захотел избавиться от сундука. Я бы лично отволок его на свалку, чтобы поскорей забыть о мрачных семейных историях. Гора слежавшихся, издававших запах нафталина вещей росла на полу. В самом конце мне попалось несколько детских ситцевых платьиц, а последней обнаружилась совершенно измятая, почти пришедшая в негодность соломенная шляпка. Я поднял ее, на дне белел довольно толстый пакет. Серого платья не было и в помине.

Кое-как запихав назад тряпье, я, прихватив с собой пакет, отправился в свою спальню. Там, развернув плотную бумагу, обнаружил письма, написанные детским, неровным почерком.

«Дорогой папа Петя!

Я живу хорошо, в нашей комнате шесть девочек. Тут кормят три раза в день, дают завтрак, обед и ужин. А конфеты и яблоки не покупают. Пожалуйста, привези мне ирисок. Очень прошу! Может, заберешь меня на каникулы?

Лисочка».

«Дорогой папа Петя!

Я живу хорошо и учусь отлично, на одни пятерки, поведение мое примерное. Здесь нас кормят, но конфет не дают, очень хочется шоколадку. Возьми меня домой хоть на недельку, я буду стирать, убирать, готовить.

Лисочка».

«Дорогой папа Петя!

Я живу хорошо, нас кормят три раза в день. Может, кто-нибудь привезет мне пряников или печенья? А еще изорвалось платьице, и придется Новый год встречать в драном, новое дадут только весной. Пожалуйста, возьми меня на зимние каникулы, я никогда не буду ругаться с Сережей. Миленький папа Петя, ну пожалуйста, хоть на два денечка. Забери меня отсюда! Я отлично учусь.

Лисочка».

«Папочка Петя!

Я живу хорошо. Почему ты не отвечаешь на мои письма? Желаю тебе счастливых первомайских празд-

ников, здоровья и радости. У меня все хорошо, а конфет уже не хочется. Ну пожалуйста, забери меня на лето.

Лисочка».

«Уважаемый Петр Фадеевич, пишет Вам директор детского дома имени Надежды Крупской Власихина Антонина Ивановна. Мне кажется, вам следует хотя бы один раз приехать к нам и поговорить с Лисочкой. Девочка очень скучает. В нашем доме много детей, у которых имеются родственники, которые привозят сладости, книги, игрушки, правда, не часто и не всем.

За те два года, что Лисочка живет у нас, вы не написали ей ни одного письма. Если сумеете выкроить время и приехать, ребенок будет счастлив. Если не способны найти пару часов, пришлите ей посылку. Мы не ограничиваем набор еды, только не следует класть рыбные консервы и майонез, лучше пряники, конфеты, печенье. Детей хорошо кормят, но лакомства на столах бывают только на праздники или когда приезжают шефы. Лисочка беспроблемный ребенок, она может стать вашей помощницей по домашнему хозяйству. Девочка отлично учится, ведет общественную работу, она живо интересуется политическими новостями, помогает младшим. Лисочка старшая по спальне. Прилагаю листок успеваемости.

«Русский язык — отлично. Литература — отлично. Математика — хорошо. История — отлично. Иностранный язык — хорошо. Ботаника — отлично. Труд — отлично. Физкультура — отлично. Поведение примерное».

С глубоким уважением А. Власихина».

Глава 27

Мне стало очень грустно. Маленькая наивная Лисочка, любимая, балованная мамой девочка, оказавшись в приюте, наверное, заболела от тоски. В детском доме, даже самом хорошем, ребенку не хватает тепла, ласки, сладостей, в конце концов, простых, копеечных карамелек и ирисок, которые можно есть, не считая. Неужели Петр Фадеевич был настолько жесток к девочке? У него же имелся собственный сын! Как правило, мужчины с детьми более мягкосердечны, чем те, у кого их нет.

Я продолжал читать письма. Лисочка прислала их штук тридцать. Потом, наверное, поняла, что у «папы Пети» каменное сердце, и оставила надежду вернуться в семью Кузьминских. Собственно говоря, тут все письма были от девочки, кроме двух: послания от директрисы и еще одной записки.

«Уважаемый Петр Фадеевич,
понимаю ваш страх, но при условии определенной воспитательной методики и неких, очень слабых успокоительных возможно стойкое улучшение. Личностные качества вполне поддаются корректировке. К сожалению, я не являюсь специалистом в области детской психологии, могу посоветовать обратиться к Бекасову Артему Ивановичу, его адрес прилагаю. Пусть вас не смущает молодость психолога, он очень талантливый человек, его ждет яркое будущее.

Профессор Талызин С.И.».

Я сложил письма в пакет, поколебался пару минут, затем сунул в свой портфель. Дам завтра почитать Норе, потом верну их на место. Странно, что такой жестокий человек, как Петр Фадеевич, не выбросил письма. Отчего он их хранил?

Утром я встал около десяти и пошел на кухню. Лариса Викторовна топталась у плиты. Увидав меня, она бросила нож, которым резала хлеб, и заголосила:

— Что делать теперь, а?

— Вы о чем? — делано спокойно спросил я.

— Так Сергей Петрович в больнице, — причитала экономка, — а что с похоронами будет? Анну-то упокоить надо! Кларочка, бедная, на тень похожа! Лежит у Беллочки в мансарде.

— У Анны есть муж, — тихо сказал я, — Валерий. Наверное, он уже занялся похоронами.

Лариса всплеснула руками.

— Ой, не знаю! Он утром, как всегда, молчком влез в машину и отбыл, ничего не сказал, ни словечка!

— Значит, сам займется похоронами. — Я попытался успокоить напуганную экономку.

Лариса раскрыла было рот, но тут в кухню вошел садовник.

— С ума сошел, — наскочила она на него, — здесь еду готовят, а он в грязной обуви приперся!

— Так пуговицы отдать, — объяснил мужик, — все погорело, а они остались!

С этими словами он протянул к ней грязную руку и разжал кулак. На широкой ладони лежала куча кругляшков черного цвета.

— Если помыть, — гудел садовник, — вполне еще сгодятся.

— Ступай отсюда, — Лариса замахнулась на него посудным полотенцем, — выкинь дрянь от греха подальше.

— Хорошие же пуговки!

— Давай сюда, — обозлилась экономка, — высыпь на мойку и убирайся с глаз долой!

Садовник, сопя, ссыпал на нержавейку содержимое ладони и, качая головой, исчез.

Лариса Викторовна в сердцах воскликнула:

— Видали дурака?

— Что он сделал не так? — поинтересовался я.

— За каким лешим пуговицы эти приволок! — злилась экономка. — Иван Павлович, сделайте одолжение, вон совочек висит, заметите их на него и в ведро бросьте. Ну не могу я сама это сделать, прямо передергивает.

Я недоуменно глянул на темную кучку.

— Это пуговицы?

— Да.

— Похоже, они обгорели.

— Конечно, — кивнула Лариса, — только такому идиоту, как наш садовник, могла прийти в голову идея отмывать эту гадость! Ясное дело, если платье сожгли, так и пуговицы испорчены.

— Какое платье сожгли? — насторожился я.

— Глафирино, — понизив голос, сообщила экономка, — Сергей Петрович из больницы позвонил и велел: «Ступай в чулан, возьми серое платье и сожги. Уж не знаю, кто в нем по дому ходит, если призрак, то небось постесняется голым бегать».

Выслушав мой рассказ, Нора пришла в возбуждение.

— Вот! Это он! Точно! Почувствовал, что зарвался, и решил уничтожить улику. Но мы тоже не лыком шиты. Ваня, разыщи этого психолога Артема

Ивановича, адрес в письме есть. Надо поговорить с ним, с врачом люди бывают откровенны. Если точно убедимся, что именно Сережа убил Варвару, тогда, считай, дело раскрыто!

Я с тоской посмотрел на хозяйку. Порой ее заносит невесть куда. Да этот Артем Иванович небось давно покойник. Хотя вроде в письме говорится, что психолог совсем молодой.

— Езжай к нему, — велела Нора, — немедленно.

Я вышел на улицу и глянул на часы: ровно два. Ну предположим, что Артем Иванович жив, представим, что он не менял местожительства. Кстати, последнее весьма вероятно. Вот Николетта, например, почти пятьдесят лет мирно существует в одной квартире. Улица Пратова находится в центре, это не новостройка. Я обязательно поеду туда, но не сейчас, а вечером, после семи, когда гарантированно застану кого-нибудь дома. Сейчас схожу в милицию, решил я, отдам документы на паспорт.

Вы уже понимаете, что перед дверью с табличкой «Паспортный отдел» вновь толпился народ. Я втиснулся в свободное пространство у окна и вытащил из барсетки томик Макбейна.

Время ползло черепашьим шагом, у меня от духоты заболела голова. Окно и даже форточка тут не открывались, кондиционеров не было и в помине, да еще около меня пристроилась толстуха в цветастом сарафане, от которой одуряюще несло потом. Наконец я вновь оказался перед Степаном Аркадьевичем.

Вяло пошуршав документами, он вздохнул:

— Который раз приходите! Ну нельзя же таким-то безголовым быть.

— Опять чего-то не хватает? — испугался я.

— А то! Где военный билет?

— Вы мне ничего не говорили о нем!

— Снова здорово, — хрюкнул Степан Аркадьевич, — только не надо из меня идиота делать! Несите билет!

— И это будет все?

Начальник кивнул. Я выпал в коридор и трясущимися руками начал запихивать бумажки в папку.

— Отказал вам? — с сочувствием спросила потная толстуха.

Стараясь не дышать глубоко, я ответил:

— Да.

— Эхма, — вздохнула баба, — я тоже который раз хожу, все бедность беспросветная, правительство виновато, лишило нас денег.

— При чем тут деньги, — пожал я плечами, — паспорт копейки стоит.

— Зато ходить за ним год будешь, — словоохотливо поддержала беседу толстуха, — сначала намаешься бумажки собирать, потом опухнешь ждать, пока выпишут. То у них все больны, то бланки кончились, то еще какой геморрой. А вон, видишь, черненькая бабенка выходит из кабинета Степана?

— Да.

— И паспорт в руке.

— Повезло ей, все позади.

Толстуха засмеялась:

— Она тут, у окна, стояла, все бумажками шуршала. У меня документы забрали, и вот уже пятый раз за готовым прихожу, а этой сразу дали. Почему?

— Ну, не знаю.

— А! То-то и оно! Денег сунула!

— Взятку! — прозрел я.

— Точно.

— И сколько?

— Да говорят, новый паспорт сто баксов стоит, где их взять?

Я пошел к выходу. Ладно, предприму еще одну попытку честным путем получить документ, но, если и в следующий приход увижу, что Степан Аркадьевич не торопится мне его выдать, заплачу взятку. Ей-богу, собственное здоровье дороже. Больше не могу простаивать в этой очереди.

В доме, где предположительно проживал Бекасов, не работал лифт. Я принялся преодолевать огромные лестничные пролеты. Здание старое, если не сказать старинное, девятая квартира на третьем этаже, но высота потолков в помещениях небось под пять метров. Третий этаж тут соответствует седьмому в блочной новостройке.

Я с трудом взобрался вверх и позвонил. Дверь распахнула совершенно бесплотная девочка лет семи.

— Вам кого? — пропела она чистым голоском.

Я улыбнулся:

— Скажи, ангел, Артем Иванович...

Девчонка не стала дослушивать фразу, она повернулась ко мне спиной и заорала:

— Деда, к тебе аспирант пришел.

В конце длинного широкого коридора распахнулась дверь, и густой бас прогудел:

— Входите, милейший Андрюша, что-то случилось? Вроде мы на завтра договаривались.

Потом в коридоре возникла высокая, подтянутая фигура. Артем Иванович быстрым шагом приблизился. Я изумился: он выглядел лет на сорок.

— Вы ко мне? — удивленно воскликнул он.

Я кивнул.

— Проходите в кабинет, — велел Артем Иванович.

В просторной комнате были плотно задернуты шторы и горела многоламповая люстра. Ее яркий свет заливал книжные полки, забитые томами, стол, на котором громоздились папки и журналы с закладками, кипы газет, стопки рукописей.

Артем Иванович опустился в глубокое кресло и сделал приглашающий жест рукой.

— Прошу вас, любезнейший, что за дело привело вас ко мне? Впрочем, кажется, я догадываюсь. Хотите устроиться соискателем на мою кафедру? Кто вас прислал?

Его лицо было ярко освещено, и я понял, что Бекасову хорошо за шестьдесят. Обманчивое впечатление молодости создают худощавая фигура, быстрые движения и копна темных волос без всякой седины.

— Так вы откуда, милейший? — улыбнулся Артем Иванович. — Не конфузьтесь так, право слово, я не кусаюсь! Всего лишь мирный академик, а не каннибал. Так кто вас прислал?

— Профессор Талызин, — ляпнул я.

Густые брови профессора поехали вверх.

— Кто? — изумленно переспросил он.

— Талызин С.И., — чувствуя себя полным идиотом, ответил я.

— Савелий Иосифович Талызин?! Но этого просто не может быть.

— Почему же?

— Савелий Иосифович скончался... дай бог памяти, кажется, в тысяча девятьсот шестидесятом году. Вы, очевидно, в то время еще были в пеленках, если, впрочем, вообще родились!

— Меня к вам привело это письмо, — ответил я, протягивая бумагу.

Артем Иванович повертел послание.

— Извините, голубчик, ну ничего не понимаю!

— Я — частный детектив.

— Кто? Наемный сыщик? Вроде Эркюля Пуаро? — весело заблестел глазами академик. — Люблю криминальный жанр с молодости. У меня вон в том шкафу одно из лучших в столице собраний полицейских романов. Привозил из всех стран, где бывал. Но сделайте милость, объясните, как к вам попало это письмо.

Я глубоко вздохнул и стал излагать суть дела.

Артем Иванович оказался идеальным слушателем, он ни разу не перебил меня, только изредка кивал головой и кхекал. Когда я иссяк, академик переспросил:

— Значит, я консультировал Кузьминского в пятидесятых годах?

Я кивнул. Ванда Львовна уволилась именно в это время.

Академик встал, подошел к одному из шкафов, распахнул дверцы из темного дерева, передо мной возникли плотные ряды папок.

— Кузьминский, Кузьминский, — бормотал ученый, оглядывая полки, — вот, кажется, нашел!

С видимым усилием он вытащил картонный переплет, сдул с него пыль, положил на стол, раскрыл и воскликнул:

— Конечно! Как я мог забыть! Это же Сережа, сын Петра Фадеевича.

— Точно, — подскочил я, — именно о нем и речь!

— И что вас интересует?

— Почему Петр Фадеевич обратился к вам?

— Ну, батенька, — пробасил Бекасов, — есть такое понятие, как врачебная тайна. Я хоть и не доктор, просто психолог, но тоже не имею права рассказывать о пациентах.

— Речь идет о преступлении, — напомнил я. — Хорошо, тогда я сам скажу. Петр Фадеевич подозревал сына в убийстве своей второй жены Варвары? Спрашивал совета, как поступить с мальчиком?

— Похоже, вы и так все знаете, — пробормотал академик. — Давно дело было, тогда я только начинал практиковать, а Савелий Иосифович, царствие ему небесное, постоянно кого-то присылал. Люди в те времена у нас были темные, при слове «психолог» пугались, массово путали меня с психиатром. Впрочем, и сейчас кое-кто такого же мнения.

Но Петр Фадеевич был другим. Он появился в кабинете Артема Ивановича и спокойно изложил свою далеко не простую семейную историю.

— Жена моя, больная шизофренией, покончила с собой. Возможно ли, что сын повторит ее судьбу? Каким образом можно повлиять на поведение мальчика? — спросил он.

Артем Иванович сразу заподозрил, что отец рассказывает не всю правду, и попросил привести на прием Сережу. Поговорив с подростком, Артем Иванович сказал отцу:

— Мальчику очень хорошо бы пройти с десяток психотерапевтических сеансов.

— Он станет более управляемым и адекватным? — поинтересовался отец.

— Безусловно, — пообещал Бекасов, — ребенка грызет какая-то проблема, нужно помочь ему справиться с ней.

Петр Фадеевич кивнул, Сережа начал ходить к психологу. Это только кажется, что психотерапевтические процедуры простая, легкая болтовня. Специалисту, занимающемуся вашими проблемами, требуется докопаться до их первопричин, порыться в ваших мозгах и вытащить на свет глубоко закопанные внутри подсознания, залитые цементом времени и забытые тайны, о которых совершенно не хочется вспоминать.

— Он не выдержал на восьмом сеансе, — грустно сказал Артем Иванович, — зарыдал и...

Профессор замолчал и начал перекладывать на столе папки.

— Признался?

Артем Иванович кивнул:

— Да. Сначала долго рыдал, потом успокоился и рассказал, что всеми фибрами души ненавидел мачеху и ее дочь. Якобы женщина баловала свою дочку, а его постоянно притесняла, наказывала. Честно говоря, это не походило на правду. Но Сергей — явно выраженный эпилептоидный тип. Подобные люди склонны сильно преувеличивать свои обиды. У всех эпилептоидов фантастическая память. В научной литературе описаны случаи, когда такие люди через двадцать лет встречались со своими «обидчиками» и убивали их. В чистом виде эпилептоиды редкость, впрочем, как и истероиды. Как правило, мы можем говорить только о какой-то доминанте поведения. Так вот, Сережа Кузьминский был редчайшим, ярким представителем аптекарски чистого эпилептоида, да еще с тяжелой наследственностью. Сами понимаете, какая это гремучая смесь...

Он рассказал мне, как пугал Варвару, как радовался, когда понял, что отец считает ее сумасшедшей, как подсовывал ей в чай лекарства, чтобы несчастная получала двойную дозу медикаментов... Ну а потом...

Глава 28

— Просто взял ножницы со стола отца... — прошептал я.

— Такого он не говорил, — осекся Артем Иванович, — и я не скажу. Он клялся мне, что не хотел убивать, вышло все само собой, случайно. А затем начал было пугать Лисочку. Но тут у отца зародились какие-то подозрения, он отправил девочку в детский дом, а Сергея привел ко мне. Очень тяжелый случай. Но мы добились стойких положительных результатов. Сергей адекватно оценил свой поступок и сделал правильные выводы.

— И вы не обратились в милицию? — изумился я.

— Многоуважаемый Иван Павлович, — покачал головой Бекасов, — когда человек приходит ко мне, он вправе надеяться на сохранение тайны. Я бы и с вами не стал беседовать, но той истории уже много лет. Петр Фадеевич давно скончался, мы беседуем об умерших людях.

«Однако Сергей Петрович жив и вполне дееспособен», — чуть было не ляпнул я, но удержался от опрометчивого заявления. В моих интересах, чтобы Бекасов рассказал все, что знает о Кузьминском.

— И больше вы не встречались с Сережей?

Артем Иванович покачал головой:

— Нет, хотя у меня имеются пациенты, которые приходят не один десяток лет, я служу им «костылем» по жизни, но Сережа оказался не из таких. Знаете, любой человек, обратившийся к грамотному психотерапевту, во-первых, сильно меняется в процессе работы, а во-вторых, проходит несколько стадий в отношении к тому, кто проводит сеансы. Сначала появляется легкое недоверие, потом нежелание откровенничать, затем просто ненависть к специалисту, который без отмычки залез в душу. Некоторые мои пациенты рыдают на пороге, я их втаскиваю в кабинет за шкирку. Кое-кто категорически отказывается продолжать сеансы. Но если вы преодолели этот этап, то следующий — всепоглощающая любовь к психотерапевту, вы начинаете его просто обожать, считать своим учителем, восхищаетесь им, рассказываете ему все. Между специалистом и пациентом возникает прочная связь, один чувствует другого на ментальном уровне, и тут появляется новая опасность: образуется стойкая, почти наркотическая зависимость пациента от психолога. Наступает момент, когда с самым пустяковым вопросом он спешит на прием. Грамотный психотерапевт умеет обрубить «канат», психолог не должен решать проблемы за своего клиента, он обязан научить его самого справляться с ними. Но все равно кое-кто ходит потом годами. В основном, как ни странно, мужчины. У женщин имеются подружки, которым они без стеснения выкладывают наболевшее, у лиц противоположного пола нет, как правило, «жилетки», да и воспитание не позволяет казаться слабым.

— Значит, Сергея вы более не видели, — подытожил я.

Артем Иванович кивнул:

— Как пациента — нет. Ни его, ни Петра Фадеевича, хотя была пара эпизодов...

— Какие?

Артем Иванович улыбнулся.

— Прошла пара лет после наших встреч, год не назову, пятьдесят девятый, шестидесятый... Где-то так. Представьте себе картину: врывается сюда баба, из самых простых.

Артем Иванович слегка удивился. По виду визитерша совсем не походила на тех дам, которые посещают психотерапевта.

— Вы ко мне? — осведомился он.

— К тебе, — бесцеремонно ответила бабища и плюхнулась в кресло.

— Чем могу служить? — вежливо спросил Артем Иванович — его вообще-то трудно вывести из себя.

— Девки у меня с ума сошли, — завела она, — разума лишились, справиться с ними не могу!

Выпалив эту фразу, она уставилась на Бекасова. Он подавил легкий вздох: вероятнее всего, его опять перепутали с психиатром. Но Артем Иванович ничего не успел сказать, потому что тетка неожиданно заявила:

— Теперь скажи, сколько тебе заплатить надо, чтобы правду рассказал?

— Вы о чем? — изумился Бекасов.

— Так о Кузьминском. Он псих или нет? Неохота дочь за него отдавать, — зачастила бабища.

Через пять минут Артем Иванович разобрался в ситуации. «Клиентку» звали Степанида, жила она на одной лестничной клетке с Кузьминскими, работала у них прислугой. У Степаниды имелись две дочери, Маргарита и Анна. Обеим нравился Сережа.

— И не против бы была, — откровенничала Степанида, — обеспеченный он, при квартире, еще дача у них, дом — полная чаша. Только я ведь толкусь в семье и все знаю. Мать у Сережи сумасшедшая, Петр Фадеевич тоже странный, а ну как дети народятся больные?

— А от меня вы чего хотите? — насторожился Артем Иванович.

— Так я знаю, что Сергей у тебя лечился, вот и скажи, совсем он сумасшедший или нет? Может, мне девок к бабке в деревню отправить? Совсем разума лишились, боюсь, переругаются из-за парня!

Бекасов, естественно, ничего о Кузьминском рассказывать не стал, он только спросил:

— Сколько лет вашим дочерям?

— Ритке пятнадцать, а Аньке тринадцать. Анька, ладно, и впрямь мала еще, а Ритка... Ты бы на нее поглядел, на все восемнадцать тянет: грудь во, жопа колесом. Я их тут в комнате застала, обжимались вовсю! По бумаге ребенок, а в глазах черти скачут!

Целый час Артем Иванович провел со Степанидой, пока наконец сумел избавиться от назойливой тетки, с крестьянской прямотой вопрошавшей: «Так что? Сумасшедший он или как?»

Доктор с трудом от нее отделался, но история имела продолжение.

В начале шестидесятых Артем Иванович отправился летом в Сочи, на теплое море. В первый же день, выйдя на пляж, он наткнулся на... Сергея Кузьминского. Бывший пациент, возмужавший, сидел на лежаке. Артем Иванович сразу узнал парня, а тот его нет. Впрочем, Сергей его даже не заметил. Он целиком и полностью был поглощен тоненькой девушкой, лежавшей на полотенце. Спустя некоторое время по обрывкам разговоров Бекасов сообразил, что Кузьминский несколько дней назад женился и сейчас проводит в Сочи медовый месяц.

Решив не конфузить бывшего пациента, Артем Иванович хотел уже сменить место, но тут с огромным удивлением увидел Степаниду, подошедшую к парочке.

— Мама, постереги вещи, — попросила девушка, — мы купаться пойдем.

— Долго в воде не сидите, — буркнула бабища.

— Я сам за женой прослежу, — довольно зло отозвался Сережа.

— Сами с усами, — хрюкнула Степанида, — ишь какой! Для дочери мать главнее! Ей меня слушаться надо.

— Мама, не начинай, — сердито сказала девушка.

— Ему скажи, чтоб ко мне не цеплялся, — дернула головой Степанида.

Сережа, побледнев, потянул жену за руку.

Парочка побежала к кромке прибоя.

— Вот итит твою, — сплюнула Степанида, — муж объелся груш, поглядим ищо, кто кого переломает!

Артему Ивановичу стало жаль Сережу, потом в нем заговорил психолог, и он, улыбнувшись Степаниде, спросил:

— Ваша дочь недавно вышла замуж?

Степанида не узнала Бекасова. Она кивнула:

— Ага. Только в семью вошел, а уже зубья показывает! «Жена должна мужа слушаться!» Во, видали?

— Еще в Библии сказано: «Жена да убоится мужа своего», — напомнил Бекасов.

Степанида на секунду замолчала, потом решительно заявила:

— Ей я главная!

— Если станете во все вмешиваться, испортите дочери жизнь, — предостерег ее Артем Иванович.

— Не нравится он мне, — буркнула баба, — псих!

— Зачем же разрешили дочери выйти замуж?

— Так переспали они, — в сердцах воскликнула Степанида, — беременная моя дурища! Грех надо прикрыть!

— Раз уж так случилось, — попытался вразумить бабу Артем Иванович, — делать нечего, пусть живут. Вы дочку-то отпустите, сами разберутся. Ну зачем с ними поехали? Медовый месяц лучше проводить молодоженам вдвоем.

— Еще чего! — обозлилась бабища. — Он ее все время в постель тащит, совсем стыд потерял, при мне за сиськи хватает! Нет уж, коли беременна, и думать о глупостях забудь! Ребенка носи, да и потом целый год корми. Нельзя мужика до себя допускать! Меня так мать учила: неправильно мужу все время давать, на то нам вера пост и сделала, умей себя блюсти. А эти — без головы, хорошо, я тут, вчера с Риткой в одной комнате легла, а Сережку выперла!

Артем Иванович возмутился:

— Милая, вы своими руками разрушаете брак дочери. Нельзя отказывать законному мужу. Вспомните слова из Писания: «Плодитесь и размножайтесь».

— Грязь одна, — поморщилась Степанида, — только по необходимости и можно.

По этой фразе Артем Иванович мгновенно понял, какой несчастливой была в браке эта тетка, и сказал:

— Станете активно мешать молодым, парень уйдет, женится на другой, более сговорчивой. Ваша дочка останется одна с ребенком. Подумайте, вас устраивает такое развитие событий?

Степанида скривилась:

— Уйдет, как бы не так! Сделал ребенка — изволь кормить!

— Очень неверная позиция, — настаивал Артем Иванович, — даже вредная, вы разрушите счастье дочери, муж от нее уйдет!

Внезапно Степанида покраснела, сложила фигу и стала вертеть «конструкцией» под носом у психолога:

— Накося выкуси! Уйдет, как же! Да мы с девками такое про него знаем! Только рыпнется в сторону, мигом в милицию побегем, и его посадят! Не, жить ему теперь с нами до смерти, коли на свободе остаться хочет.

Прямо от профессора я покатил к Норе. Было около полуночи, но моя хозяйка не ложится, как правило, до двух. К тому же она приказала:

— Если беседа покажется тебе интересной, мухой лети назад.

Увидав меня на пороге, Элеонора с нетерпением воскликнула:

— Ну как?

Я сел и начал пересказывать разговор.

— Вот, — радовалась Нора, — вот! Все выяснено! Нет, какая я умная, замечательная, сообразительная! Такой клубок размотала! Слушай, Ваняша, как обстояло дело! Сережа, будучи подростком, убил свою мачеху. Мотивы тебе понятны?

Я кивнул:

— Да. Ревность, нежелание видеть около отца другую женщину, немало масла в огонь добавило наличие Лисочки!

— Именно! — Нора подняла вверх указательный палец. — Очень часто подростки проявляют крайнюю нетерпимость, когда мать или отец решают заново создать семью. Ну-ка вспомни Раевских!

Да уж, Элен Раевской не позавидуешь. Ее муж, весьма удачливый коммерсант, погиб в автокатастрофе. Элен тогда не исполнилось и тридцати пяти. Молодая, эффектная, богатая блондинка, она привлекала мужчин стаями. Причем основная часть кавалеров была настроена серьезно. Но до бракосочетания дело так и не доходило, потому что женихи, едва сделав предложение, отчего-то испарялись, не дождавшись свадьбы. Потом один из несостоявшихся мужей разболтал приятелям, в чем дело.

У Элен имелась двенадцатилетняя дочь, которая, поняв, что в их дом проник очередной претендент на роль папочки, мигом начинала военные действия. В ход шли сначала невинные шалости типа открытого тюбика с зубной пастой, лежащего на полу в темном коридоре, и массажной щетки, засунутой под простыню к предполагаемому отцу. Затем «шуточки» ужесточились. Девочка портила одежду, рвала книги, еще она любила поставить на дверь, сверху, кастрюлю с водой и громко хохотала, когда та, опрокидываясь, сначала обливала будущего отчима, а потом еще и стукала его по голове. Естественно, женихи «теряли лицо» и требовали от Элен отправить негодницу в закрытый колледж. Но госпожа Раевская предпочитала в этой ситуации расстаться с кавалером.

— Петр Фадеевич вовсе не был жесток, — продолжала Нора, — ну почему, я думала, он отдал Лисочку в приют, а потом ни разу не позвал ее в гости? Ты это понимаешь?

— Ну... не хотел возиться с чужим ребенком, — предположил я.

— Зачем тогда удочерял?

— Пока была жива Варвара, думал сделать приятное жене.

— Мне кажется, Петр Фадеевич не был жесток, — повторила хозяйка, — и решение, да еще такое серьезное, принимал не с бухты-барахты. Ему, обеспеченному человеку, ничего не стоило нанять девочке няню. Нет, дело в другом.

— В чем?

— Кузьминский боялся, что Сергей убьет Лисочку, — торжествующе выкрикнула Нора, — он отвез девочку в детский дом, чтобы спасти ее от своего сына. Причем специально ни разу не позвал ее в гости из тех же соображений, постарался обрубить все связи, имеющиеся у него с девочкой, ясно теперь?

Я ошарашенно кивнул. В словах Норы был свой резон.

— Вот оно как! — не успокаивалась она. — Все замечательно выстраивается в логическую цепочку. Степанида, постоянно находящаяся в доме, каким-то образом узнала о совершенном убийстве.

— Каким же?

— Ну, не знаю! — сердито одернула меня Нора. — Может, Петр Фадеевич чего-то обронил, Сережа добавил... Сложила одно с другим и получила ясную картину. Прислуга-то много чего видит, а хозяева в какой-то момент перестают стесняться, обсуждают при ней многие дела.

Степанида рассказала дочкам о преступлении. Ей очень не нравилось, что Рита и Аня смотрели на парня влюбленными глазами, небось думала, что их отвернет от убийцы. Но любовь зла. Маргарита наплевала на материнские предостережения и залезла в кровать к Сергею.

Внезапно Нора замолчала, потом удивилась:

— Сколько лет Беллочке?

— Двадцать, — ответил я.

— Однако странно, — протянула Нора, — если Рита была беременной в начале шестидесятых, девочке никак не может быть двадцать.

Я пожал плечами.

— Сергей Петрович как-то раз после очередного скандала между Кларой и Беллой сказал мне: «Сам виноват, избаловал девочку до невозможности. Но у нас с Ритой долго не было детей, пять выкидышей и ни одного живого младенца. Беллочка родилась, когда мы уже потеряли всякую надежду завести ребенка».

— А-а-а-а, — протянула Нора, — ясно, случается порой такое. Значит, узнав о беременности дочери, Степанида разрешила той выйти замуж за Кузьминского. Она небось его все время шантажировала.

Я молча смотрел на Нору.

— Сергей терпел, терпел и не выдержал, убил сестриц. Сначала старшую, потом младшую. Вот как обстояло дело! Ну, как по-твоему?

Я попытался вернуть хозяйку с небес на землю:

— Нора, ваш рассказ вполне убедителен, но в нем есть дыры.

— Какие же? — ледяным тоном осведомилась та.

— А зачем Кузьминский столько лет ждал? Отчего не расправился с девчонками через некоторое время после свадьбы?

Нора задумалась, потом предположила:

— Ну... любил Риту, а потом чувство иссякло!

— Почему он малевал пятно на картине?

— Пугал всех.

— Вот уж глупость!!!

— Ваня, не забудь, он не совсем нормален! Выжидал, вынашивал план!

— Столько лет?

— Да!

— Хорошо, а Катя?

— Что Катя?

— Почему он убил горничную Катю?

На секунду Нора растерялась, потом нашлась:

— Наверное, она что-то узнала про Сергея Петровича. Ваня, завтра же поедешь в дом, где Кузьминский жил во время своей юности, и поговоришь со Степанидой.

Я подскочил.

— Нора! Столько лет прошло! Она давно на кладбище.

Лицо Норы стало жестким.

— Может, и нет! Ванда Львовна-то жива. Сам посуди, Степанида могла рано родить девочек, лет в восемнадцать-двадцать, тогда ей в то время было тридцать восемь или тридцать шесть. Сейчас ей должно быть около восьмидесяти или чуть больше. Многие женщины доживают до такого возраста. Действуй, Ваня, это единственный живой свидетель преступлений Сергея Кузьминского.

Я колебался. «Многие доживают до восьмидесяти!» Но очень часто люди не дотягивают до шестого десятка!

— Вы уверены, что сестер убил Сергей Петрович? — тихо спросил я.

— А кто еще?

— Зачем же он поселил меня в доме? Лишний свидетель, на мой взгляд, ни к чему.

— Это на твой взгляд, — обозлилась Нора, — а на его взгляд совсем по-иному. Ты должен был и впрямь стать свидетелем, только его невиновности. Подтвердил бы в милиции — Сергея Петровича на момент убийства не было дома... В общем, хватит зря болтать, завтра с утра дуй к Степаниде.

Я покачал головой. Насчет свидетеля невиновности очень неубедительно, типичная ерунда.

— А где взять адрес Степаниды?

Нора покраснела.

— Ваня, надо хоть изредка шевелить извилинами! Позвони Ванде Львовне, она его точно помнит.

Глава 29

На следующий день утром я приехал на Таганку и принялся колесить по старомосковским улицам. Удивительное дело, центр города, совсем недалеко шумит вечно переполненное Садовое кольцо, а тут тишь да гладь, больше похоже на какой-нибудь провинциальный городок, чем на Москву.

Невысокие дома, покрытые облупившейся желтой штукатуркой, стояли буквой «П», во дворе наблюдалась совсем уж патриархальная картина. Дядька в мятых спортивных штанах и грязной майке колотил палкой по вытертому, когда-то красному ковру, висевшему на железной палке, прикрепленной между двумя деревьями. Давно я уже не встречал людей, выбивающих половики дедовским способом.

Во времена моего детства такая перекладина имелась и в нашем дворе, и зимой, когда ударял морозец, жители массово чистили паласы снегом.

Сейчас почти у всех имеются пылесосы, но, видно, этот дядька жил по старинке. «Бах, бах, бах», — разносилось по двору.

Я огляделся, увидел в противоположном углу скамейку, на которой тосковала старушка с детской коляской, и решил провести разведку боем.

Я приблизился к лавке и спросил:

— Разрешите присесть?

— Не куплено место, — буркнула старушка.

— Устроился бы там, чтобы вам не мешать, но пыль очень летит!

Старуха оживилась:

— Ну не урод ли?

— Кто? — решил я поддержать разговор.

— А Шурка, — кивнула бабка в сторону мужика, — пропил все из дома: и пылесос, и телевизор, и радио. Теперь вона, руками бьет!

— Ковер-то уцелел, — улыбнулся я.

— Да кому он нужен! — воскликнула старуха. — Ему лет, как мне, скоро тыща исполнится.

— Быстро время летит, — покачал я головой.

— Жизнь прошла, — грустно сообщила бабулька, — а я ее и не заметила, летит, летит, ошалеть можно! Все меняется.

— Вовсе не все, — я решил подобраться к нужной теме, — вот в этом дворе ну просто как во времена моего детства. Хоть кино про шестидесятые снимай!

Бабуля подняла на меня голубые выцветшие глаза.

— Из наших будешь? Не припомню тебя! Звать-то как?

— Иван Павлович Подушкин.

— Олимпиада Тихоновна, — церемонно кивнула собеседница, — старая совсем стала. Ты из какой квартиры-то?

— Я не отсюда, здесь мои подружки жили, Рита и Аня, маму их звали Степанида, может, встречались с ней?

Олимпиада Тихоновна тоненько засмеялась:

— А то нет! Сто раз на этой лавочке сиживали, кофты плели. Вязать Степанида любила, да и я в молодости рукодельницей была. И сейчас бы могла, только глаза не дают, вижу плохо совсем. Вечно она, покойница, на девчонок жаловалась: не слушаются, грубят. Только посмотришь на нонешних и подумаешь: наши ангелами были, всех грехов — с парнями за гаражами целоваться. А теперь!

— Степанида умерла? — спросил я.

— Так давно уж, — пригорюнилась Олимпиада Тихоновна, — еще в шестидесятых. Девки замуж повыскакивали да съехали. Вернее, Ритка с мужем раньше умотала. А Анька позже.

— Вместе с отцом?

— Ну сказал, — усмехнулась Олимпиада Тихоновна, — он еще когда спился! И не вспомню! Степанида девчонок сама на горбу тащила, все причитала: «Мне бы их замуж пристроить за хороших людей, и помирать можно».

И ведь напророчила себе! Ритка, старшая ее, за парня из нашего двора выскочила, как его звали-то... э... Сережа! Во, вспомнила! Ну ты скажи, что с памятью делается! Вчерашний день не расскажу, а начну про прошлое думать, прямо на ладони лежит!

Ничего странного, просто это один из признаков развившегося склероза. Пожилой человек может напрочь забыть события ближайших часов, зато в деталях сообщит, чем занимался семнадцатого октября тридцать шестого года.

— Жалко Степаниду, — абсолютно искренне вздохнул я, — значит, Анна тут одна?

— Почему? — удивилась Олимпиада Тихоновна. — С теткой. Если дружили, помнить должен, Клавдия, сестра Степаниды!

Я хлопнул себя ладонью по лбу.

— Тетя Клава! Совсем забыл про нее. А сейчас кто в их квартире живет?

— Так она и осталась, Клавка.

— Клавдия жива?

— А чего странного? Она меня моложе!

Страшно обрадовавшись, я быстренько попрощался с Олимпиадой Тихоновной, пошел к метро. Вряд ли Степанида имела тайны от родной сестры, с которой к тому же жила в одной квартире.

Клавдия оказалась дома. Маленькая, чистенькая, в сером халате, она походила на домовитую мышку.

— Чего пришел? — поинтересовалась бабуля.

— Добрый день, — улыбнулся я, — принес вам привет от Сергея Петровича, вот, держите.

Клавдия уставилась на большую коробку конфет, за которой я только что сбегал к метро.

— Сергей Петрович? — удивленно спросила она. — Кто такой?

— Как? — фальшиво возмутился я. — Родственник ваш, муж Риты, зять Степаниды, Сережа, вы в соседних квартирах жили.

Клавдия охнула и, взяв коробку, пробормотала:

— Ну надо же, вспомнил. С чего бы это? Расстались-то плохо! С Риткой мы тогда поругались, она к нам и не заходила, а потом и Анька съехала...

— Сергей Петрович велел посмотреть, — бодро врал я, — не нуждаетесь ли в чем. Он теперь человек богатый, может помочь.

— А гляди, — радушно разрешила Клавдия, — живу, как все, на пенсию.

Я вошел в прихожую. Некоторые московские дома, с виду маленькие и достаточно противные, внутри имеют замечательно удобные, просторные квартиры. Взглянешь на домишко, покрытый штукатуркой, и думаешь: вот-вот рухнет. А войдешь внутрь и ахнешь: комнаты по тридцать метров, в кухне можно посадить десять человек, а в ванной вымыть слона.

Апартаменты Клавдии были из таких. Три огромные комнаты, длинные коридоры, кухня имела аж четыре окна.

— Замечательные хоромы, — решил я подольститься к хозяйке.

— Ремонта просят, — вздохнула она, — впрочем, квартирка хорошая, теперь таких не строят, нам завод давал. Мы все, я, Степанида и Михаил, муж ее, в одном цеху работали, вот и получили как ударники. Жилплощадь наша коммунальной считалась, у Степы с Мишкой семья, две девочки, а я вроде посторонняя. Им две комнаты, мне одну. Потом Мишка помер, Степанида уволилась, не нравилось ей между станками бегать, а я осталась, так ткачихой до пенсии и протрубила. Между прочим, кабы не я, квартиру-то и отобрать могли, только учли, что мы сестры. Это благодаря мне они тут все жили. Да уж, сказали потом тетке «спасибо» за заботу Ритка с Анькой, скрасили старость!

— Неужели племянницы к вам не заглядывают?

Клавдия поправила халат.

— Лет двадцать носа не кажут! Может, чуть меньше! Как Анька забеременела, так и поругались.

— Из-за чего же?

Клавдия усмехнулась:

— Коли время есть старуху слушать, расскажу! Только теперь все торопливые, скачком, бегом к телевизору. Я его терпеть не могу.

— И сериалы не смотрите? — Я усиленно старался подольститься к Клавдии. — Моя мама с удовольствием их глядит.

Что, между прочим, чистейшая правда. Николетта обожает «мыло». Правда, и здесь она, как в случае с продуктами, проявляет, по выражению прошлых лет, «низкопоклонство перед Западом». Любая мексиканская ерунда вызывает у маменьки дикий восторг, фильмы, снятые в России, она игнорирует.

— Так ты, наверное, со своей матерью хоть иногда разговариваешь, — протянула Клавдия, — а я кругом одна, сама с собой бормочу, никому до меня дела нет. А от телевизора уже одурела. Может, чайку вздуть? Посидишь у меня?

— Конечно, — быстро кивнул я, — можем немного о прошлом поболтать.

Клавдия загремела чайником, не электрическим, простым, древним, покрытым белой потершейся эмалью.

— Эх, грехи мои тяжкие! Разве думала, что останусь одна-одинешенька? На племяшек рассчитывала, а они вон какие оказались...

Клавдия уставилась на весело пляшущий огонь горелки и принялась рассказывать мне свою жизнь.

Замуж она не вышла, хоть и была красивой, до тридцати лет все выбирала, а потом собралась в дом отдыха. Для получения путевки требовалась санаторная карта, и Клавдия отправилась в больницу, где ее огорошил гинеколог:

— Вам требуется срочная операция.

А уж после оперативного вмешательства по женской части какие женихи? Клава о них и думать забыла, ушла с головой в производство, стала вести общественную работу. Ее хвалили, отмечали, награждали. То премию выпишут, то грамоту дадут, а под один Новый год вручили стиральную машину, вещь по тем временам в домах редкую. Так что на заводе она была начальница смены, орденоносца и маяк для всех. Дома же с ней никто не считался. В квартире бал правила Степанида, она была старше сестры и моментально затыкала той рот при любых спорах. Клава никогда не готовила, не стирала, не убирала. Просто отдавала в общий котел зарплату, хозяйство лежало на крепких плечах Степаниды, которая служила домработницей у соседей.

Клавдия, правда, пыталась наставить сестру на путь истинный и порой говорила:

— Охота тебе за чужими грязь выносить! Возвращайся на завод, иди ко мне в бригаду, возьмем семейный подряд, это сейчас очень приветствуется, рабочая династия будет.

— И думать забудь, — отмахивалась Степанида, — была охота по цеху носиться, да у вас все в пятьдесят уже глухие! Шум какой стоит!

Так и жили, радуясь мелким удачам. Собирали на летний отдых и новую мебель, мечтали о своей дачке на шести сотках, ходили дома в рваных халатах, зато на людях показывались «при полном параде». Двух зарплат в принципе хватало на скромную жизнь, конечно, шуб и золота было не купить, но драповые пальто имелись у всех. Радоваться бы своей счастливой судьбе. Но насладиться жизнью сестрам не давали Рита и Аня.

Ох, не зря в народе говорят: «Маленькие детки спать не дают, от больших сам не заснешь». Девчонки росли своенравные, ты им слово, они тебе десять. По хозяйству помогать не собирались, стирать, готовить и убирать не хотели. Впрочем, Аня была довольно тихой, побаивалась ремня, а Рита вышла ну совсем бесшабашной. Однажды Степанида, решив наказать двенадцатилетнюю Маргариту, двинулась на ту с поясом от платья, приговаривая:

— А ну заголяй задницу, сейчас поймешь, как с матерью разговаривать надо!

Но Рита не испугалась, не заплакала, не стала просить пощады. Она подскочила к матери, вырвала из ее рук ремешок, швырнула его в окно и заявила:

— Только тронь меня пальцем, мигом следом выброшусь! Не будет у тебя дочери!

Степанида испугалась и перестала наказывать Риту, все колотушки доставались с тех пор только Анне, безропотно сносящей «науку».

А потом Рита влюбилась в сына Кузьминского, Сережу. Уж как Степанида уговаривала дочь отвернуться от парня!

— Сумасшедший он, — внушала она ей, — мать его с собой покончила. Да и отец был странный, весь день чего-то писал, писал в тетрадях. Найди себе нормального!

Но Рита закусила удила.

— Мне нужен только он! — твердила она.

Обозленная Степанида отправила непокорную дочку на все лето к бабке в деревню, надеялась, что Маргарита забудет про любовь, хотела сделать лучше, а получилось черт-те что. Рита сообщила Сереже адрес, парень мигом приехал в Тульскую область... Тут-то у них все и случилось, в сарае, на сене.

Вернувшись домой, Рита без стыда заявила матери:

— Нам расписываться надо, я беременная!

Степанида схватилась за голову и понеслась к Кузьминскому. Петр Фадеевич к тому времени уже умер, Сережа жил в квартире один, учился в институте.

Степанида влетела к нему в комнату и заорала:

— Мерзавец! Это называется совращением малолетних, я тебя посажу!

В Уголовном кодексе тех лет была статья, предусматривающая тяжкое наказание для мужчины, который вступил в связь с девушкой, не достигшей восемнадцатилетия.

— Прямо сейчас в милицию пойду, — бесновалась Степанида, — снасильничал девочку!

На вопль прибежала Рита, вдвоем они с Сережей кое-как успокоили бабу.

— Мы любим друг друга, — увещевал будущую тещу Кузьминский, — хотим пожениться!

Пришлось Степаниде, сцепив зубы, идти в райсовет, просить разрешение на брак.

Свадьба вышла тоскливой. Из-за позора никого не позвали, в загсе были лишь жених с невестой, Степанида с Клавой да Анна. На деревенских родственников Степанида разозлилась — не доглядели за девкой, перед московскими родичами было стыдно. Не устраивали и гулянок. Сережа сказал, как отрезал:

— Я водку не пью, и денег на глупости тратить не собираемся. Мы поедем на медовый месяц в Сочи.

Разразился первый скандал, Степанида увязалась за молодыми. Клавдия осталась дома утешать Анну.

— Ну почему он ей достался? — рыдала девочка.

Прошло время, ребенок так и не родился, у Риты на седьмом месяце случился выкидыш. Обрадованная Степанида заявила:

— Ну теперь и развестись можно и поискать другого, не психа.

Но, несмотря на происки бабы, Рита и Сережа

жили дружно. Спустя пару лет Степанида умерла, а Клава никогда не вмешивалась в семью племянницы, у них наладились хорошие, родственные отношения. Жили по-прежнему в соседних квартирах. Анна все никак не выходила замуж, сначала выбирала кавалеров, словно придирчивая невеста: у одного нос велик, у другого уши оттопырены, у третьего лысина. Ну а потом выбирать стало не из кого.

Сергей работал в НИИ, получал, как все. Клавдия, жалея, что у них с Ритой нет детей, радовалась тому, что зять не пьет совсем, капли в рот не берет. Ну а затем случилось событие, полностью переломившее их семью.

Под Новый, восьмидесятый год Риту отправили в командировку, а Клавдию первый раз в жизни позвали друзья отметить праздник в ресторане.

— Ступай, — улыбнулась племянница, — мы с Сережей вдвоем посидим, «Голубой огонек» поглядим.

Не думая ни о чем плохом, Клавдия ушла. Вернулась она не как обещала, в семь утра, а в три ночи. В ресторане ей не понравилось: слишком шумно, много пьяных, и еда пересолена.

Клава вернулась домой. Было тихо. Думая, что Сергей и Анна давно разошлись, тетка вошла в большую комнату и онемела: они, обнявшись, спали на диване, голыми! На столе тикал будильник, стрелка звонка стояла на пяти утра.

Вы и не представляете, какой скандал устроила Клава. Проснувшиеся любовники стали оправдываться.

— Да не было ничего, — бубнил Сережа, натягивая брюки, — я совсем не пью, а тут шампанское, три бокала, вот и развезло.

— Ты Рите не рассказывай, — умоляла Анна, — не надо!

Скрепя сердце Клавдия согласилась хранить молчание. Вернувшаяся Маргарита ничего не узнала, Сергей перестал заглядывать к Клавдии.

Потом Клава заметила, что с Анной творится неладное. Она каждый раз после еды бросалась в туалет, талия ее стала стремительно полнеть. И только когда тугой живот натянул платье, тетка сообразила, в чем дело.

Вне себя она кинулась к Сереже и, наплевав на присутствие Риты, закатила скандал. Маргарита узнала правду. Что творилось в их квартирах на протяжении следующего месяца, лучше не вспоминать.

Но потом вдруг гроза успокоилась. Сережа и Рита, обменяв жилплощадь, исчезли в неведомом направлении. Анна совершенно неожиданно вышла замуж за тихого мужика по имени Валерий и уехала к нему. С Клавой никто из племянниц даже не попрощался. Она до последнего не знала об их планах. И была потрясена, когда увидела, что из соседней квартиры выносят вещи. Столкнувшись с грузчиками, Клава бросилась к Рите.

— В чем дело?

— Отвали, змея, — буркнула племянница, — видеть тебя не желаю, дел иметь не хочу. Мы с Сережей незнамо куда едем, лишь бы с тобой никогда не встречаться!

А через месяц исчезла и Анна, оставив записку: «Ты подлая баба, живи одна, я вышла замуж и ухожу к Валерию». Все, больше они не встречались.

— И что я плохого сделала? — недоуменно вопрошала сейчас Клава. — Ну не сдержалась, налетела на Сережу. Но кто бы утерпел, а? Ведь перенервничала сильно, разве хорошо это — детей делать на стороне? Да еще с сестрой жены! Ведь воспитывала их, растила, а они вон как отблагодарили! Бросили словно собаку! Сколько лет прошло, пока вспомнили! Спасибо, конечно, за конфеты, только лучше бы не чужого подсылали, а сами приехали!

— Сергей Петрович побаивается, — сказал я.

— Чего? — изумилась Клава. — Вон сколько лет утекло, забылось все.

— Степанида все время повторяла, что посадит его за какое-то преступление, — продолжил я.

Клава махнула рукой:

— А, ерунда на постном масле.

— В чем дело, не знаете?

— Конечно, знаю, — усмехнулась Клавдия. — Сережка-то Ритку совратил, ей восемнадцати еще не исполнилось, когда он ребеночка сделал. А за такое в советское время тюрьма светила! Правильно, между прочим, нечего развратничать. Вот Степанидка и пугала постоянно зятя: «Не станешь слушаться, в милицию сдам». Сережа сначала нервничал. Сестра еще пуще, видит — действует, и давай по любому поводу стращать, очень уж ей хотелось его под себя подмять! А потом Сережа со знающими людьми поговорил и ответил:

— Хватит, хоть сейчас бегите в милицию, ничего мне не будет!

— Очень даже будет! — обозлилась теща.

— Нет! — отрезал Сережа. — Я женат на ней, а брак все искупает.

Степанида не поверила и побежала в отделение. Но там ей сказали:

— Мамаша, дело семейное, они расписаны, какое совращение?

На этом разговоры о тюрьме и закончились.

— И это все? — осторожно спросил я.

— А чего еще? — удивилась Клава.

Я подмигнул ей.

— У них вроде имелась какая-то идиотская история, про привидение. Кровавое пятно на картине и зловещие убийства...

Клава отмахнулась:

— Да ерунда. Мать у Сережи сумасшедшая была, и отец того, не совсем, а уж люди напридумывали!

— Значит, никакой правды тут нет? А болтали, будто у Кузьминских в доме убийства творились.

— Ой, — покачала головой Клава, — народ-то совсем глупый, трепали во дворе всякое. Степанида первая и начала про ненормальную мать Сергея и ее самоубийство, уж откуда сама только узнала, но потом, когда Сережа на Рите женился, рот захлопнула и о сплетнях пожалела. Стала людей затыкать. Да оно и понятно: ну кому охота слышать, что твой зять не в своем уме? Вот и злилась на всех, хотя чего же она ожидала: сначала растрепала, а потом попыталась на чужой роток накинуть платок. Только после ее смерти пересуды прекратились. Ну еще немного помололи языками и бросили! Откуда вы только эту историю взяли! Про нее все забыли!

Я поколебался и задал вопрос в лоб:

— Значит, Сережа никого не убивал?

— Господь с вами, — перекрестилась Клава, — хороший мальчик, только, может, угрюмый слегка, а так нормальный. Степанида его просто ненавидела, вот и приматывалась. Простить не хотела, что Ритку соблазнил. А мне он нравился: вежливый, воспитанный, непьющий, в институте учился, квартиру имел, да еще сирота: мать давно умерла, и отец до свадьбы не дожил. Ну чем плохая партия. Кабы я имела дочь, лучшей бы не пожелала. Но Степаниду прямо жгла ненависть, уж сколько она гадостей Сергею говорила! Я один раз не удержалась: «Ты не дави парня, убежит, и останется Ритка без мужа, нехорошее творишь».

Степанида посмотрела на младшую сестру и, гадко ухмыльнувшись, отбрила:

— Не лезь не в свое дело. Никуда он не денется, знаю про него кой-чего! Только он в сторону, а я в милицию! За решетку угодит!

— Что она, по-вашему, имела в виду? — поинтересовался я.

— Так небось думала про совращение малолетних, — с обескураживающей откровенностью воскликнула Клава, — говорила же, Ритку он до восемнадцати лет испортил.

Глава 30

Я вышел на улицу и вздрогнул: с неба неожиданно посыпался мелкий дождик. К сожалению, я быстро цепляю простуду, поэтому подбежал к стоявшей у обочины машине.

— У-у-у, — завыл мобильный.

От неожиданности я подпрыгнул и чуть было не упал. Ей-богу, этот «оригинальный» звонок доведет меня до сердечного приступа. Надо, наверное, купить новый телефон. Неожиданно меня охватило раздражение. Ну какого черта поехал тогда к Жанне? Слишком много неприятностей за пару минут удовольствия. Во-первых, пропал мобильный вместе со всеми записанными в нем номерами телефонов. Во-вторых, испарились документы. При воспоминании о последних я испытал приступ отчаяния. До сих пор не могу восстановить паспорт! А ведь еще предстоит делать новые права и бумаги на владение «Жигулями». Похоже, что весь год потрачу на сидение перед кабинетами в милиции и ГИБДД.

— Ваня, — заорала Нора, — ты где?

— Сейчас приеду, — ответил я.

— Давай поторопись, — приказала она, — тебя за смертью посылать, совсем пропал.

Я сунул мобильный в карман. Вздорность и вечное недовольство — вот основные признаки каждой женщины.

— У-у-у, — вновь ожил сотовый.

Я, с головой ушедший в свои мысли, резко дернул рулем и, не понимая как, задел растущее у обочины дерево.

Еле сдерживаясь, я вылез из-за руля и увидел сильно помятое крыло. Тут же, словно из воздуха, материализовалась патрульная машина, из нее вылезли два страшно похожих на кабанов сержанта и, не торопясь, вразвалочку, пошли ко мне. Все автолюбители хорошо знают: если попал на дороге в аварию, прибытия гибэдэдэшников нужно ждать несколько часов. Но если они не нужны, то возникают словно по мановению волшебной палочки.

Парочка приблизилась ко мне.

— Да, — протянул один, — чудная картина, как ты мне мила!

— Пил? — поинтересовался второй.

— Нет.

— Бухаловым не пахнет, — вынес вердикт первый мент, — может, у него ширялово в вене?

— Я не употребляю наркотики! Просто не удержал руль!

— Это кому другому скажи, — усмехнулся сержант, — права и документики на машину.

— Нету, — безнадежно ответил я, — украли. Вот справка из отделения.

— Глянь, Санек, — покачал головой второй, — филькина грамота у него.

— Значитца, так, — заявил Санек, — пятьсот баксов с тебя.

— За что?! — подскочил я.

— А за нашу доброту, за то, что не забираем, — лениво пояснил Санек, — «жигуль» явно паленый, ты сам никакой...

— Да просто... — начал я, и тут вновь заорал мобильный.

Санек шарахнулся в сторону, споткнулся о бордюр и упал. Его коллега попятился.

— Эт-то чиво?

Я вынул телефон и принялся объяснять ситуацию.

— Прикольная штука, — задумчиво произнес Санек, отряхивая брюки, — ни у кого такой нет. Дай поглядеть.

Я молча отдал ему сотовый.

— Дорогой? — деловито спросил Санек, вертя «Нокиа».

— Пятьсот баксов, — ответил я, умолчав, что мне аппарат с идиотским звонком обошелся в два раза дешевле.

— Слушай, — предложил сержант, — давай сделаем так: ты мне его отдашь и езжай себе спокойненько.

Я посмотрел на мобильный. А что, может, это самый лучший выход. Не могу больше слушать утробные завывания, уже решил приобрести себе другой, с нормальным звонком.

— Забирай.

— Классно, — обрадовался Санек, — ща мы тебе вот тут крыло отогнем, и ехай на здоровье.

Я влез в покореженный автомобиль, вырулил на проспект и тут только сообразил, что забыл в «Нокиа» СИМ-карту. Значит, завтра надо позвонить в «Би-лайн» и заблокировать номер. Вряд ли жуликоватый Санек успеет наговорить на большую сумму. Хотя кто его знает! Страшно недовольный собой, я свернул влево, потом вправо. Машин на дороге, как ни странно, оказалось мало. Обычно в Москве постоянные пробки, движение не затихает ни днем, ни ночью. Так, доберусь до Норы, запаркую несчастный «жигуленок» и лягу спать. К Кузьминскому мне ехать незачем. Сергей Петрович в больнице, да и трудно пешком добраться до поселка. Правда, мой несчастный «жигуль» на ходу, но внешний вид у него не ахти, меня начнут останавливать на каждом посту, документов нет, только справка из милиции. Нет, почему мне так не повезло? Зачем поехал к Жанне?

Мысли потекли в другом направлении. Жанна, конечно, хороша собой, но эгоистична, капризна и глупа. И замужем, что, с одной стороны, хорошо, потому что она не требовала от меня похода в загс, а с другой — плохо: приходилось соблюдать меры предосторожности. Нет, больше никогда не стану встречаться с ней, все чувства перегорели, а я не способен использовать женщину лишь как постельную принадлежность, мне надо испытывать хоть какие-нибудь эмоции. В глубине души я романтик и четко представляю, какой должна быть МОЯ женщина. Ну, во-первых, не слишком страшной, хотя красота модели или киноактрисы меня отпугивает. Больше привлекает нормальное русское лицо: сияющие глаза, чистая кожа, аккуратный нос. Цвет волос безразличен, но что для меня принципиально — это вес. Моя женщина должна быть худощавой, а рост может иметь любой, со своими двумя метрами я неплохо смотрюсь даже рядом с баскетболисткой. Но внешность дело десятое. И еще мне абсолютно безразлично, какие наряды носит избранница, имеет ли она устойчивое финансовое положение. Я вполне способен сам содержать любимую женщину.

Вот наличие детей ни к чему, вряд ли сумею полюбить чужого ребенка, боюсь, что и свой начнет раздражать. Но главное — это характер. Я надеюсь встретить добрую, ласковую, неэгоистичную натуру, способную полюбить меня ради меня самого. Если она будет прощать мне мелкие слабости, такие, как курение, — очень хорошо. Если поймет, что я порой нуждаюсь в уединении, еще лучше. Мне хочется, чтобы жена была верным, настоящим другом в горе и радости. Совсем не обязательно ей сидеть дома, стирать, убирать, гладить... Наоборот, пусть совершенствуется в любимом деле, а я найму прислугу, это теперь недорого.

Тут я вздохнул: эк меня занесло — нет, подобного варианта не найти. Потом еще нужно, чтобы она не ссорилась с Николеттой и пришлась по душе Норе. Не слишком ли многого я хочу от одной особы? Видно, доживать мне в холостяках. Отчего к моему берегу постоянно прибивает таких дам, как Жанночка? Где ходят другие женщины? Не обращаться же к свахе?

Углубившись в собственные мысли, я ехал в правом ряду. Внезапно перед глазами замелькал синий спецсигнал, и металлический голос прогремел:

— «Жигули», номерной знак 337, немедленно остановитесь!

Ну вот, теперь разбитая колымага привлекла внимание других стражей дорог. Интересно, сколько на этот раз слупят?

Покорно прижавшись к обочине, я вылез наружу и увидел Санька с мобильным в руке.

— На, — сунул он мне трубку.

Я машинально поднес ее к уху.

— Безобразие, — раздался крик Николетты, — имейте в виду, вам мало не покажется! Немедленно позовите Ивана!

— Слушаю.

— Это ты?!

— Да.

— Только что отвечал какой-то идиот, совершенно ненормальный хам!

— Извини, это случайно вышло!

— А-а-а, — визжала Николетта, — ты нарочно не берешь трубку, не желаешь со мной разговаривать! Вот ты какой! Ну погоди, никогда, никогда не расскажу тебе! Никогда! Мучайся теперь!

И она швырнула трубку.

— Это кто? — спросил Санек.

— Мать, — ответил я.

— Да уж, — покачал головой Санек, — ну и голосина у нее. Гляди, чего вышло.

Я посмотрел на патрульный автомобиль. Левое крыло было слегка помято.

— Только отъехали, — почесал в затылке Санек, — эта штука как завоет, Павлуха вздрогнул, и во, в оградку влетели. А потом эта как завизжит: «Где Ваня? Где? Умираю!!!» Мы подумали, может, плохо кому, и за тобой. Едем, гудим, мигаем, а ты словно оглох и ослеп.

— Простите, не увидел.

— Забирай свой телефон, — прогундосил Санек, — ну его в задницу! Никакого прикола нет! И ведь знали, что выть станет, а испугались!

Я повертел «Нокиа» в руках.

— Значит, не пришелся ко двору?

— Ваще никак, — сплюнул Санек, — машину помяли, как ты. Теперь верю, что испугался.

— Возьми телефон, от чистого сердца, — предложил я.

Тут трубка снова взвыла, Санек отступил.

— Во, едрена Матрена, не надо мне такого счастья.

Не успел я сказать и слова, как он нырнул в свой покалеченный кабриолет и отбыл.

Мобильный выл, я смотрел на него. Скорей всего это Николетта. Господи, как хорошо было до того, как человек придумал сотовую связь. Ехал бы себе спокойно, теперь же...

Внезапно я усмехнулся. А что теперь? Я размахнулся и со всей силы зашвырнул мобильник в ближайший мусорный контейнер. В душе мигом проснулся внутренний цензор. «Вава, что ты делаешь?» — в ужасе спросил он меня.

Я постоял пару секунд, слушая заунывный вой, доносившийся из грязного железного ящика, и ответил: «Избавляюсь от докуки, имею право на спокойную ночь».

Нора выслушала мой рассказ и в сердцах воскликнула:

— Да убил он Варвару, убил! Степанида знала об этом, и дочки были в курсе. Только Клаве не рассказали, решили, что незачем ей слишком много знать. Вот черт! Крутимся на одном месте, а доказательств нет. Платье сожжено, Клава — дура. Значит, Клара дочь Кузьминского. Это объясняет, почему он взял к себе Анну, Валерия и девочку.

Я покачал головой:

— Нора, простите, мне кажется, вы идете не по тому следу. Сергей Петрович интеллигентный человек с благородной душой.

— Он убийца! — рявкнула Элеонора. — У него руки по локоть в крови. Сначала Варвара, потом Катя, Анна и Рита.

— Маргарита жива.

— Нет, умерла сегодня, в восемь вечера.

Я охнул:

— Бедняжка. Но мне отчего-то кажется, что Кузьминский тут ни при чем!

— Нет! Он убийца!!!

— Ладно, — сдался я, — будь по-вашему. Но где найти доказательства, у вас одни размышлизмы!

— Я, Ваня, долго думала, — неожиданно спокойно ответила Нора, — и поняла, что сваляла дурака. Ну-ка, вспоминай, что сказал дражайший Сергей Петрович в первый день работы? Как представил себя домашним?

— Ну... как секретаря.

— А зачем он ему?

— У Кузьминского горы семейных документов, их надо разобрать.

— И что там?

— Письма, дневники его отца...

— Вот! — вне себя от возбуждения воскликнула Нора. — Вот оно! Петр Фадеевич вел дневник! Помнишь, Сергей Петрович говорил об этом?

— Ну, вроде того, — осторожно ответил я, — хотя я не видел документов.

— Так загляни в них!

— Как? — шарахнулся я.

— Ваня, — звенящим голосом выкрикнула Нора, — порой ты бесишь меня до потери рассудка. «Как, как!» Немедленно поезжай в коттедж, иди в кабинет Сергея Петровича и найди нужные бумаги, они где-то там. Вряд ли он хранит их в сейфе. Действуй!

— Но уже поздно, — попытался я вразумить хозяйку.

— У нас нет времени, отправляйся. Очень хороший момент, Кузьминский в больнице, тебе никто не помешает!

Я хотел рассказать Норе об аварии, но вовремя прикусил язык. Тогда придется сообщить и об утерянных документах, она начнет расспрашивать: где, когда, как посеял... Нет уж, пока промолчу.

— Ты заснул? — с горящими глазами осведомилась Нора. — А ну, дуй живо к Кузьминскому. Я не могу спать, как только найдешь нужное, сразу звони.

В особняк я доехал без особых приключений, слава богу, представителей ГИБДД больше на дороге не попалось. Дом был заперт, но у меня имелся ключ, и внутрь я тоже проник беспрепятственно.

Все мирно спали, в холле горела маленькая, двадцативаттная лампочка, такая же освещала и лестницу. Я вымыл руки и поднялся в кабинет хозяина. Там резко пахло табаком. Как вы знаете, я сам курю, но очень не люблю запаха окурков. Поискав полную пепельницу, я не нашел ее и распахнул окно. Повеяло упоительно свежим ночным воздухом. Очевидно, после того как Сергея Петровича уложили в больницу, Лариса ни разу не заглянула сюда. Впрочем, экономку можно понять: ей одной очень трудно справиться с огромным домом: уборка, стирка, готовка, вот и решила не трогать пока кабинет, все равно хозяин отсутствует.

Постояв пару минут у окна, я оглядел гигантский кабинет, заставленный книжными шкафами. Да уж, тут можно полжизни провести, исследуя содержимое полок. С чего начать? Может, Кузьминский держит бумаги в столе?

Я приблизился к огромному, двухтумбовому сооружению и вздрогнул: кожаное покрытие столешницы кто-то аккуратно срезал. Мигом перед глазами возникла картина: тело Анны, лежащее головой в луже из пролитого кофе и крови. Меня передернуло, огромным усилием воли я заставил себя сесть в большое вертящееся кресло.

Очевидно, хозяин велел заменить зеленую кожу. Это понятно, кому приятно пользоваться мебелью с такой историей. На месте Кузьминского я бы избавился от этого стола и купил новый. Массивный письменный прибор, календарь, часы и прочие мелочи были составлены на деревянные края стола. Тут же был и знакомый мне красный баллончик.

Я взял его в руки. На нем изображена женщина, держащая в руках лопаточку и тубу, из которой лезет пена. Герметик, или «отвердитель», по выражению Нюши. Как он попал на стол Сергея Петровича?

Отставив баллончик, я открыл первый ящик и углубился в изучение его содержимого. Штук тридцать дешевых прозрачных ручек «Корвина», ластики, скрепки, дырокол, куча визиток...

Во втором в безукоризненном порядке лежали счета и расписки прислуги в получении зарплаты. Ничего похожего на дневник не было и в помине.

Я выдвинул третий ящик, увидел стопку потрепанных тетрадей в выцветших, похоже, кожаных переплетах, взял первую, раскрыл...

— Чем вы тут занимаетесь? — прогремел над ухом голос.

От неожиданности я выронил тетрадку, пожелтевшие листочки выпали из обложки. Дверь, ведущая в спальню Кузьминского, была открыта, на пороге стоял сам Сергей Петрович в халате.

Я растерялся:

— Э... Вы уже дома?

— Чем вы тут занимаетесь? — сурово повторил Сергей Петрович.

— Ну... так... в общем... бессонница замучила, решил поискать какую-нибудь книгу!

— В столе? Так вот кто крадет у меня деньги!

— Что вы! Я никогда...

— Врешь!

— Но вы же наняли меня искать доллары, — пытался я оправдаться.

— Ты вор, — отчеканил Сергей Петрович, — и должен быть наказан.

Мне стало не по себе. Лицо у мужика имело самое безумное выражение, на лбу блестели капли пота, глаза смотрели на меня, словно... не могу подобрать нужного сравнения. Они походили на две медные пуговицы, в них совсем не было жизни.

— Сейчас принесу вам валокордин, — сказал я, чувствуя, как по спине течет пот.

— Сидеть! — рявкнул Кузьминский, потом он перевел глаза влево и воскликнул: — Ага! Значит, и это тоже делал ты!

Я повернул голову и разинул рот. Дыхание перехватило, словно в комнате внезапно исчез весь воздух. На портрете Глафиры, у основания шеи, алело пятно!

— Вот, — Сергей Петрович покачивался, словно дерево под сильным ветром, — вот! Ты подлец. И сейчас я накажу тебя.

Вымолвив последнюю фразу, он вынул руку из кармана халата. В ней был зажат маленький пистолет.

— Молись, вор, мерзавец и шутник, — с совершенно безумным видом заявил Сергей Петрович и шагнул ко мне.

Не дай бог никому из вас оказаться в подобном

положении, мысленно я простился с жизнью. Но рука помимо моей воли схватила баллончик с герметиком, направила его на Кузьминского и с силой нажала на головку дозатора.

Вспоминая потом многократно эту сцену, я каждый раз недоумевал, ну каким образом я ухитрился не промахнуться? Вообще говоря, меткость не относится к числу моих талантов, не далее как вчера съел яблоко и, поленившись отнести огрызок в помойное ведро, решил выбросить его в открытое окно. Не слишком достойный поступок, но все мы люди. Так вот, швырнул его и попал... в стену, настолько я «кривоглазый». А тут вдруг ловко угодил толстой белой струей точнехонько в физиономию Сергея Павловича.

Он вскрикнул, выронил пистолет и, вытянув вперед руки, бабьим голосом заверещал:

— Ослеп! Ничего не вижу!

Я вскочил из кресла и толкнул в него хозяина. Кузьминский рухнул на кожаную подушку, бормоча:

— Что со мной, помогите...

Я посмотрел на толстую «маску», покрывавшую его лицо, схватил трубку, набрал номер и заорал:

— Макс?! Скорей в особняк Кузьминского, я поймал убийцу!

Глава 31

После описываемых событий прошло три дня. В субботу вечером Макс приехал к нам. Раскрасневшаяся Нора воскликнула:

— Максик, садись ужинать!

— Большое спасибо, — мигом ответил приятель, — я уже поел.

Нора прищурилась.

— Еду готовила не Ленка.

— А кто? — насторожился Макс.

Вообще говоря, он большой любитель поесть, но наша Ленка столь мерзко готовит, что Макс не хочет даже пробовать ее стряпню.

— Я знала, что ты приедешь, — лебезила Нора, — и заказала кое-что в кафе «Готти». Вот только доставили.

— Да? — оживился Воронов. — Вообще говоря, я ел на работе лишь лапшу «Доширак» и с удовольствием бы слопал чего-нибудь вкусненького.

— Пошли, пошли, — засуетилась Нора.

Хозяйка, очевидно, заказала весь ассортимент. Стол был уставлен яствами. Примерно через полчаса Макс откинулся на стуле.

— Все, больше не могу. Глазами бы съел все, а в желудке места нет.

— Мы тебе с собой завернем, — пообещала Нора.

Я подавил усмешку: хозяйку мучает любопытство, она рассчитывает, что объявившийся Макс ответит на ее вопросы. Ага, вот он вытащил сигареты. Сейчас Нора сочтет, что момент самый подходящий, и...

— Что же будет Кузьминскому? — начала Нора.

— Ничего, — пожал плечами Макс.

— Как?!

— Так!

— Он же убийца!!!

— Кто сказал?

— Ну... это ясно!

— Из чего?

— Ну...

— Где доказательства? — ухмылялся Макс.

— В дневниках его отца, Петра Фадеевича, — горячилась Нора, — надо только прочитать их.

Макс тяжело вздохнул.

— Вкусный был ужин, господа Ниро Вульф и Арчи, прямо восхитительный. Я так понимаю, что теперь следует отработать его? То бишь рассказать вам...

— Да! — заорала Нора. — Да!

Макс поднял вверх указательный палец.

— Сначала разрешите напомнить вам старую истину: сапоги должен тачать сапожник, а пироги печь пирожник. Нора, вам не следует заниматься сыскной деятельностью.

— Это почему? — прошипела она.

— Потому что, имея на руках факты, вы ухитряетесь сделать из них неправильные выводы, — спокойно объяснил Макс, — хватаетесь за одну версию, не разматываете ее до конца, бросаете, цепляетесь за другую, строите неверные предположения. Одним словом, ведете себя непрофессионально. Ну отчего вы решили, что способны самостоятельно найти преступника?

Я исподтишка глянул на Нору. Хозяйка сидела, закусив нижнюю губу. Зная ее характер, хорошо понимаю, как ей хочется сейчас накинуться на Макса и начать вырывать из него перья. Но ей приходится сдерживаться, иначе правды не узнать.

— Ну что? — ерничал Макс. — Мне приступать?

На лице Норы заиграла самая ласковая улыбка.

— Да, да, конечно, хочешь кофейку?

ложить ее в постель. В честь всенародного празд-ка прислуга была отпущена, и Петр Фадеевич, ра-ись, что никто из посторонних не видит разгрома, инялся убирать квартиру. Тут прибыл вызванный ктор, осмотрел больную, сделал ей пару уколов отворного и огорошил Кузьминского заявлением:

— Увы, припадки станут теперь постоянными. ам придется либо нанимать сиделку, либо отпра-ить супругу в клинику, под постоянное наблюде-ие.

Сказал и ушел. А Кузьминский остался один со воими тяжелыми раздумьями. Прислуга, как из-естно, отсутствовала, Сережа и Лисочка должны ыли прийти поздно из своих школ. В те годы Седь-ого ноября в школах устраивали вечера, после ко-орых начинались танцы. Тогда у школьников не было больших возможностей для веселья, ночных лубов, дискотек и кафе, работающих круглосуточ-но, не было и в помине. Поэтому подростки очень дорожили тремя днями в году, когда официально разрешалось танцевать под музыку: Седьмое нояб-ря, Новый год и Первое мая. На танцплощадки, су-ществовавшие тогда в СССР, пускали только тех, кому исполнилось восемнадцать. А телевизор, ред-кий гость в квартирах, заканчивал передачи в районе двадцати трех часов.

Петр Фадеевич начал действовать. «Мизансце-ну» он выстроил, словно опытный режиссер. Снача-ла отнес спящую беспробудным сном Варвару в свой кабинет, затем намалевал на картине красное пятно, а потом...

— Эй, — подскочил я, — погоди. Макс, ты оши-баешься! Варвару убил Сергей.

— Он тоже из «Готти»?

— Нет, велю Ленке сварить.

— Тогда лучше воды, — быстро сказал Макс.

— Не тяни кота за хвост, — не выдержала Нора, — меня сейчас просто разорвет от любопытства!

— Значит, так, — медленно начал Макс, — вернемся в прошлое.

Жил-был Петр Фадеевич Кузьминский, милый, интеллигентный человек. И была у него беда — жена Глафира, больная шизофренией.

Петр Фадеевич к супруге относился очень хорошо и в моменты обострения болезни не сдавал ее в клинику... Потом ему временно повезло: жена увлеклась живописью и несколько лет вела себя почти нормально.

Как радовался Петр Фадеевич, поймет лишь тот, кто имел дело с сумасшедшими. Но ликование было недолгим. Вскоре лечащий врач предупредил несчастного мужа:

— Глафира опять входит в стадию обострения и может стать опасной для окружающих.

Профессор оказался прав. Однажды вечером жена, сжимая ножницы, вошла в кабинет к мужу и попыталась убить его. Петр Фадеевич выхватил из ее руки остро заточенные клинки и... воткнул их Глафире в шею.

— Он убил ее, — прошептала Нора.

Макс кивнул:

— Да. Кстати, вы были правы, его дневник содержит много интересного, но он был тщательно заперт в сейфе, чтобы на записи не наткнулись чужие глаза. Так вот, в дневнике Петр Фадеевич подробно описывает свои чувства. Глафиру он убил из жалости. После покушения на мужа ее бы заперли в «желтом доме». О том, какие там царят порядки, Кузьминский был осведомлен, он понимал, что лучше лежать в могиле, чем медленно умирать в психиатрической клинике. Еще он боялся за сына, мальчика нервного, болезненно обидчивого, отягощенного дурной наследственностью. Ему незачем было видеть, как мать лишается человеческого облика. Отсюда и решение убить Глафиру. Петр Фадеевич нарисовал на картине красное пятно и рассказал приехавшим милиционерам о жене-шизофреничке, покончившей жизнь самоубийством.

Поскольку врачи показали следователю историю болезни, тот поверил Кузьминскому, и дело было благополучно закрыто.

Петр Фадеевич впервые за многие годы вздохнул свободно. Через некоторое время, поняв, что в доме требуется хозяйка, он привел новую жену: Варвару. У той имелась дочка Лисочка.

Но зря Петр Фадеевич надеялся на тихий семейный уют. Сережа, невзлюбивший Варвару и возненавидевший избалованную Лисочку, решил избавиться сначала от мачехи.

Подросток достает из сундука платье покойной матери, закрывает вуалью лицо и принимается изводить Варвару. Она, особа нервная, экзальтированная, верящая гадалкам и колдунам, моментально «ведется». А Сережа старается изо всех сил.

В дом снова зачастили психиатры, в ход пошли таблетки. Сережа рассчитывал, что отец, поняв, что ему на жизненном пути вновь попалась психически больная, разведется с Варварой. Мальчик подсыпает мачехе в еду таблетки, она принимает двойную дозу

психотропных средств, и у нее соверш
ет крыша». Врачи вполне определенн
ноз — быстро прогрессирующая ши
прогноз неблагоприятный: Варвару жде
умие. Петр Фадеевич теряет голову. М
дневника отведено размышлениям, п
решила так наказать его? Отчего имен
счастливилось» дважды попасть в одну за
Фадеевич приглашает в дом все новых и
торов, надеясь на счастливый исход боле

Но Варваре делается все хуже. Если
рового человека начать пичкать лекарств
рые применяются в «большой психиатри
в двойном количестве, ничего хорошего н
ся. У несчастной Варвары на самом деле н
мания преследования. Она боится остава
одна, спит с включенной лампой, но «при
не боясь света, упорно появляется у нее в
шипит:

— Убирайся из моего дома, убью!

Кульминация наступает осенью. В нач
ря, а именно седьмого числа, Петр Фаде
большинство советских служащих, отпра
демонстрацию. Когда он около трех верн
мой, его ждала «восхитительная» картина
был превращен в развалины. Потная красн
ра рвала на мелкие части портьеры. Огляде
осталось от мебели, Петр Фадеевич на пар
ний испугался. А Варвара с непонятно отк
шейся силищей в хрупких руках раздирала
шторы, приговаривая:

— Глафира здесь живет, сейчас найду ее

Кузьминскому кое-как удалось успоко

— Да? — прищурился приятель. — И почему ты в этом так уверен?

— На *этом* базируется наша версия, — ответила Нора, — Сергей Петрович убил Маргариту и Анну, чтобы они не выдали его тайну.

Макс засмеялся:

— Вы не сыщики, а Чебурашки! Сначала сами придумали историю, не имея никаких серьезных доказательств, потом поверили в нее, сделали далеко идущие выводы! Просто цирк!

— У нас есть доказательства, — оскорбилась Нора, — показания психолога Артема Ивановича!

Макс скривился:

— Не люблю я этих «людоведов» и «душелюбов». Варвару убил Петр Фадеевич. Могу дать посмотреть его дневник, там подробнейшим образом описано все: как нес жену, убивал, что пережил после...

— Это Сергей Петрович написал, — гнула свое Нора, — убил мачеху и решил свалить преступление на отца.

— Нет, — ответил Макс, — экспертиза со всей определенностью установила: тетрадь заполнена одним почерком, в пятидесятые годы, причем и чернила, и бумага изготовлены именно тогда. Варвару убил Петр Фадеевич, не захотевший опять жить с сумасшедшей. Он был убийцей, хладнокровным, расчетливым, и, как большинство преступников, совершив один раз злодеяние, во второй решил использовать тот же метод.

— Но почему Сергей сказал Артему Ивановичу о том, что Варвару убил он? — подскочил я. — Зачем оговорил себя?

Макс покачал головой:

— Психолог, хоть он сейчас и академик, похоже, не слишком-то разбирается в людях. К тому же Петр Фадеевич, чтобы избавить себя от подозрений... Ладно, вы не перебивайте, а слушайте!

Утром пришедшая на работу Ванда Львовна обнаружила уже остывшее тело Варвары. И снова Петру Фадеевичу удается выскочить из воды, не намочив хвост. Следователь явно сочувствовал несчастному мужику, которого угораздило вновь напороться на сумасшедшую.

Через пару дней Сережа пришел к отцу и, плача, начал каяться в том, что пугал Варвару, подсыпал ей таблетки.

— Я убил ее, — рыдал мальчик, — пойду в милицию и признаюсь!

Петр Фадеевич испугался и отправился с сыном к психологу. После долгой работы Сережа вроде слегка пришел в себя, но его продолжает мучить совесть. Петр Фадеевич делает все, чтобы сын забыл о тяжелом эпизоде. Первым делом он сплавляет в детский дом Лисочку. Может быть, он и оставил бы девочку у себя, но она капризна, взбалмошна, эгоистична и до предела избалована. Лисочка и Сергей, несмотря на разницу в возрасте, постоянно затевают драки, скандалы. Но определяющим в решении Кузьминского избавиться от Лисочки было не это.

Девочка — большая любительница подслушивать, и однажды она стала свидетельницей Сережиного признания отцу в издевательствах над Варварой. Лисочка решила, что ее маму убил Сережа. Она ворвалась в кабинет с воплем:

— Негодяй! Ты довел до смерти мою мамочку!

Это было последней каплей. Петр Фадеевич отвез Лисочку в приют, сообщил педагогам, что у девочки от переживаний в голове каша, и забыл о ребенке. Он великолепно понимал: останься девочка дома, начнутся серьезные проблемы! Со спокойной жизнью он простился бы раз и навсегда.

— А мы думали, — растерянно пробормотал я, — что отец, зная про сына-убийцу, решил спасти приемную дочь от смерти...

— Разреши тебе напомнить, — ядовито сказал Макс, — о домашней птице, обладательнице вкусного диетического мяса. Она тоже много думала, а потом попала в суп. Убийцей был Петр Фадеевич. Он сентиментальный человек, плачущий при виде бездомного котенка, хороший отец, верный муж и... жестокий, холодный, расчетливый преступник, решивший во что бы то ни стало прожить остаток дней без проблем. Себя он целиком и полностью оправдывает в своем дневнике. Дескать, Глафиру убил из жалости, не мог видеть ее мучений.

Находятся оправдания и для убийства Варвары.

«Она тяжело больна и сойдет в могилу на глазах Сережи, пугая его своим безумием». Первый раз Петр Фадеевич прикрывается маской любящего супруга, второй — заботливого отца, он даже испытывает к себе чувство глубокой жалости.

«Решение далось мне нелегко, ох как нелегко! Я сделал это не ради себя, а только из-за сына, больная душа не должна увести за собой здоровую в могилу».

Но самая замечательная запись появляется после того, как Сережа признается, что пугал мачеху:

«Бедная Варвара! Кто бы мог подумать, что у ребенка возникнут подобные идеи. Значит, в ее смерти виноват Сергей, это он довел Варю до сумасшествия и, следовательно, убил ее». Все, Петр Фадеевич чувствует себя совершенно невиновным.

На какое-то время у Кузьминских воцаряется относительный покой, но потом события начинают развиваться стремительно, так сильно сжатая пружина «выстреливает» и улетает очень далеко.

Во-первых, Сергей нашел и прочитал дневник отца. Сами понимаете, какое впечатление на него произвел текст. Он не знает, как поступить... Во-вторых, буквально на следующий день после того, как сын обнаружил дневник, Петр Фадеевич приводит Соню, молодую женщину из самой простой семьи.

И Сережа решает отомстить отцу. Он опять надевает платье покойной матери и начинает пугать Соню. Та в отличие от Варвары сразу понимает, в чем дело, и собирает чемоданы. Перед отъездом она рассказывает Петру Фадеевичу о причине своего ухода. Взбешенный отец затаскивает сына к себе в кабинет и начинает кричать:

— Ты убил Варвару и решил продолжить с Соней!

— Нет, — неожиданно парирует юноша, — ножницы в шеи несчастных женщин втыкал ты.

Петр Фадеевич замер с открытым ртом, а Сергей продолжил:

— Твой дневник у меня, он спрятан в надежном месте. Если в этом доме появится еще одна «мамочка», отнесу тетрадь в милицию.

Собственно говоря, это все. Через год Петр Фадеевич умер от инфаркта.

Глава 32

— Погоди, — закричали мы с Норой в голос, — а дальше-то что?

Макс зевнул.

— Дальше? У Сергея началась другая жизнь, без отца.

Он женился на Рите, получил образование, пошел работать, ненавидел тещу. Потом, случайно напившись, переспал с Анной. А та, узнав, что забеременела, решила оставить ребенка. Маргарита простила мужа, семья поменяла квартиру и уехала из дома, где соседи про них слишком много знали.

Беременная Анна пришла к Сергею на работу — она хотела многое обсудить с отцом будущего ребенка — и столкнулась там с Валерием. Надо сказать, что у Анны не было никакого опыта общения с мужчинами, ее единственным любовником был Сергей, который с самого детства нравился ей. Она истерична, экзальтированна, упряма и постоянно впадает в крайности, отсюда и желание оставить ребенка.

Увидав Валерия, Анна сразу влюбилась в него. Невзрачный мужик кажется ей сказочным принцем. Валерий и Сергей сидели в одной комнате и были в приятельских отношениях.

— Это твоя жена? — спросил Валерий. — Похоже, у вас скоро ребенок будет?

— Точно, — мрачно ответил Сергей, — будет, а с ним и тысяча проблем. Анна — сестра моей супруги, один раз всего согрешили, и нате вам, пожалуйста. А у Риты моей выкидыши один за другим.

В голове Валерия мигом зарождается план. Ему нужна жена, которая станет убирать, готовить, стирать и при этом не мешать ему проводить время так, как он хочет. Валерий одержим одной страстью — он все свободное время отдает игре в карты на деньги. До недавнего времени его содержала и обихаживала мама, но полгода назад она умерла. Требовалась адекватная замена.

«Очень хорошо, что Анна беременна от другого, — рассуждает Валерий, — будет всю жизнь мне благодарна».

Через месяц играют свадьбу. Надо сказать, что Валерий не прогадал. Во-первых, Анна влюблена в него, во-вторых, на самом деле испытывает чувство огромной благодарности, в-третьих, абсолютно верит всем рассказам мужа о научных исследованиях, в-четвертых, старательно ведет хозяйство, в-пятых, считает себя супругой непризнанного гения, прощает ему все и счастлива жить с таким человеком.

Валерий же, проигравшись в пух и прах в карты, неожиданно открывает для себя мир автоматов и превращается в зомби. Все его помыслы и желания направлены на одно: он хочет добыть много денег, чтобы опять играть. Но ему фатально не везет, суммы, попадающие в его руки, мигом проглатывает алчная пасть автомата.

Самое удивительное, что ни Анна, ни Сергей Петрович, к которому перебирается семья, не подозревают о том, чем занимается Валерий. Первая считает, что муж гений, а второй, великолепно зная научный потенциал господина Анджабрамаидзе, полагает, что тот по-прежнему просиживает штаны в НИИ.

— Анна так и не узнала правду о муже? — воскликнула Нора.

— Давайте я изложу все по порядку, — вздыхает Макс.

Примерно полтора месяца назад Валерий залез в стол к Сергею Петровичу и украл пачку долларов. Проделал он это не первый раз. Кузьминский достаточно безалаберно относится к деньгам. В доме, правда, есть сейф, но хозяин частенько сваливает выручку в стол. Валерий таскал оттуда потихоньку то пятьсот, то триста долларов, Кузьминский не замечал пропаж, для него это меньше, чем копейка. Десять тысяч Валерий взял впервые. Сергей Петрович обнаружил их отсутствие и решил, что потерял пачку. Пока он никого не подозревает. Но спустя некоторое время без следа испаряются еще десять тысяч баксов, которые опять взял Валерий. И тут до Сергея Петровича доходит: в доме появился вор. Не желая иметь дело с милицией, Кузьминский приезжает к Элеоноре и нанимает ее в качестве детектива.

— Да? — изогнула левую бровь Нора. — Так просто? Почему же он не воспользовался спецтехникой?

Макс хмыкнул:

— Иногда на каверзные вопросы бывают самые простые ответы: он о ней ничего не знал.

— Как? — изумилась Элеонора. — Не слышал про фотоаппараты, работающие сами по себе, про шпионские видеокамеры? Он кино не смотрит?

— Нет, — на полном серьезе ответил Макс, — ему некогда, времени хронически не хватает на бизнес, в кинотеатры Сергей Петрович не ходит, детективы не читает. Он был очень удивлен, когда узнал про шпионское снаряжение и про то, что его совершенно спокойно можно купить в Москве.

— Но поросенок? — спросил я. — Зачем он разорвал игрушку? Полагал, что там спрятано нечто маленькое?..

— Никогда не следует разжигать страсти, — менторски заявил Макс. — Бедный Чуня погиб потому, что просто попал под руку. Уж очень Кузьминский обозлился на Клару, вот и не справился с собой. Никаких бриллиантов там и в помине не было. Ваня, смотри на вещи проще.

— Между прочим, — не упустила момента Нора, — поросенок, Иван Павлович, ваша идейка!

Я смолчал, хотя хотелось ехидно поинтересоваться — кто же из нас Ниро Вульф? Отчего он не поставил на место зарвавшегося Арчи?

— С этим разобрались, — кивнул Макс, — скачем дальше. О том, что в семье Кузьминских существует легенда, связанная с портретом, знали все домочадцы и прислуга. Когда в доме появилась глуповатая горничная Катя, Беллочка моментально рассказала ей про пятно. Катя испугалась до такой степени, что отказалась входить в кабинет. Сергей Петрович сделал дочери выговор и объяснил горничной, что его мать и мачеха, будучи больными людьми, покончили с собой очень давно, случилось это в пятидесятые годы двадцатого века.

Кате, которая родилась в восемьдесят каком-то году, кажется, что события происходили при царе Горохе, и она успокаивается.

Но потом на портрете появляется красное пятно, и поднимается суматоха, Сергей Петрович озабочен, он-то хорошо знает, что раньше, пугая Варвару и Соню, портрет пачкал он сам. Кто же теперь решил пошутить? Пятно, конечно, стерли...

Как-то Катя пришла в кабинет, чтобы сделать там уборку. Причем появилась она в неурочное время, в шесть утра. Дело в том, что накануне она выпила много молока, заработала понос и всю ночь бегала в туалет. Около шести она решила прибрать в свободных комнатах, а потом вздремнуть...

Когда Катя вошла в кабинет, она увидела там человека, рисующего пятно на портрете Глафиры. Пугаются оба. Но первым приходит в себя «художник». Понимая, что Катерина сейчас заорет, перебудит весь дом, «живописец» хватает со стола Сергея Петровича ножницы и втыкает их в шею девушки. Потом, забыв от испуга, что Катерина левша, пачкает ей краской пальцы правой руки, оставляет на полу банку с краской, кисточку и уходит. Дом спокойно спит.

Затем этот же человек хладнокровно убивает Маргариту, не забывая вновь нарисовать пятно. Он все время пугает домочадцев, но основная его цель — довести до инсульта Сергея Петровича, заставить его нервничать, страдать. Если бы мы не арестовали преступника, убийства бы продолжались. Следующей на очереди была Беллочка. Убийца хотел отнять у Кузьминского дорогих ему людей: сначала Риту, потом Беллу, затем Клару. Слава богу, до девочек дело не дошло.

— А Анна? — напомнил я. — Ты про нее не сказал!

— Это еще одна история, — отмахнулся Макс, — ее убил другой человек.

— Как? — хором закричали мы.

— Вы будете слушать спокойно или нет? — возмутился Макс.

— Ваня, держи себя в руках, — приказала Нора и принялась нервно ломать сигареты.

Вот так всегда, чуть что — виноватым, естественно, оказываюсь я!

— Значит, вы не догадались, кто преступник? — заулыбался Макс.

— Нет!!!

— Ну подумайте хорошенько! Этот человек знал о семейной легенде, о пятне, о том, что Глафира и Варвара умерли от того, что в их шеи вонзились ножницы...

— Да все в доме были в курсе истории! — воскликнул я.

— Ваня, — настаивал Макс, — ну-ка, думай. Кто знал, где лежат старые платья? Кто их перетряхивал? Кто мог беспрепятственно ходить по дому в любое время? Кто, в конце концов, первый «увидел» Глафиру? Кто нашел Катю? Кому в доме ты показал лоскут, вырванный из платья, после чего обнаружил его в корзине у Валерия?

— Лариса Викторовна! — завопил я.

— Да, — кивнул Макс, — именно она, переодевшись привидением, пугала Клару, а потом убежала, но зацепилась за кустарник и выдрала клок из рукава. А когда ты продемонстрировал ей лоскут, испугалась и засунула одеяние в корзину к Валерию. Думала потом «обнаружить» его и поднять шум.

— Но она падала в обморок! Кричала от страха! — недоумевал я.

— Ты знаешь, кем она проработала всю жизнь, до того как попала к Сергею Петровичу? — спросил Макс.

— Нет!

— Она была актрисой в одном из московских театров, правда не на первых ролях, но все же достаточно часто появлялась на сцене. Убедительно изображать страх и натурально падать в обморок — ее профессия. В доме Сергея Петровича она сыграла свою лучшую роль, упиваясь растерянностью, недоумением и страхом домашних. Она для этого и нанялась к Сергею Петровичу — мечтала отомстить!

— Господи, за что? — чуть не выпала из кресла Нора.

Макс выдержал эффектную, «мхатовскую» паузу, потом заявил:

— В детстве Лариса называла себя «Ларисочка», но, как многие малыши, она не выговаривала звук «р», поэтому в ее устах имя звучало как «Лалисочка», потом первый слог отпал, и все начали звать девчушку «Лисочка».

— Не может быть! — ахнул я.

— Почему? — удивился Макс.

— Так вот почему на вуали остались следы пудры! — оживилась Нора. — Я была совершенно права, думая, что преступление совершила женщина.

«Вы считали убийцей Сергея Петровича», — чуть было не напомнил я, но вовремя сдержался. Следует прощать людям их ошибки.

— Лисочка, оказавшись в приюте, очень мучилась, — продолжал Макс, — более того, она считала, что ее маму убил Сережа. По ночам она, плача в подушку, вынашивала план мести. Вот вырастет и сотрет с лица земли гада, который отнял у нее все-все. Лисочка росла, ненависть крепла. Став взрослой, она однажды решилась и приехала на квартиру к Кузьминским, но там давно жили другие люди.

Во дворе ей рассказали, что Петр Фадеевич умер, а Сергей, женившись, уехал неизвестно куда. Так бы Лисочка и оставила мысль о мести, тем более что со временем боль поутихла, но больше года назад ей, уже пенсионерке, попался в руки журнал «Рейтинг». Она открыла его и ахнула: с фотографии смотрел Петр Фадеевич. Лариса Викторовна впилась глазами в статью и поняла, что это снимок Сергея, который ближе к старости стал очень походить на покойного отца.

Материал оказался большим, отлично проиллюстрированным. Чем дольше читала его Лариса, тем сильней поднималась в ее душе прежняя ненависть к Сергею. Оказывается, он богат, имеет роскошный дом, любимую дочь, стабильный доход... Какое право у него на эти блага, когда она, Лисочка, всю жизнь честно проработав в театре, получает крохотную пенсию, которой не хватает на самое необходимое?

Почему у него есть дочь, когда она, Лисочка, так и не сумела выйти замуж и родить себе ребенка? С какой стати он живет в загородном особняке, а она в крохотной квартирке?

Ненависть росла и росла и превратилась из личинки в огромного монстра. Лариса приняла решение: она отплатит Сергею той же монетой. Он лишил ее матери и детства, а она отнимет у него дочь, жену и обеспеченную старость. Как это сделать, Лариса не знала, но ей без особого труда удалось наняться к Кузьминскому экономкой. У Сергея Петровича были постоянные проблемы с прислугой, которая, не выдерживая капризов Беллочки, быстро увольнялась. Поэтому Кузьминский охотно пустил в дом свою беду. Никаких подозрений или догадок у него не возникло. Новую прислугу звали Ларисой Викторовной, настоящего имени Лисочки Сергей не знал, да и думать забыл о маленькой сироте.

Почти год Лариса безупречно прислуживала семье, вынашивая план мести. Потом, перетряхивая кладовые, наткнулась на сундук с одеждой и поняла, как действовать. Кстати, она совершенно не раскаивается, сожалеет лишь о том, что не извела девушек и не увидела Сергея рыдающим на их могилах.

— Но он же не убивал Варвару, — пробормотал я.

— Лариса считает иначе, — вздохнул Макс, — очень часто люди оказываются в плену собственных ошибок. И вы, господа многоуважаемые сотрудники агентства «Ниро», ярчайший тому пример. Наделали кучу ляпов, от больших до мелких. Нора безапелляционно заявляет: «У Кузьминского не инсульт, он притворяется, следовательно, он преступник».

— Так он не был парализован, — отбивалась Элеонора, — вот я и решила, что он подкупил врача и прикидывается!

— Нора, возьми учебник по медицине, — посоветовал Макс, — инсульты бывают разные: геморрагический, то есть кровоизлияние, приводящий к потере речи, способности двигаться, и ишемический, не всегда имеющий подобные последствия, особенно первый. Кстати, диагноз не подтвердился, был всего лишь приступ гипертонии, и Кузьминский убежал домой, лег спать, потом услышал шум, вышел в кабинет, увидел Ваню и от всех переживаний, нервов и усталости просто съехал с катушек. Не забудьте, что Сергея Петровича в больнице накачали препаратами, дома он еще принял успокаивающее и в момент выхода в кабинет находился в таком состоянии, которое медики называют «лекарственное опьянение».

Кузьминский временно перестал адекватно оценивать ситуацию.

— Он мог меня убить! — воскликнул я.

— Пистолет был не заряжен, — усмехнулся Макс, — ты мог бы не заливать несчастного Сергея Петровича герметиком.

— Откуда мне знать об отсутствии в стволе пули, — возмутился я, — очень хорошо, что под руку попался баллончик. Одного не пойму, как он оказался в кабинете?

Макс налил себе воды, выпил и пояснил:

— Сергей Петрович увидел у себя в кабинете мышь, очень обозлился, обнаружил под батареей нору и велел Ларисе ее заделать. Экономка купила баллончик, обработала все щели, и тут зазвонил телефон. Лариса поставила герметик на край стола, взяла трубку, а потом ушла, забыв про дозатор. Сергей Петрович угодил в больницу, в кабинет никто не входил, и аэрозоль мирно ждал тебя.

— А кто убил Анну? — напряженным голосом осведомилась Нора.

Макс взъерошил волосы, но не успел ничего сказать, потому что Элеонора задала следующий вопрос:

— И куда подевались сто десять тысяч долларов? Их тоже унес Валерий?

— Ну, — заявил Макс, — в конечном итоге они почти все достались ему, сто тысяч украла Анна, а десять, как ты знаешь, Клара.

— Зачем Анна это сделала? — поразился я.

Макс глубоко вздохнул:

— Она внезапно, после стольких лет жизни с «гением», прозрела, причем совершенно случайно. Анна преподавала в институте, сему почтенному заведению исполнилось семьдесят пять лет, и ректор, решив порадовать сотрудников, снял для них два этажа клуба «Бегемот». Анна сначала веселилась со всеми, потом спустилась вниз и увидела у автомата Валерия. Словоохотливая тетка, выдающая жетоны, рассказала ей, как мужик проводит тут целые дни, и с глаз жены мигом упала пелена. Она поняла, где Валерий проводит время и почему у него никогда нет денег.

Приехав домой, Анна заметалась по дому, ей, кстати, очень не комфортно жилось у Сергея. В тот год, когда они переехали к нему, он сразу расставил все точки над «i». Позвал к себе в кабинет Анну и сказал:

— То, что между нами случилось, давно забыто, но Клара моя дочь, и она не должна нуждаться. Поживите тут немного, пока встанете на ноги.

Анна скрепя сердце согласилась. Она очень ослабла за время болезни. «Ничего, — утешала она себя, — вот поправлюсь и уедем». Но через три месяца ни Валерий, ни Клара не захотели возвращаться в убогую коммуналку и снова вести полуголодное существование.

— Ты чего, мама, — испугалась Клара, — зачем нам отсюда съезжать! Дядя такой милый, все мне покупает!

Вот так и остались жить с Кузьминскими. Сергей Петрович ни разу не намекнул «гостям», что пора бы и честь знать. Наоборот, он все время подчеркивал:

— Мы родные люди и должны держаться вместе.

Скорей всего отец вел себя так ради дочери, Клары, хоть она, не зная правды, считала его своим дядей.

Анна с трудом дождалась возвращения Валерия и налетела на него. Тот не стал отрицать правду.

— Давно следовало тебе все рассказать, — грустно сказал он, — пару лет назад я одолжил у одного крутого человека денег под проценты. Отдать не смог, включили счетчик, сейчас там намоталась такая сумма!

— Какая? — поинтересовалась Анна.

— Ужасная, — пролепетал негодяй.

— Говори!

— Сто тысяч долларов, — ляпнул Валерий.

Анна, едва не упав в обморок, все же находит в себе силы спросить:

— И кто он, твой кредитор?

— Со мной в одной комнате работает, Пасынков Костя, — лихо врет Валерий.

Анна не знала, что мужа давно выгнали со службы, хитрый супруг, объясняя, каким образом ему удается день-деньской просиживать у автоматов, с самым честным видом сказал:

— Наш НИИ совсем развалился, никто давно туда не ходит, мы просто числимся на службе. Вот я и пытаюсь поймать удачу, надо же деньги отдать, иначе убьют.

Анна боится за мужа и решает попросить доллары у Сергея. Запредельная для нее сумма совершенно не обременит Кузьминского.

Но тут за ужином Сергей Петрович роняет фразу:

— Надо купить машину для счета купюр.

И Анне в голову приходит идея: можно, не спросив, взять деньги. Сергей не заметит пропажи, сам же сказал, денег больше миллиона и их точное число ему неизвестно!

Скорей всего она бы попалась, потому что именно в этот день за занавеской сидел Ваня, но ночью поднялась суматоха — Лариса Викторовна «увидела» Глафиру. Воспользовавшись всеобщей растерянностью, Анна сделала вид, будто бежит за валокордином, а сама украла из стола доллары.

Но она не отдала деньги Валерию, решила сама встретиться с Пасынковым, вернуть ему долг и потребовать расписку, а потом отдать ее Валерию со словами: «Вот видишь, я всегда могу тебя выручить».

— Ну и дура! — не выдерживает Нора.

— Любовь порой принимает уродливые формы, — пожал плечами Макс, — перечитайте Лескова «Леди Макбет Мценского уезда», там очень хорошо об этом написано.

Анна начинает действовать. Сначала едет в НИИ и получает там первый удар: Валерий давно уволен. Пасынков, кстати, тоже сменил место работы, и никто не знает, куда он делся. Но женщины — упорные существа. Анна тратит не один день, узнавая координаты Константина, и наконец приходит к нему домой.

Тут на ее голову словно вылили ушат ледяной воды. Пасынков вообще не понимает, о чем речь.

— Какие сто тысяч? Какой счетчик? Да погляди, где я живу, у нас на хлеб не хватает!

Потом, видя, что неожиданной гостье явно плохо, заботливо поит ее чаем и рассказывает про лаборантку и «елочные» деньги. Причем, дойдя до народа, эта история обросла невероятными подробностями.

— Ты прикинь, — хлопает себя по бокам Константин, — этот Валерий просто крыса в нарукавниках, а что оказалось! Он своей хахальнице бриллианты дарил, по кабакам водил, вот она ему денежки и одолжила. Кстати, тебе он кто?

— Знакомый, — шепчет Анна.

Домой она возвратилась еле живая и моментально налетела на мужа. Тот выслушал ее расказ и пожал плечами.

— Константин просто не захотел брать долг *у тебя*. Дай мне деньги, отвезу их Пасынкову.

Анна кричит в истерике:

— Нашел дуру!

Потом она убегает к себе и ночью пишет мужу письмо, в котором содержится много злых, но справедливых слов, приказ убираться из дома и требование развода. Послание на двадцати одной странице. Последняя фраза письма звучала так: «Я приняла это решение сама. Анна». Речь идет о разводе, и немаловажная деталь — это предложение написано одно на последней странице, больше ничего на ней нет.

— Поняла! — заорала Нора.

— Да, — кивнул Макс, — Валерий великолепно знал, что Анна дома одна, приехал днем, нашел на подушке письмо, прочел его и, увидав последнюю строку, обрадовался — дело-то еще проще, чем он рассчитывал.

Он собирался убить Анну и взять себе сто тысяч. И, видя, какая чертовщина творится в доме, решил свалить дело на «Глафиру». Если Анну найдут в кабинете мертвой после смерти Кати и покушения на Риту, все решат, что это дело рук того же «привидения».

Но сейчас ему представился случай превратить убийство в самоубийство. Валерий сделал вид, что хочет помириться с женой.

— Дорогая, — говорит он, — верни деньги в стол, на место. Я принесу в кабинет кофе, и... начнем жизнь сначала. Я люблю тебя.

И Анна опять верит мужу, ей очень хочется быть счастливой. Он сделал вид, что пошел варить кофе. Она идет в кабинет, достает из пакета деньги, садится за стол и...

— Получает смертельный удар в шею, — заканчивает Нора. — Ну кто бы мог подумать, что Валерий способен на такое! Крыса в нарукавниках!

— Крыса — опасное животное, — сказал Макс, — хитрое, расчетливое, злое, и никакие нарукавники не сделают ее белой и пушистой. Он подкрался к жене сзади, закинул ей голову и вонзил в шею ножницы.

Потом Валерий хладнокровно положил на стол последнюю страничку письма Анны, забрал деньги и уехал. Он был абсолютно уверен в своей безнаказанности: милиция должна зафиксировать самоубийство, налицо предсмертная записка, а главное, все двери закрыты изнутри на крючки!

— И как он это проделал? — изумился я.

Макс снисходительно посмотрел на меня.

— Старый как мир фокус. Крючок поднимается, аккуратно устанавливается в таком положении, а потом с силой захлопывается дверь. От удара крючок падает, правда, он не всегда попадает в гнездо, но после трех-четырех попыток, как правило, все устраивается. Был только один промах. Желая окончательно всех запутать, Валерий решил намалевать пятно. В мастерской он взял тюбик, но не тот, что надо. Уже нанеся краску, Валерий увидел, что она синяя, но времени на переделку нет, вот-вот могут вернуться домашние, и он уехал, оставив синее пятно. Кстати, он попал под подозрение сразу, охранник у ворот сообщил, что Валерий днем заезжал домой.

Нора повернула ко мне голову:

— Я же велела тебе расспросить секьюрити.

— Он ответил, что у Кузьминских никого не было, — удивленно ответил я. — Зачем он мне соврал?

— Какой вопрос ты ему задал? — хмыкнул Макс.

— Не было ли сегодня на участке Кузьминских посторонних!

— Каков вопрос — таков ответ, — засмеялся приятель, — чужие и впрямь там не появлялись, одни свои.

— Тебе следовало спросить: «Кто приезжал к Сергею Петровичу?» — обозлилась Нора.

Я молчал. Действительно, похоже, сглупил.

— Это ведь он платье повесил на люстру? — Нора продолжала пытать Макса.

Тот кивнул.

— Да, он нашел его в корзине, сразу понял, в чем дело, и вынес в гостиную. Решил не поднимать шума, а поиграть в свою игру. А Лариса сразу заорала: «Глафира!», она-то сообразила, откуда платье. Валерий, повторюсь, хитер, жесток, изворотлив... Еще вопросы есть? — спросил Макс.

— Лично для меня остался один непонятный момент, чисто технический, — робко сказал я.

— Какой? — удивился Макс.

— Связанный с пятном. Его рисовали, потом стирали растворителем, а картина осталась неиспорченной. Разве не странно?

— Ну, это просто, — улыбнулся Макс, — есть специальный лак, который используют художники. Им покрывают полотно, чтобы сберечь его. Дорогое удовольствие, зато картина будет жить века, не потускнев. Кстати, этим лаком пользуются контрабандисты.

— Зачем? — изумился я.

— Берется ценное полотно, запрещенное к вывозу из страны, покрывается толстым слоем лака, сверху рисуется какая-нибудь дрянь и спокойно отправляется за рубеж. Потом мазня смывается растворителем, и картина предстает во всей своей красе, нетронутой. Лак не поддается растворителю. Вот именно таким лаком и были обработаны все произведения несчастной сумасшедшей.

— Действительно, совсем просто, — вздохнул я.

Макс посмотрел на наши расстроенные физиономии и, чтобы как-то нас подбодрить, сказал:

— Ну не переживайте, все-таки вы молодцы, ты, Иван Павлович, просто Геракл, совершил двенадцать подвигов, чтобы узнать истину.

Я усмехнулся, подвигов Геракла было тринадцать, последний — лишение девственности довольно большого количества девушек — стыдливо умалчивался во всех советских изданиях. Конечно, сравнение с Гераклом лестно, но, думается, если вспомнить все, что со мной произошло, это скорей тринадцать *несчастий* Геракла.

Эпилог

Лариса Викторовна и Валерий были осуждены. Первая получила максимальное для женщин наказание, второму суд дал десять лет — на мой взгляд, неоправданно мягкий приговор. Когда судья читал свое решение, он сделал перерыв, и присутствующие высыпали в коридор. Там я наткнулся на двух рыдающих женщин и по обрывкам их разговора понял, что они вышли из соседнего зала. Там судили глупого паренька, который с пьяных глаз спер из ларька пару бутылок и блок сигарет. Так вот, судья посчитал эту кражу преступлением в особо крупных размерах и дал несчастному юноше десять лет. Столько же получил и Валерий за убийство Анны. Или я чего-то не понимаю, или российская Фемида не только слепая, но и в придачу глухая, абсолютно лишенная разума особа.

Белла и Клара живут вместе с Сергеем Петровичем, отец собрался с духом и рассказал девочкам, что они родные сестры. И Беллочка, и Клара сначала с трудом переварили информацию, но сейчас они просто неразлучны, невозможно представить, что еще в июне девицы готовы были проглотить друг друга.

Кузьминский продал свой дом и купил новый.

— Неприятно оставаться на старом месте, — так объяснил он мне свой поступок.

В день переезда Сергей Петрович развел во дворе костер, куда бросил все картины, свои и Глафирины, платья покойной матери и дневник отца.

Когда пламя взметнулось вверх, он сказал:

— Слишком долго я жил под грузом воспоминаний, теперь все, избавился от прошлого, я еще не очень стар, вполне могу быть счастлив.

Как вы понимаете, мы с Сергеем Петровичем подружились. Он принес извинения за эпизод с пистолетом, а я за маску из герметика, и мы изредка проводим время вместе. Купив новый дом, Сергей Петрович еще раз удивил меня: он привез туда Клавдию, сестру Степаниды, тетку Анны и Маргариты. Старуха теперь живет в полном довольствии, коротает дни на природе.

— Эх, Ваня, — расчувствовался однажды Сергей Петрович, — чего же ты бобылем ходишь! Женись на моих девках!

— На обеих сразу? — спросил я.

— Нет, придется выбирать, — улыбнулся Кузьминский, — станем родней, ты мне, ей-богу, нравишься.

Я деликатно промолчал. Ну почему все хотят накинуть мне на шею хомут? Ладно бы только Николетта.

Кстати, о маменьке. Не могу завершить повествование, не рассказав всю историю.

Еще летом, когда следствие было в полном разгаре, а Лариса и Валерий ждали своей участи в СИЗО, я ухитрился получить паспорт.

Принес противному Степану кипу документов, услышал, что требуется еще какая-то форма, и выложил на стол сто баксов.

Капитан быстро спрятал купюру и заявил:

— А ну, погоди в коридоре, позову.

Я покорно вышел и прислонился к стене. Не прошло и получаса, как Степан высунулся из кабинета:

— Подушкин, пройди!

Через секунду у меня в руках был паспорт.

— Спасибо, — воскликнул я, — теперь осталось сделать права и документы на «Жигули».

Степан пожевал нижнюю губу.

— Ты как зарабатываешь?

— Ну, нормально, — осторожно ответил я.

— Ладно уж, — вздохнул мент, — помогу, вижу человек хороший. ГИБДД наше?

Я кивнул. Степан быстро набрал номер.

— Слышь, Петюха, — сказал он в трубку, — пособи тут растеряхе...

Я молча слушал его речь, пересыпанную ненормативной лексикой. Только не надо думать, что Степан Аркадьевич ругается. Нет, он просто так разговаривает.

— Ступай в ГИБДД, в двенадцатый кабинет, — проинструктировал меня мент.

В шесть часов мытарства были закончены, кошелек похудел на триста долларов, но это такая ерунда. В здании ГИБДД змеились очереди из озлобленных людей, и я только радовался, что, заплатив, лишился «удовольствия» стать одним из них.

Не успел я выйти наружу, как зазвонил сотовый. Слава богу, у меня уже новый аппарат с самой обычной мелодией.

— Ваня, — зачастила Николетта, — приезжай немедленно, я простила тебя и хочу все рассказать.

Я отправился к маменьке, целый месяц она, постоянно обижаясь, шипела:

— Не скажу что-то очень для тебя важное!

Купив конфеты, я прикатил в отчий дом. Николетта с самым торжественным лицом сидела в гостиной. Увидав меня, она велела:

— Сядь и слушай.

Я опустился в кресло. Что на этот раз? Поругалась с Кокой? Ей нужны деньги? Впрочем, они требуются маменьке всегда, это не новость. В последний раз точь-в-точь с таким выражением лица она продемонстрировала белого котенка, который был изгнан из дома через две недели из-за своей привычки использовать в качестве туалета обувь.

— Вава! Смотри.

На столе лежал пакет.

— Это что? — удивился я.

— Разверни, — заговорщицки подмигнула маменька.

Я снял полиэтилен, на кружевную скатерть выпали... мой паспорт, права, техталон, доверенность Норы.

На секунду я онемел, потом спросил:

— Господи, откуда?

— Очень милая девочка по имени Танечка нашла их и принесла по месту твоей прописки. Представляешь, ни копейки не взяла, совсем ничего! — щебетала маменька.

От досады я крякнул. Нет бы ей притащить все вчера, пока я не купил себе новые бумаги.

— Интересно, где же документы валялись целый месяц, отчего эта Танечка принесла их только сегодня?

— Кто сказал про сегодня? — улыбнулась Николетта.

— А когда ты получила их?

— Ну... в начале июня.

Я лишился дара речи, но потом все же спросил:

— И ты так долго молчала? Не предупредила меня?

— Я пыталась сто раз, — отчеканила маменька, — но вечно нарывалась либо на нежелание меня слушать, либо на хамство, либо на грубость. Вот и дала себе слово: ничего не скажу, коли ты такой. Но материнское сердце не камень! Ну, чего сидишь, словно суслик на солнце, забирай документы и не забудь сказать мне спасибо.

Я сгреб бумаги в кучу. Масса потерянного времени, потрепанные нервы, немалая сумма денег, осевших в карманах бравых сотрудников милиции, а все из-за того, что Николетта решила повредничать! Да уж, друзей мы себе выбираем сами, но в отместку за это бог награждает нас родственниками.

Донцова Д. А.
Д 67 13 несчастий Геракла: Роман. — М.: Изд-во Эксмо, 2004. — 384 с. (Серия «Иронический детектив»).

ISBN 5-699-03032-8

С недавних пор Иван Подушкин носится как ошпаренный, расследуя дела клиентов. А все потому, что бизнес-леди Нора, у которой Ваня служит секретарем, решила заняться сыщицкой деятельностью. На этот раз Подушкину предстоит установить, кто из домашних регулярно крадет деньги из стола миллионера Кузьминского. В особняке бизнесмена полно домочадцев, и, как в английских детективах, существует семейное предание о привидении покойной матери хозяина — художнице Глафире. Когда-то давным-давно она убила себя ножницами, а на ее автопортрете появилось красное пятно... И не успел Иван появиться в доме, как на картине опять возникло пятно! Вся женская часть семьи в ужасе. Ведь пятно — предвестник смерти! Иван скептически относится к бабьим истерикам. И напрасно! Вскоре в доме произошла череда преступлений, а первой убили горничную. Перед портретом Глафиры! Ножницами!..

УДК 882
ББК 84(2Рос-Рус)6-4

ISBN 5-699-03032-8

Оформление серии художника *В. Щербакова*

Литературно-художественное издание

Донцова Дарья Аркадьевна

13 НЕСЧАСТИЙ ГЕРАКЛА

Ответственный редактор *О. Рубис*
Редактор *Т. Семенова*
Художественный редактор *В. Щербаков*
Художник *А. Сальников*
Компьютерная обработка оформления *И. Дякина*
Технический редактор *Н. Носова*
Компьютерная верстка *О. Шувалова*
Корректоры *Л. Гусева, М. Пыкина*

ООО «Издательство «Эксмо».
127299, Москва, ул. Клары Цеткин, д. 18, корп. 5. Тел.: 411-68-86, 956-39-21.
Интернет/Home page — www.eksmo.ru
Электронная почта (E-mail) — **info@ eksmo.ru**

Подписано в печать с готовых монтажей 27.04.2004.
Формат 84x108 1/32. Гарнитура «Таймс». Печать офсетная.
Бум. газ. Усл. печ. л. 20,16. Уч.-изд. л. 14,3.
Доп. тираж 5000 экз. Заказ № 5686.

ОАО "Тверской полиграфический комбинат"
170024, г. Тверь, пр-т Ленина, 5. Телефон: (0822) 44-42-15
Интернет/Home page - www.tverpk.ru Электронная почта (E-mail) -sales@ tverpk.ru

Серия «Иронический детектив»
Дарья Донцова
Новый смехо- и взрывоопасный роман самой позитивной писательницы современности «Синий мопс счастья» из цикла книг «Следствие ведет дилетант»!
Это 50-й детектив автора!
Новые приключения Евлампии Романовой!
Дарья Донцова
Синий мопс счастья
Иронический детектив
Д. Донцова
Синий мопс счастья
Также в серии:
«Концерт для Колобка с оркестром»
«Камин для Снегурочки»
www.dontsova.ru